古典文獻研究輯刊

十四編

曾永義 主編

第 11 冊

《水滸傳》中的山東鏡像研究（下）

杜貴晨·王守亮 等著

國家圖書館出版品預行編目資料

《水滸傳》中的山東鏡像研究（下）／杜貴晨・王守亮 等著
— 初版 — 新北市：花木蘭文化出版社，2016〔民 105〕
目 8+186 面；19×26 公分
（古典文學研究輯刊 十四編；第 11 冊）
ISBN 978-986-404-811-3（精裝）
1. 水滸傳 2. 研究考訂
820.8 105014955

ISBN-978-986-404-811-3

9 789864 048113

古典文學研究輯刊
十四編 第十一冊 ISBN：978-986-404-811-3

《水滸傳》中的山東鏡像研究（下）

作 者	杜貴晨・王守亮等
主 編	曾永義
總 編 輯	杜潔祥
副總編輯	楊嘉樂
編 輯	許郁翎、王筑　美術編輯　陳逸婷
出 版	花木蘭文化出版社
社 長	高小娟
聯絡地址	235 新北市中和區中安街七二號十三樓
	電話：02-2923-1455／傳眞：02-2923-1452
網 址	http://www.huamulan.tw 信箱 hml810518@gmail.com
印 刷	普羅文化出版廣告事業
初 版	2016 年 9 月
全書字數	33788 字
定 價	十四編 21 冊（精裝）新台幣 36,000 元

《水滸傳》中的山東鏡像研究（下）

杜貴晨・王守亮　等著

目
次

第六章　《水滸傳》中的青州府

　　《尚書‧禹貢》曰：「海岱惟青州。」〔註 1〕「青州」是《禹貢》所稱古「九州」之一。兩漢設立青州刺史部。唐代的青州（北海郡）轄益都、臨淄、千乘、博昌、壽光、臨朐、北海等七縣。北宋時青州先屬京東路；後來，京東路分爲東、西兩路，青州屬京東東路，轄益都、壽光、臨朐、博興、千乘、臨淄等六縣。金人佔領後，改京東東路爲山東東路，設益都府，轄益都、臨朐等縣。至元，設益都路總管府，下轄八州二十一縣。朱元璋稱帝後，改益都路爲青州府，治青州城，轄濰、莒、膠三州和益都、臨淄、博興、壽光、臨朐、安丘等十六縣。清朝沿用明制，設青州府，轄益都、臨淄、博興、壽光、臨朐、安丘等十一縣。今天的青州爲山東省濰坊市下屬的縣級市。

　　青州作爲行政區劃的管轄範圍雖然歷代有所變化，但是作爲州、府治所在地前後長達一千六百餘年〔註2〕，今天山東中部的大部分縣市，歷史上都曾長期歸它管轄，因而成爲山東歷史上重要的政治和文化中心，人文薈萃，積澱了深厚的歷史文化底蘊，也受到歷代文人、小說家的關注。青州在古代小說家筆下多有敘寫，尤其是明清小說經常和大量寫及的地域。

　　《水滸傳》中的青州稱「青州府」。青州府是明初建置，是《水滸傳》中出現的許多明代建置之一。百回本《水滸傳》全書有七十六次出現「青州」

〔註 1〕　〔漢〕孔安國傳，〔唐〕孔穎達等正義：《尚書正義》，上海古籍出版社，1990年版。

〔註 2〕　青州市地名委員會辦公室編纂：《青州市地名志》，天津人民出版社，1992 年版，第 1 頁。

地名，是「梁山」、「濟州」、「鄆城」三處之外出現最多的。而書中寫「青州」地方與人事的文字也達九回之多，幾占全書回目的十分之一；並且這些章回都在《水滸傳》寫梁山大聚義之前的部分，屬於書中寫得最精彩的橋段。而且《水滸傳》寫梁山泊好漢一百零八人，僅是從青州府直接或間接投奔梁山的就多達二十一人，占到梁山泊好漢總數的兩成。這些都表明青州一地的描寫在《水滸傳》中有比較重要的地位和作用。

第一節　《水滸傳》中的青州山林

《水滸傳》所寫青州地理，主要是山與林。寫山最突出的是「三座惡山」：「第一便是清風山，第二便是二龍山，第三便是桃花山」。但是書中寫這三座山之所以「惡」，主要不在其高大險峻，而是由於「這三處都是強人草寇出沒的去處」（第三十三回），後來成為青州諸好漢「掀開地網上梁山」的臺階。此外還寫有白虎山、對影山和赤松林等，共同演義出一個個山林文學故事，與寫梁山泊、潯陽江等水上故事相映成趣。

一、桃花山

《水滸傳》寫青州的「三座惡山」，首先是李忠、周通佔據的桃花山，見於第五回和第五十七回。桃花山距離二龍山有兩天的路程〔註3〕，坐落於「重重疊疊」的「亂山」之中，「生得凶怪，四圍險峻，單單只一條路上去，四下裏漫漫都是亂草」（第五回）。山下有桃花村以及劉太公莊，和一處「離此間不遠」（第五十七回）、呼延灼曾經丟了御賜踢雪烏騅馬的無名村莊。桃花山上唯一「一條路」在前山，後山「都是險峻之處，又沒深草存躲」。魯智深受李忠之邀來山寨作客，遍觀此山，讚歎道：「果然好險隘去處！」（第五回）

但是，桃花山的後山雖然沒有走出來的路，卻也是可以走的，不過是難走而已。所以，魯智深在山寨住了幾日，「見李忠、周通不是個慷慨之人，作事慳吝」，有意要讓「這廝吃俺一驚」，於是趁兩人下山打劫的空當，席捲了山寨的一些金銀酒器，來到後山，「先把戒刀和包裹拴了，望下丟落去，又把禪杖也攛落下去，卻把身往下只一滾，骨碌碌直滾到山腳邊」，「一帶草木平

〔註3〕 第五十七回寫李忠、周通差桃花山小嘍囉到二龍山求援，「行了兩日，早到（二龍）山下」。

平地都滾倒了」（第五回）。可知後山並非全是懸崖峭壁，至少有一處可以「骨碌碌直滾到山腳邊」的坡度較緩的地方。後來又寫呼延灼攻山緊急，李忠派人去二龍山求援，那小嘍羅也是「從後山趲將下去」（第五十七回）。從這些描寫可以看出，桃花山整體上固然險峻，後山卻也不妨上下通行。所以，《水滸傳》寫桃花山雖然也是「惡山」，但那險惡的程度似較二龍山、清風山要有所遜色。大約因此，桃花山被列在了青州「三座惡山」之末。

據《光緒益都縣圖志·益都縣境圖》仁智鄉西北約圖中，有「桃花山」，位於益都縣（即今青州市）西北部群山中。〔註4〕另外，在與今青州市南部山區毗鄰的臨朐縣西部山區寺頭鎮，亦有山名為「桃花山」。〔註5〕這兩處現實中的桃花山，都與《水滸傳》描寫桃花山一帶「重重疊疊都是亂山」（第五回）的地理背景比較相近。還值得一提的是，在今之臨朐縣寺頭鎮還有一古村落名桃花村。雖然中國的千山萬鄉之中，與《水滸傳》所寫三山和桃花村的名號恐怕各有相同者不少，但《水滸傳》畢竟是寫青州，以青州一隅而居然真有可與《水滸傳》所寫相當的桃花山、桃花村，即便並非作者創作的原型，但還是值得另眼相看的吧。

二、二龍山

二龍山主要見於《水滸傳》第十七回和第五十七回的描寫。其位置與黃泥岡、桃花山等都是在大名府通往東京的同一條路上〔註6〕，過了桃花山約有兩天的路程，就到二龍山。〔註7〕但是，大名府（今河北大名）與東京（今河南開封）大致在南北一條線上，青州在這條線的東面頗遠，從大名府去東京，似不必繞道青州。所以，《水滸傳》把桃花山、二龍山等寫在青州，與古今地理皆不相合。唯是在小說的閱讀不必較真。既然《水滸傳》寫二龍山等都在青州，那就把它們看作是青州之山便了。

〔註4〕 本社編選：《中國地方志集成·山東府縣志輯》，鳳凰出版社，2004年版，第19頁。

〔註5〕 臨朐縣史志編纂委員會編：《臨朐縣志》，山東人民出版社，1991年版，第134頁。

〔註6〕 第十六回：楊志道：「此去東京，又無水路，都是旱路，經過的是紫金山、二龍山、桃花山、傘蓋山、黃泥岡、白沙塢、野雲渡、赤松林，這幾處都是強人出沒的去處。」

〔註7〕 第五十七回寫李忠、周通差桃花山小嘍羅到二龍山求援，「行了兩日，早到（二龍）山下」。

二龍山是「一座高山」，山頂建有寶珠寺。「那座山生來卻好裹著這座寺，只有一條路上的去」。在山上「看那三座關時，端的險峻。兩下裏山環繞將來，包住這座寺。山峰生得雄壯，中間只一條路。上關來，三重關上，擺著擂木炮石，硬弩強弓，苦竹槍密密地攢著。過得三處關閘，來到寶珠寺前看時，三座殿門，一段鏡面也似平地，周遭都是木柵為城」（第十七回）。這是一處形勢險峻、防務嚴密、易守難攻的山頭。因此，曹正對魯智深、楊志說：「若是端的閉了關時，休說道你二位，便有一萬軍馬也上去不得。似此只可智取，不可力求」（第十七回）。

古今青州境內確有二龍山。《光緒益都圖志·八鄉里社圖·八鄉里社二之三》右圖標有「二龍山」〔註8〕。今《青州市地名志》亦載：

> 在益都鎮西南 15 公里，蓮花盆鄉東北部，膠王公路北側。因東連大龍山，故名二龍山，亦稱小龍山。西連馬山東麓。海拔 547 米，範圍 5 平方公里。石灰岩結構。六個山頭東西分佈，頂部岩石裸露，陽坡較緩，產優質青石。陰坡屬觀音溝鄉。頂部懸崖峭壁。腰以上遍植側柏。〔註9〕

可知這座二龍山雖然不太高大，但是「頂部懸崖峭壁」，山勢險峻，堪為小說家借景，唯不知《水滸傳》所寫之二龍山畢竟與此相關否？

三、清風山

《水滸傳》第三十二、三十三和三十四回所寫是發生在清風山的故事。清風山是「青州地面所管下」的「第一」「惡山」（第三十三回），在青州正南方向〔註10〕，「離青州不遠，只隔得百里來路」，去清風鎮「只有一站多路」（第三十三回）。山的「東南上有一條大路，可以上去」（第三十四回），北有小路外通。清風山「生得古怪，樹木稠密」。第三十二回有一段文字寫其形勢：

> 八面嵯峨，四圍險峻。古怪喬松盤翠蓋，杈枒老樹掛藤蘿。瀑

─────────────────

〔註 8〕 本社編選：《中國地方志集成·山東府縣志輯》，鳳凰出版社，2004 年版，第 24 頁。

〔註 9〕 青州市地名委員會辦公室編纂：《青州市地名志》，天津人民出版社，1992 年版，第 454 頁。

〔註10〕 第三十四回寫秦明引官軍攻打清風山，「原來這清風鎮卻在青州東南上，從正南取清風山較近，可早到山北小路」。

布飛流，寒氣逼人毛髮冷；巔崖直下，清光射目夢魂驚。澗水時聽，
樵人斧響；峰巒倒卓，山鳥聲哀。麋鹿成群，狐狸結黨，穿荊棘往
來跳躍，尋野食前後呼號。佇立草坡，一望並無商旅店；行來山坳，
周回盡是死屍坑。若非佛祖修行處，定是強人打劫場。

又寫清風山寨，「四下裏都是木柵，當中一座草廳，廳上放著三把虎皮交椅。
後面有百十間草房」（第三十二回）。有燕順、王英和鄭天壽三個頭領，人馬
實力不敵二龍山，比桃花山要強一些。

　　《水滸傳》所寫清風山、清風鎮和清風寨名號都不見於古青州史志記
載，當出於虛構。今青州市西南部山區的王墳鎮有據說爲清風寨的遺跡，
寨牆以石頭堆砌而成，距離青州城區約 15 公里。當地人相傳這裏就是宋代花
榮鎮守之處。但是，據《水滸傳》描寫，清風鎮和清風寨在青州的東南，
清風山在青州的正南，這三處距離青州府城均爲百里左右路程，約其位置
當在今天臨朐縣的西部或南部一帶山區，與上述傳說中的清風寨遺跡相去
頗遠。

四、白虎山

　　白虎山主要見於《水滸傳》第三十二回和第五十七回。白虎山是「一座
高山，生得十分險峻」（第三十二回），山後十數里處有一條土岡。在這條土
岡和白虎山之間，有一家村酒店和孔太公莊。酒店在土岡之前「三五里路」
處，「門前一道清溪，屋後都是顛石亂山」，清溪在「冬月天道，……雖是只
有一二尺深淺的水，卻寒冷的當不得」（第三十二回）。

　　白虎山前距瑞龍鎮有兩天左右路程，離清風鎮和清風寨也「不遠」〔註11〕。
宋江投奔花榮，武松投奔二龍山，都從白虎山下經過，在孔太公莊上同時居
住過。孔明、孔亮在本鄉殺人後，佔據白虎山落草。

　　今青州境內有與《水滸傳》所寫白虎山同名之山。據《青州市地名志》
載「白虎山」：

　　在青州市西部，文登鎮刁莊村北一公里。……西起益都——文
登公路東側，東至車馬鄉西境。海拔 390 米，範圍 4 平方公里。石
灰岩結構，自西向東有 13 個山頭。西部頂平方百米，覆土厚，遍植
側柏。東部岩石裸露，山坡平緩，無植被。

〔註11〕第三十二回，在孔太公莊內，宋江向武松介紹說：「此間又離清風寨不遠。」

由神話傳說中的四象得名。西部山頂有圍牆，俗稱圍子山。

〔註12〕

當地故老傳說，這座山就是《水滸傳》所寫孔明、孔亮落草的白虎山。這當然無可安詰。但是，從此山西部山頂有圍牆的遺跡來看，歷史上可能確曾有過強人結寨於此。這也就無怪其傳說為《水滸傳》中的白虎山了。

五、對影山

《水滸傳》第三十五回還寫有對影山。對影山在從清風山去梁山方向上「路行五七日，離得青州遠了」的地方，還是不是青州的山已經很難說，但畢竟更難說是其它什麼地方的山，所以還是把它作為青州的山吧。

這一回書說宋江等將清風山的人馬分作三隊，梯次以行，向梁山泊進發。「在路行五七日，離得青州遠了……一個去處，地名喚對影山，兩邊兩座高山，一般形勢，中間卻是一條大闊驛道」（第三十五回）。由此可知，所謂對影山是兩山形似，相對而立，彷彿彼此是對方的影子。這樣的山在同是《水滸傳》中寫到的東平府即今山東泰安市東平縣倒是有那麼一座，當地甚至有傳說就是《水滸傳》所寫的對影山，而山下果然有村莊人家多姓呂，說是小溫侯呂方的後代，恐怕一定是靠不住的。但是，在《水滸傳》寫到的東平府，又當青州去梁山的路上，有這山、這村、這呂姓人家，實在也不容不有這種「對號入座」的遐想。但是誰又能不以為這是一種自然的和歷史的情況，被附會為《水滸傳》所寫呢？

《水滸傳》寫發生在對影山下的故事說，販生藥的呂方在山東折了本錢，便占住了對影山打家劫舍。同樣是做生意折了本的郭盛也相中了這山，欲鵲巢鳩佔。呂方雖然不允，但還是較為客氣地提出和郭盛各占一山。郭盛仍不滿足，於是二人為爭霸對影山大戰。兩人都使畫戟，「連連戰了十數日，不分勝敗」（第三十五回）。後來由花榮出面，演出了《三國演義》呂布「轅門射戟」的一幕，兩人才善罷甘休，隨宋江等一起投奔梁山去了。

六、赤松林

赤松林見於《水滸傳》第六回。它是「一個大林子，都是赤松樹」，位於大名府到東京去的旱路上，距離桃花山有六十多里地，離瓦罐寺不到十里地

〔註12〕青州市地名委員會辦公室編纂：《青州市地名志》，天津人民出版社，1992年版，第454頁。

的路程〔註13〕。書中有讚詞云：

> 虯枝錯落，盤數千條赤腳老龍；怪影參差，立幾萬道紅鱗巨蟒。
> 遠觀卻似判官鬢，近看宛如魔鬼髮。誰將鮮血灑樹梢，疑是朱砂鋪
> 樹頂。

在瓦罐寺暫時撤退的魯智深來到這座林子，也不覺讚歎道：「好座猛惡林子！」赤松林也是一處「強人出沒的去處」（第十六回）。但與「三座惡山」不同，這裏不是強人落草結寨之所，而是流寇竄伏作案的地方。九紋龍史進在渭州和魯智深分手之後，輾轉來此，即藏身於這座「猛惡林子」，幹起了剪徑的勾當，並在這裏遇到了魯智深，把隨身攜帶的「乾肉燒餅」給魯智深充饑，然後兩人同到瓦罐寺，合力鬥殺了崔道成和丘小乙，火燒寺廟而去。

第二節　《水滸傳》中的青州社會

作為綠林好漢的活動場所和故事發生的社會背景，《水滸傳》多處敘寫了青州府城與轄下的村鎮、寺廟、酒店以及地方民俗等。這類內容散見於各有關章回，茲總括並縷述如下。

一、青州府城

《水滸傳》寫青州府鄰接淩州，距離曾頭市不遠〔註14〕，府治為青州城。青州設有專管軍務的指揮司，有兵馬統制、兵馬都監、武知寨等軍官負責地方軍情、治安等事務。二龍山、桃花山和白虎山等三山人馬攻打青州時，呼延灼率領數量有限的官軍，在敵強我弱、沒有外援的危急情形下，與三山人馬「前後也交鋒三五次，各無輸贏」（第五十八回）。可見不但呼延灼英勇，而且青州的確「城池堅固，人馬強壯」（第五十七回）。

青州城外原有數百人家居住。一時避難流落青州的宋江，為誘迫秦明歸

〔註13〕第五回回末寫道：「魯智深離了桃花山，放開腳步，從早晨走到午後，約莫走了五六十里多路。」第六回接寫他走過數個山坡，到瓦罐寺投齋。在寺中，魯智深和崔道成、丘小乙交手，氣力不敵，「走了二里」，又「走了幾里」，看見赤松林。可知赤松林和桃花山之間當有六十多里路，離瓦罐寺不到十里地。

〔註14〕第六十八回，梁山人馬攻打曾頭市時，青州、淩州兩路官軍前來增援曾家父子。可知青州府鄰接淩州府，距曾頭市也不會太遠。

順山寨，派人扮作秦明模樣，與清風山好漢燕順、王英一起，趁著夜色，到城下殺人放火，「燒做白地一片，瓦礫場上，橫七豎八，殺死的男子婦人，不記其數」（第三十四回）。青州知府慕容彥達中計，以爲秦明與清風山賊人串通作惡，便殺了他一家妻小，更把他的渾家梟首示眾，以示嚴懲。秦明萬般冤屈、悲憤與無奈，只得歸降宋江等。宋江雖然收降了秦明，但是用計未免「忒毒些個」（第三十四回），不僅禍及秦明全家，還殘忍燒殺無辜百姓，讀者往往難以理解和接受，不是沒有一定原因的。

《水滸傳》寫青州地方山寨上的強人不事生產，又大吃大喝，肆意揮霍。其大量消費之需，無非依靠打劫鄉間富戶、劫掠過路客商以及掠奪州縣城池等手段得來。青州府城是一府財富匯聚之地，頗有錢糧，爲遠近強人所覬覦。書中寫孔明、孔亮兄弟「引人馬來青州借糧」（第五十七回）。攻陷青州城池後，宋江所率梁山人馬「把府庫金帛，倉廒米糧，裝載五六百車，又得了二百餘匹好馬」（第五十八回），都作爲戰利品運往了梁山山寨。

二、桃花莊和孔太公莊

桃花莊見於《水滸傳》第五回，是桃花山附近一處山村的農家莊院。魯智深自五臺山往投東京大相國寺途中，來到青州地面。他「又趕了三二十里田地，過了一條板橋，遠遠地望見一簇紅霞，樹木叢中閃著一所莊院，莊後重重疊疊都是亂山」。在這裏，演出了魯智深見義勇爲、英雄救美、怒打周通的「大鬧桃花村」故事。

孔太公莊見於第三十二回，是青州府白虎山附近孔太公的私人莊院。該莊位於白虎山後、一條土岡之前的七八里路處。莊臨溪流，「兩下都是高牆粉壁，垂柳喬松，圍繞著牆院」。孔太公莊附近有一家鄉村酒店：

> 看那酒店時，卻是個村落小酒肆。但見：
>
> 門迎溪澗，山映茅茨。疏籬畔梅開玉蕊，小窗前松偃蒼龍。烏皮卓椅，盡列著瓦缽瓬甌。黃泥牆壁，盡畫著酒仙詩客。一條青旆舞寒風，兩句詩詞招過客。端的是：走驊騎聞香須住馬，使風帆知味也停舟。

就在這一座簡樸中不失風雅的鄉村酒店裏，武松因爲酒食不如意，打了店主人和孔亮，因此被孔明、孔亮捉到莊內拷打。宋江認出此人就是武松，孔氏兄弟於是盛情招待，禮爲上賓。

三、瑞龍鎮和清風鎮

瑞龍鎮見於第三十二回，寫宋江和武松離開白虎山孔太公莊後：

> 兩個在路上行著，於路說些閒話，走到晚，歇了一宵。次日早
> 起，打夥又行。兩個吃罷飯，又走了四五十里，卻來到一市鎮上，
> 地名喚作瑞龍鎮，卻是個三岔路口。宋江借問那裏人道：「小人們欲
> 投二龍山、清風寨上，不知從那條路去？」那鎮上人答道：「這兩處
> 不是一條路去了。這裏要投二龍山去，只是投西落路；若要投清風
> 鎮去，須用投東落路，過了清風山便是。」宋江聽了備細，便道：
> 「兄弟，我和你今日分手，就這裏吃三杯相別。」……酒店上飲了
> 數杯，還了酒錢，二人出得店來，行到市鎮梢頭三岔路口，……武
> 行者自投西去了。……宋江自別了武松，轉身投東，望清風山路上
> 來。

由這段文字可知，瑞龍鎮位於從白虎山去往二龍山、清風山的交通要道
上。此鎮離白虎山不到兩天的路程，二龍山位於它的西面，清風山、清風
鎮則在其東面。一鎮通三山，地理位置特別重要。宋江和武松在此依依惜
別，並第一次表露了萬不得已落草為寇，也要盼得「朝廷招安……投降了。
日後但是去邊上一槍一刀，博得個封妻蔭子，久後青史上留得一個好名，也
不枉了為人一世」（第三十二回）的主張。然後二人各奔前程：武松向西投
二龍山，宋江向東投清風鎮。直到率梁山人馬援打青州時，宋江才又與武松
相見。

清風鎮「在青州東南上」（第三十四回）。從瑞龍鎮去清風鎮，向東「過
了清風山便是」（第三十二回）。第三十三回寫道：

> 這清風山離青州不遠，只隔得百里來路。這清風寨卻在青州三
> 岔路口，地名清風鎮。因為這三岔路上通三處惡山，因此特設這清
> 風寨在這清風鎮上。那裏也有三五千人家，卻離這清風山只有一站
> 多路。……這清風寨衙門在鎮市中間。南邊有個小寨，是文官劉知
> 寨住宅；北邊那個小寨，正是武官花知寨住宅。

由此可以清楚知道，清風鎮離青州府城約百里，離清風山有「一站多路」。古
代的「一站」約三十里，「一站多路」也就是三十多里的距離。鎮上有三五千
人家，這在古代已是一個較大的市鎮。鎮上有三岔路，分別通往清風山、二
龍山和桃花山這「三處惡山」，從地方鎮守和軍事防禦看正如花榮所說：「是

青州緊要去處。」因此，青州府在清風鎮中間設立清風寨衙門，有文正武副兩名知寨，正知寨文官劉高，副知寨武官花榮。

劉高腐敗無能，與花榮關係不和，使清風寨的安全防務大爲削弱。花榮曾對宋江訴說：「這清風寨還是青州緊要去處，若還是小弟獨自在這裏守把時，遠近強人怎敢把青州攪得粉碎！近日除將這個窮酸餓醋來做個正知寨，這廝又是文官，又沒本事，自從到任，把此鄉間些少上戶詐騙，亂行法度，無所不爲。小弟是個武官副知寨，每每被這廝慪氣，恨不得殺了這濫污賊禽獸！」這也是後來花榮大鬧清風寨的主要原因之一。

四、瓦罐寺和寶珠寺

瓦罐寺見《水滸傳》第六回，寫魯智深在桃花山卷了李忠、周通寨中的一些金銀器皿，不辭而別，向東京進發：

> ……走過數個山坡，見一座大松林，一條山路。隨著那山路行去，走不得半里，抬頭看時，卻見一所敗落寺院，被風吹得鈴鐸響。看那山門時，上有一面舊朱紅牌額，內有四個金字，都昏了，寫著：「瓦罐之寺」。又行不得四五十步，過座石橋。再看時，一座古寺，已有年代。入得山裏，仔細看來，雖是大刹，好生崩損。但見：

> 鐘樓倒塌，殿宇崩摧。山門盡長蒼苔，經閣都生碧蘚。釋迦佛蘆芽穿膝，渾如在雪嶺之時；觀世音荊棘纏身，卻似守香山之日。諸天壞損，懷中鳥雀營巢。帝釋欹斜，口內蜘蛛結網。方丈淒涼，廊房寂寞。沒頭羅漢，這法身也受災殃。拆背金剛，有神通如何施展。香積廚中藏兔穴，龍華臺上印狐蹤。

魯智深再往裏走，「只見知客僚門前大門也沒了，四圍壁落全無。……直入方丈前看時，只見滿地都是燕子糞，門上一把鎖鎖著，鎖上盡是蜘蛛網。……回到香積廚下看時，鍋也沒了，竈頭都塌損」。魯智深、史進鬥殺崔道成、丘小乙後，放火燒了這座破敗寺廟。

寶珠寺主要見於《水滸傳》第十七回的描寫，是青州府二龍山上的一所寺院。寺在山頂，二龍山「生來卻好裏著這座寺，只有一條路上的去。如今寺裏主持還了俗，養了頭髮，餘者和尚，都隨順了。說道他聚集的四五百人，打家劫舍。爲頭那人，喚做金眼虎鄧龍」。鄧龍將寶珠寺做了山寨，「周遭都

是木柵爲城，……殿上都把佛來抬去了，中間放著一把虎皮交椅」。魯智深前來入夥，鄧龍拒不接納。魯智深與楊志、曹正智取二龍山，殺死鄧龍，佔據寶珠寺。後來魯智深等投奔梁山，臨走時放火燒掉了這座寺院。

五、元宵花燈與婚喪之俗

《水滸傳》多處寫及元宵節放花燈的盛況，最早就是第三十三回寫青州府清風鎮的元宵節：

> 看看臘盡春回，又早元宵節近。且說這清風寨鎮上居民商量放燈一事，準備慶賞元宵，科斂錢物，去土地大王廟前紮縛起一座小鰲山，上面結綵懸花，張掛五七百碗花燈。土地大王廟內，逞應諸般社火。家家門前紮起燈棚，賽懸燈火。市鎮上，諸行百藝都有。雖然比不得京師，只此也是人間天上。……不覺又早是元宵節到。……到這清風鎮上看燈時，只見家家門前搭起燈棚，懸掛花燈，不記其數。燈上畫著許多故事，也有剪綵飛白牡丹花燈，並荷花芙蓉異樣燈火。

上引提到的「小鰲山」最引人注目。書中有賦單道小鰲山「好燈」：

> 山石穿雙龍戲水，雲霞映獨鶴朝天。金蓮燈，玉梅燈，晃一片琉璃；荷花燈，芙蓉燈，散千團錦繡。銀蛾鬥彩，雙雙隨繡帶香球；雪柳爭輝，縷縷拂華幡翠幕。村歌社鼓，花燈影裏競喧闐；織女蠶奴，畫燭光中同賞玩。雖無佳麗風流曲，盡賀豐登大有年。

賦中寫各色華燈的名號、特點可以顧名思義，想見其形象；又寫「村歌社鼓」鬧元宵的熱鬧，「織女蠶奴」在花燈的燭光中享受這節日的快樂，眞是熱鬧非凡，其樂融融。尤其是又有鎮上知寨劉高的寨前舞鮑老的社火隊伍，「把身軀扭得村村勢勢的」，引來眾人喝彩，更增添了清風鎮元宵節的歡樂氣氛。

《水滸傳》第五回寫周通看上了劉太公女兒，就「撇下二十兩金子，一匹紅錦爲定禮」；又選良辰吉日，準備當天夜間入贅劉家。這雖然是強迫的，又遭魯智深出手打散了，但也還是寫出了青州一帶入贅的婚俗，即男方向女方下定禮，由女方備辦香花燈燭，夜裏迎新郎上門，在女方舉辦婚禮。《水滸傳》把這種入贅的婚俗寫在了青州，但在《水滸傳》成書的當年，這種風俗應該不限於青州一地。

　　《水滸傳》第三十二回還寫及「山東人年例，臘日上墳」。臘日即「臘八」，也就是農曆臘月（十二月）初八，上墳即今所說的掃墓，是親至先人墳塋祭奠的儀式。因爲山東人有「臘日上墳」之俗，所以隨夫居住在青州的清風寨文知寨劉高的夫人才有「爲因母親棄世，今得小祥，特來墳前化紙」的出行。這裏說劉高夫人爲她的母親上墳，劉高本人就是不必隨行的；又是小祥即去世一週年，則劉高夫人就一定要去上墳的。種種機緣使劉高夫人而必「臘日上墳」，必其一人攜隨從經過清風山下，遂遭遇王英的搶劫而使故事順理成章。試想如果不是劉高夫人一人攜隨從「臘日上墳」，而是有劉高率領的一次出行，下面的情節恐怕就不容易生發，也一定不是今本所寫的樣子了。由此可見，這裏寫「山東人年例，臘日上墳」之俗於敘事寫人的作用之大，幾乎是唯此最好，沒有更好。

　　另外，魯智深和史進火燒瓦罐寺後，走了一夜，天色微明時來到一個村鎮。村中獨木橋邊，有一個小小酒店，兩人在此吃了酒飯後各奔前途。這處無名村鎮離瓦罐寺不會太遠，大約也在青州地面。

第三節　《水滸傳》中的青州人物

　　《水滸傳》涉及青州的章回大約有十四回書，所寫人物有名姓者達三四十人之多。其中既有祖居或祖籍青州的各色人等，也有宦居此地的文武官員、來此落草的異鄉豪傑，還有那些曾經來去匆匆、援助「三山聚義打青州」的梁山泊好漢。

一、隸籍青州的各色人等

（一）周通

　　周通，綽號小霸王，在青州桃花山占山爲王，後來被路經此地的李忠打敗，便讓他坐了第一把交椅，自己甘做二把手。兩人共同經營桃花山寨，有五七百小嘍羅，打家劫舍，官軍也奈何不得。這不能不說得益於周通豪爽豁達的江湖胸懷。但周通也有好色的毛病。他看上了桃花山下劉太公的女兒，仗著山大王的威風，硬行撇下定禮，要入贅劉家。入贅之夜，周通被魯智深賺入銷金帳中痛打一番，僥倖逃脫歸山。「三山聚義打青州」之後，周通隨宋江等投奔梁山，列「梁山泊好漢」第八十七位頭領。

（二）孔太公、孔賓、孔明、孔亮

孔太公是白虎山下孔太公莊的莊主，孔賓居住在青州城裏。根據小說的描寫，兩人顯係兄弟關係。孔太公有兩個兒子，長子孔明綽號毛頭星，次子孔亮綽號獨火星。孔太公與宋江早有交情，得知宋江在柴進莊園躲避殺惜命案，就殷切邀他至本莊居住，並拜爲孔明、孔亮的師父。武松投奔二龍山，路經此地，也與孔明、孔亮有了結交。後來，孔明、孔亮「因和本鄉一個財主爭競，把他一門良賤盡都殺了」（第五十七回），官司追捉緊急，便占住白虎山落草。慕容知府把孔賓監到牢裏，企圖脅迫孔明、孔亮投降。兄弟二人攻打青州，要營救叔叔孔賓，但出兵不利，孔明被捉。後來，白虎山與桃花山、二龍山人馬共打青州，在梁山人馬援助下，救出了孔賓、孔明。孔明、孔亮隨宋江上了梁山，做了「梁山泊好漢」第六十二、六十三位頭領。

（三）黃信

黃信，綽號鎮三山，青州人，原爲青州兵馬都監。受慕容知府之命，設計捉拿了大鬧清風寨的花榮，與劉高一起監押囚車，將宋江、花榮解往青州。途經清風山下，燕順、王英和鄭天壽率人劫奪囚車，黃信獨力難以抵敵，單騎逃回清風寨，保守寨柵，將軍情飛報慕容知府。秦明落草後，說服他棄守清風寨，入夥清風山。去梁山後，做了第三十八位頭領。南征方臘之役勝利後，黃信復回青州任職。

（四）郁保四

郁保四，原籍青州，「身長一丈，腰闊數圍，綽號險道神」（第六十八回）。段景住、楊林和石勇三人，前往北地爲梁山買馬，「選得壯窩有筋力好毛片駿馬，買了二百餘匹。回至青州地面，被一夥強人，爲頭一個喚作險道神郁保四，聚集二百餘人，盡數把馬劫奪，解送曾頭市去了」（第六十八回）。因此，宋江率梁山人馬攻打曾頭市。由於梁山人馬進攻兇猛，郁保四隨同曾頭市的曾升前來講和。宋江、吳用策反了郁保四，派他復回曾頭市，一方面誘導曾家倚重的史文恭劫宋江之寨，一方面爲潛伏在市內法華寺的李逵、時遷等梁山頭領傳遞消息。郁保四依計而行，爲梁山建了一場功勞。梁山英雄排座次，郁保四列居眾頭領的第一百〇五位。

（五）劉高夫妻

劉高是清風寨正知寨。小說寫他的妻子於臘日去清風山附近給母親上

墳，可知其妻為青州人；劉高籍貫未明，在此且把他作為青州人。劉高「又是文官，又沒本事」，「亂行法度，無所不為」（第三十二回）。他的妻子天姿秀麗，貌若仙子，卻是一副蛇蠍心腸，挑撥劉高殘害良民，貪圖賄賂。好色的王英把這個婦人搶上了清風山，要做押寨夫人，幸虧宋江義氣施救，放她回家。後來她恩將仇報，把宋江誣為清風山賊頭，引起了花榮大鬧清風寨的事件，驚動了青州府。後來，這對夫妻先後被捉拿上清風山，成為山寨好漢的刀下之鬼。

二、宦遊青州的文武官員

（一）慕容知府

　　《水滸傳》寫青州知府複姓慕容，雙名彥達。他是青州府的最高行政長官，小說未明其籍。不過，小說既寫他是徽宗天子慕容貴妃之兄，則當為依託裙帶關係而宦居青州。此人「倚託妹子的勢要，在青州橫行，殘害良民，欺罔僚友，無所不為」（第三十三回）。後來，慕容知府被秦明打死於青州城門之內（第五十八回）。

（二）花榮

　　花榮，綽號小李廣，原為清風寨副知寨，是一名武藝高強、射技尤精的年輕武官。小說未明其籍，但慕容知府曾說花榮係「功臣之子」（第三十三回），則當為朝廷功臣之後而為官於青州者。花榮早先即與宋江相識。宋江殺死閻婆惜後，輾轉投奔他來。元宵之夜，宋江觀賞清風鎮花燈，被劉高之妻咬定是清風山賊頭。劉高將宋江監於寨中。花榮大鬧清風寨，搶回了宋江。為此，青州兵馬都監黃信設計捉拿了花榮，與宋江一起解往府城。燕順、王英和鄭天壽劫了囚車，將宋江、花榮救上清風山。打敗前來剿捕的官軍後，花榮等一班人往投梁山，做了梁山第九位頭領。

（三）秦明

　　秦明，綽號霹靂火，山後開州人，原為青州指揮司兵馬統制。因為燕順、王英和鄭天壽劫奪了押解宋江、花榮的囚車，秦明受慕容知府委派，帶五百官軍前來攻打清風山。被宋江、花榮以誘敵深入之計和水攻之術，打得大敗，本人被活捉上山。秦明不願落草為寇，被宋江用計斷了他的歸路，不得已歸降清風山，又說服部下黃信前來入夥。不久，秦明與清風山人馬同投梁山，

做了梁山第七名頭領。後來，秦明隨宋江支援二龍山、桃花山、白虎山等三山人馬攻陷青州，在城門內殺死慕容知府，報了滅門之仇。

（四）呼延灼

呼延灼，綽號雙鞭，祖籍河東人氏，宋朝開國名將呼延贊嫡派子孫，原爲汝寧州都統制。經高俅舉薦，呼延灼奉旨剿捕梁山，卻被梁山人馬大敗，不敢回東京，投奔青州慕容知府。夜宿桃花山下，伏路嘍囉盜走了他的寶馬。到青州後，慕容知府借給他兩千官軍征剿桃花山。由於二龍山人馬前來援助李忠、周通，呼延灼的攻打行動受挫。恰值此時白虎山人馬攻打青州城，慕容知府召呼延灼回兵保守城池。青州城下，呼延灼活捉了孔明。數日後，宋江率梁山人馬援助二龍山、桃花山和白虎山攻打青州，以誘敵之計活捉了呼延灼。感於宋江義氣，呼延灼投降落草，又帶「秦明、花榮、孫立、燕順、呂方、郭盛、解珍、解寶、歐鵬、王英十個頭領，都扮作軍士衣服模樣」（第五十八回），賺開城門，攻陷了青州城池。去梁山後，呼延灼位列頭領第八名。

三、落草青州的異鄉豪傑

（一）李忠

李忠，綽號打虎將，原是江湖上使槍棒賣藥的教頭，教九紋龍史進開手的師父。在渭州街頭與魯達相識，與史進相遇，同飲於潘家酒樓。次日，魯達三拳打死了綽號鎮關西的鄭屠，爲躲避牽連，李忠離開了渭州。路經青州桃花山下，先已在此落草的周通與之廝殺，李忠得勝，周通便請李忠上山坐了第一把交椅。兩人的桃花山寨有五七百小嘍囉，打家劫舍，抗擊官軍捕捉。「三山聚義打青州」成功之後，李忠隨宋江等一起投奔梁山，列「梁山泊好漢」第八十六位頭領。

（二）呂方、郭盛

呂方，綽號小溫侯，祖貫潭州人氏。「因販生藥到山東，消折了本錢，不能勾還鄉，權且占住這對影山，打家劫舍」（第三十五回）。郭盛，綽號賽仁貴，祖貫西川嘉陵人氏。「因販水銀貨賣，黃河裏遭風翻了船，回鄉不得」（第三十五回），來對影山尋呂方比試戟法，企圖奪山落草。帶領清風山人馬轉移梁山泊的宋江和花榮，行經對影山下，勸和了交戰的呂方和郭盛，並邀之共

投梁山，做了「梁山泊好漢」第五十四、五十五位頭領。

（三）燕順、王英、鄭天壽

燕順，綽號錦毛虎，祖貫山東萊州人氏，「原是販羊馬客人出身，因為消折了本錢，流落在綠林叢內打劫」。王英，祖貫兩淮人氏，「為他五短身材，江湖上叫他做矮腳虎。原是車家出身，為因半路裏見財起意，就勢劫了客人，事發到官，越獄走了，上清風山，和燕順占住此山，打家劫舍」。鄭天壽，祖貫浙西蘇州人氏，「為他生得白淨俊俏，人都號他做白面郎君。原是打銀為生，因他自小好習槍棒，流落在江湖上，因來清風山過，撞著王矮虎，和他鬥了五六十合，不分勝敗。因此燕順見他好手段，留在山上，坐了第三把交椅」（第三十二回）。投奔梁山後，三人分別位列「梁山泊好漢」第五十、五十八和第七十四位頭領。

（四）魯智深、楊志、武松、施恩、曹正、張青、孫二娘

魯智深本名魯達，綽號花和尚，關西渭州人。原是渭州經略府提轄官，因三拳打死鎮關西鄭屠，逃到代州雁門縣，經趙員外推薦，落髮五臺山為僧。因兩番醉酒大鬧僧寺，存身不住，被智真長老薦往東京大相國寺掛搭。途經青州地面，「大鬧桃花村」（第五回），又與史進「火燒瓦罐寺」（第六回）。在東京結拜林沖，後為保護林沖而「大鬧野豬林」，因此得罪了高俅太尉，再次亡命江湖，輾轉來青州，與楊志、曹正等智奪二龍山，殺死草寇鄧龍，做了山寨大頭領。打破青州後，隨宋江等一起上梁山，位列「梁山泊好漢」第十三名頭領。

楊志，綽號青面獸，關西人。三代將門之後，五侯楊令公之孫。原是東京殿司制使官，因失陷花石綱，不敢回京，隨處漂泊避難。遇赦後，因生活無著，街頭賣刀，殺死了尋釁的牛二，疊配北京大名府留守司充軍。留守司梁中書委派他押運生辰綱去東京，在黃泥岡上被晁蓋等人劫走。憤恨與無奈之中，楊志逃亡到青州地面，結識了曹正和魯智深，共奪二龍山寶珠寺落草，做了山寨的第二位頭領。後隨宋江等上梁山泊，列於梁山頭領第十七位。

武松，綽號行者，清河縣人，原為陽谷縣步兵都頭。為給哥哥武大復仇，殺死西門慶和潘金蓮，被刺配孟州牢城。在孟州，武松醉打蔣門神，為施恩奪回了快活林酒店，為此受到張都監、張團練和蔣門神的設計陷害，幾

乎喪命。武松殺死張都監等人，越城逃亡。遇到張青、孫二娘夫婦，推薦他投奔二龍山魯智深和楊志。於是扮作頭陀而行，途經白虎山下孔太公莊，醉打孔亮，在莊內再遇此前相識的宋江。不久，武松投往二龍山落草，做了山寨三頭領。三山聚義打青州之後，隨宋江等去梁山泊，列於梁山頭領第十四位。

二龍山還有四名小頭領。第一名是施恩，綽號金眼彪，孟州人，孟州牢城施管營之子，曾收買武松為他奪回快活林酒店。「為因武松殺了張都監一家人口，官司著落他家追捉凶身，以此連夜挈家逃走在江湖上；後來父母俱亡，打聽得武松在二龍山，連夜投奔入夥」（第五十七回）。

小頭領第二名是曹正，綽號操刀鬼，開封府人，祖代屠戶出身，林沖曾收為徒弟。家鄉一個財主拿五千貫本錢教他來山東經商，不想折本，回鄉不得，入贅山東一莊農人家，在離青州地面不遠處開一家酒店。他提出了向鄧龍縛獻魯智深的計策，幫助魯、楊二人奪了二龍山寶珠寺，不久後前來入夥。

張青、孫二娘夫婦，綽號分別為菜園子、母夜叉，孟州人。原在孟州道十字坡開黑店，結識了過往的魯智深和武松。後來，夫妻二人投奔二龍山落草，作了山寨第三、四名小頭領。

施恩、曹正、張青和孫二娘後來都隨宋江打青州的隊伍去了梁山，分別位列梁山泊好漢第八十五位、第八十一位、第一百○二位和第一百○三位。

（五）史進

史進，綽號九紋龍，延安府華陰縣史家村人。因結連落草少華山的朱武、陳達、楊春等人，東窗事發，逃至渭州，結識了魯達（智深）。魯達打死了鄭屠，史進懼怕牽連吃官司，逃亡北京等地。使盡盤纏後，來到青州地面赤松林剪徑，不巧又與魯智深相遇。兩人合力殺死霸佔瓦罐寺的惡僧崔道成和丘小乙，火燒瓦罐寺。不久，史進「再回少華山，去投奔朱武等三人入了夥」（第六回）。到梁山後，史進做了第二十三位頭領。

另外，第五十八回寫宋江率領梁山人馬援助二龍山、桃花山和白虎山攻打青州，前來參戰的好漢共二十位，他們是：開路先鋒花榮、秦明、燕順、王矮虎；第二隊穆弘、楊雄、解珍、解寶；中軍主將宋江、吳用、呂方、郭盛；第四隊朱仝、柴進、李俊、張橫；後軍孫立、楊林、歐鵬、凌振。其中，宋江、花榮、秦明、燕順和王矮虎真正是「故地重遊」了。

第四節　《水滸傳》中的青州故事

　　《水滸傳》寫青州人物多、故事多。故事雖無「智取生辰綱」、「武松打虎」等聳人聽聞，驚世駭俗，但是無不起伏跌宕或曲折驚險，於寫他州故事大異其趣，而同樣於表現一書主旨關係重大。

一、魯智深大鬧桃花村、火燒瓦罐寺

　　魯智深離開五臺山去往東京，行經青州地面，借宿於桃花山下桃花莊劉太公家。劉太公雖然對他酒肉招待，卻又愁眉不展。魯智深詢問得知，他夜裏要迎桃花山二頭領周通前來入贅。劉太公原指望獨生女兒給自己養老送終，沒成想周通硬行下了定禮，要成親事。劉太公心中極不情願，卻懼怕周通的山大王威勢，拒絕不得，以此苦惱。魯智深讓劉太公藏過女兒，表示自己要勸退這門親事。當天夜裏，魯智深住進新娘房中，把周通賺入銷金帳，一頓狠揍。周通僥倖逃脫，撿得一條性命。桃花山大頭領李忠前來爲周通報仇，認出對手竟是渭州故友魯智深。於是邀請魯智深來桃花山做客。魯智深與周通結交爲友，借機勸退了他與劉太公家的親事。是爲魯智深大鬧桃花村故事。

　　魯智深在桃花山住了幾天，見李忠、周通不是慷慨之人，不辭而別，行至一處名曰瓦罐寺的敗落寺院。魯智深從苟延殘喘的老和尚口中得知，瓦罐寺曾是十方常住，僧侶眾多，香火甚盛。但後來有一個綽號生鐵佛的雲遊和尚崔道成，帶了一個綽號飛天夜叉的道人丘小乙，「來此住持，把常住有的沒的都毀壞了……把眾僧趕出去了」，霸佔了寺院，「只是綠林中強賊一般，把這齣家影占身體」，「吃酒吃肉」，姦淫成性，無所不爲。恰好魯智深也見到那一僧一道「見今養有一個婦女在那裏」，不由得怒火中燒，趕來尋崔道成。崔道成則「仗著一條樸刀，從裏面趕到槐樹下來搶智深」。兩個正打鬥間，又有丘小乙背後來襲。魯智深「一來肚裏無食，二來走了許多路途，三者當不的他兩個生力」，只好敗投赤松林，在那裏邂逅剪徑的史進。兩人再回寺中，殺死了崔、丘二人。而魯智深敗走期間，那幾個老和尚和被擄的婦女都已經上弔自殺。魯智深和史進遂一把火燒了瓦罐寺。

　　作爲《水滸傳》中的一個重要人物，魯智深壯舉頗多。而以上發生在青州的壯舉，正展示了魯智深見義勇爲、嫉惡如仇的好漢性格。

二、孔太公莊宋江授徒與武松打店

　　孔氏家族是青州白虎山下的鄉間大戶。這個家族長輩有孔太公、孔賓，晚輩有孔明、孔亮兄弟。孔太公早就與宋江有深厚的交情。宋江因殺惜命案逃亡時，想到的安身之處就有「白虎山孔太公莊上」（第二十二回）。孔太公也不懼命案牽連，聞知宋江躲在滄州柴進處，便特地邀接他來本莊居住，讓孔明、孔亮拜他為師，習學槍棒。武松投往二龍山落草，路經此處的村酒店，因為酒食不如意，不但打了店主人和孔亮，還把孔亮預備的好酒好肉吃了一個醉飽。因此，醉酒無力的武松被捉入莊中拷打，不巧在此又與宋江相遇。宋江、武松離開孔太公莊後不久，孔明、孔亮與本鄉一個財主爭鬥，把對方滿門殺滅，就去白虎山落草為寇了。慕容知府為了清剿白虎山，便把孔賓監入牢中。兄弟二人營救叔叔孔賓，卻出兵不利，被呼延灼活捉了孔明，因此就有了「三山聚義打青州」。攻破青州後，孔氏家族隨宋江投往梁山。招安後，孔明、孔亮歿於南征方臘之役。

三、宋江與燕順、花榮等的遇合

　　宋江從孔太公莊投奔清風寨花榮，路過清風山，被燕順等手下伏路嘍囉捉上山寨，幾乎送命。在燕順等得知他是宋江而待為上賓之後，他又施仁義救了清風鎮文知寨劉高的老婆。不料清風鎮元宵節看燈，宋江又被劉氏所誣，被捉拿拷打，引出花榮大鬧清風寨。黃信、秦明先後率官軍征討，卻最後都歸順了山寨。不久，宋江與花榮、秦明、黃信、燕順、王英、鄭天壽等共奔梁山。這是發生在清風山的故事。

　　清風寨故事主要說，宋江來到花榮寨上居住，元宵節時去鎮上游賞花燈，正「看那小鰲山時」，被「那劉知寨的老婆於燈下卻認的宋江，便指與丈夫道：『兀那個黑矮漢子，便是前日清風山搶擄下我的賊頭！』」（第三十三回）其實清風山搶擄她的是矮腳虎王英，王英執意迫她做個押寨夫人。當時宋江在山，待曉得這女人是花榮同事的夫人，便堅持說服王英放她下山回家。不想這女人恩將仇報，把唯一救了她的宋江當作泄憤的對象，哄騙劉高立即命親隨捉拿宋江，拷掠監禁。花榮請求劉高放人，遭到拒絕，便衝到劉高寨中搶走了宋江。劉高再派手下奪人，卻被花榮張弓搭箭嚇了回去。為躲避災禍，宋江連夜投往清風山。劉高早有預料，半路設伏又把宋江捉了。花榮也被慕容知府委派兵馬都監黃信設計擒拿，與宋江一併解往青州府。燕順、王英、

鄭天壽等清風山好漢劫了囚車，將宋江、花榮救上山去。黃信倉皇退守清風寨。秦明入夥清風山後，說服黃信來降。宋江等好漢再回清風寨，殺盡劉高一家，花榮則取了家小，落草清風山。

四、「三山聚義打青州」

《水滸傳》寫桃花山、二龍山和白虎山等三山強人原本各立門戶。桃花山先是周通為首。李忠從桃花山下經過，贏了劫道的周通，遂受邀上山坐了第一把交椅。兩人率小嘍囉打家劫舍，官府也奈何不得。呼延灼攻打梁山失敗，投奔青州慕容知府，路宿山下酒店，御賜踢雪烏騅馬被山上小嘍囉偷去，因此引出慕容知府請呼延灼攻打桃花山。李忠、周通不敵呼延灼，向二龍山魯智深、楊志和武松求援；雖得三人助戰，仍不分勝負。恰好白虎山人馬攻打青州，呼延灼奉命撤軍保守城池。遂有第五十八回武松、魯智深建議二龍山、桃花山與白虎山「三山聚義打青州」。

二龍山先後兩易寨主。最初寨主是綽號金眼虎的鄧龍。他原是「（寶珠）寺裏住持，還了俗，養了頭髮，餘者和尚，都隨順了」（第十七回），聚集得四五百人，在周圍打家劫舍。魯智深因為野豬林救林沖，遭高（俅）太尉派員追捕，逃亡至孟州十字坡張青和孫二娘處，「打聽的（青州）這裏二龍山寶珠寺可以安身，……特地來奔他鄧龍入夥」，卻遭鄧龍拒絕。失陷了生辰綱的楊志因操刀鬼曹正的建議，也來二龍山落草，與魯智深經過一番「不打不相識」，認了「是自家鄉里」（第十七回）。後來這兩位關西好漢還有曹正等，用計殺死鄧龍，奪了二龍山，成了山上第二任寨主。通過張青、孫二娘的介紹，武松投奔二龍山，做了山寨的第三頭領。這樣，魯智深、楊志和武松成為山寨的三大頭領，坐鎮寶珠寺大殿。又有先後來山的曹正、施恩、張青和孫二娘等各做了小頭領，威聲大振，「青州官軍捕盜，不敢正眼覷他」（第三十一回），「累次抵敵官軍，殺了三五個捕盜官」（第五十七回）。魯智深等援助李忠、周通等保全了桃花山之後，又聯絡了白虎山孔亮等，「三山聚義打青州」。

白虎山原本無人佔據。孔明、孔亮「因和本鄉一個財主爭競，把他一門良賤盡都殺了，聚集起五七百人，占住白虎山，打家劫舍」（第五十七回）。不過這倆兄弟武藝平平，雖經過宋江點撥，似乎也沒多大長進。所以他兩個去打青州，呼延灼輕易「就馬上把孔明活捉了去」（第五十七回），嘍囉四

散，孔亮敗逃。爲了救哥哥孔明等人，孔亮請求二龍山、桃花山援助，共打青州；同時又去請來了梁山援兵。攻克青州府城後，孔明、孔亮隨宋江等一起上了梁山。

至此《水滸傳》中的青州故事也基本完結。

五、宋江的青州之行

作爲《水滸傳》的核心人物，宋江的青州之行應該是青州故事中值得特別注意的內容。

（一）宋江的第一次青州行

根據《水滸傳》的描寫，宋江首次來到青州，是在宋徽宗政和六年、七年（1116、1117）〔註15〕，停留和活動時間有半年左右〔註16〕。

宋江殺死閻婆惜後，先投奔滄州柴進處住了半年，青州孔太公使人迎請他到自己的莊院居住，以躲避追捕。宋江便做了孔明、孔亮的習武師父。在此，宋江不期邂逅久別的武松。後來，宋江又投往清風寨的花榮處。途經清風山下，宋江被伏路嘍羅捉到山上，要做醒酒湯。在刀剜心肝之際，宋江哀歎：「可惜宋江死在這裏！」山寨頭領燕順、王英、鄭天壽聽到這話，問得明確之後，納頭便拜，把宋江奉爲座上嘉賓。其所以如此，則一如燕順所說：「小弟在江湖上綠林叢中走了十數年，也只久聞得賢兄仗義疏財、濟困扶危的大名，只恨緣分淺薄，不能拜識尊顏。今日天使相會，真乃稱心滿意」；「仁兄禮賢下士，結納豪強，名聞寰海，誰不欽敬！梁山泊近來如此興旺，四海皆聞，曾有人說道，盡出仁兄之賜。」（第三十二回）

宋江在清風山小住，救了被王英擄掠來的清風寨文知寨劉高之妻。幾天後，宋江下山投奔花榮，受到了花榮的真誠禮遇。元宵之夜，宋江在清風鎮上觀賞花燈，劉高之妻恩將仇報，誣陷他是清風山賊頭，被劉高派人捉入寨中嚴刑拷打。結果導致花榮大鬧清風寨。宋江不得已躲往清風山，卻又被劉高預先派人伏路，捉回本寨。慕容知府派兵馬都監黃信來清風寨捉拿了花榮，

〔註15〕陸澹安：《說部卮言》，上海錦繡文章出版社，2009年版，第286～289頁。

〔註16〕第三十二回，宋江與武松相遇於孔太公莊內，宋江道：「我自從和你在柴大官人莊上分別之後，我卻在那裏住得半年。……卻有這裏孔太公……特地使人直來柴大官人莊上取我在這裏。……我在此間住半年了。」第三十五回寫宋江「奔到本鄉村口張社長酒店裏暫歇一歇，……張社長動問道：『押司有年半來不到家中，……』」這都說明宋江在青州的時間有半年左右。

和宋江一併解送青州府。在清風山附近，燕順、王英和鄭天壽劫了囚車，救了宋江和花榮，兩人就此落草。

慕容知府隨即委派秦明攻打清風山。宋江、花榮採取誘敵深入之計，利用山溪之水，水淹官軍，活捉了秦明。爲使秦明歸降山寨，宋江又行一計：選人扮作秦明模樣，夜間「直奔青州城下，點撥紅頭子殺人；燕順、王矮虎帶領五十餘人助戰」，殺人放火。慕容知府被宋江之計瞞過，殺死了秦明的妻小。秦明絕了歸路，只好入夥清風山；隨即黃信歸降。爲防朝廷大軍前來征剿，宋江帶領清風山人馬投奔梁山。在對影山，宋江又說得呂方、郭盛兩名好漢同往梁山。途中，宋江因接到石勇所送家書說父親宋太公病故，便星夜趕回老家。

宋江的首次青州之行，起因於殺死閻婆惜，身負命案，逃亡江湖，是一次不折不扣的亡命之旅。在逃亡過程中，宋江結納、聚攏了一批江湖好漢，提高了江湖聲望。他雖然因中途變故而沒能親帶人馬到達梁山，但爲梁山引薦了花榮、秦明、黃信、燕順、王英、鄭天壽、呂方、郭盛和石勇等九籌好漢，加強了梁山泊好漢的力量，對山寨的貢獻很大。

就人物形象而言，宋江的首次青州行有以下四個方面值得注意。

首先，宋江表現了無與倫比的江湖身價與影響力。在《水滸傳》中，宋江甫一出場，即寫他在家鄉鄆城飛馬救晁蓋、仗義疏財、結納豪傑等義舉，頗見江湖義氣。但鄆城畢竟是個小碼頭，宋江雖然名滿天下，可究竟還是一個未曾遠離家鄉的押司小吏，真正的江湖身價並沒有得到江湖風浪的考驗。殺惜逃亡，固然是他出於保全性命的企圖，但卻爲考驗江湖身價提供了極爲難得的機會。逃亡之旅中，最危險的莫過清風山的經歷。宋江在清風山寨與死神擦肩而過的極端歷險，以及最終成爲山寨座上嘉賓，固然是他平昔仗義疏財、結納豪傑的結果。更重要的是，這顯示了宋江無與倫比的江湖身價與影響力。前人曾經評說：「（燕順）聞及時雨呼保義之名，則慨然釋之，而且兄弟之，而且俯首聽命之，固古今交遊中不再見之事。」〔註17〕所謂「兄弟之」、「俯首聽命之」，其實也是絕大多數江湖好漢對於宋江的態度，這是他後來成爲梁山群龍之首的最重要的根基。同時，由燕順所說可知，江湖上流傳晁蓋一班人馬之所以在梁山泊做得紅火，根本在宋江的功勞。這也表明，宋

〔註17〕〔清〕王仕雲：《出象評點水滸傳》，轉引自馬蹄疾編：《水滸資料彙編》，中華書局，1980 年第 2 版，第 240 頁。

江在江湖上擁有了巨大的聲望，江湖地位已遠在晁蓋之上。總之，宋江雖然還沒有走上梁山，成爲這個集團的正式一員，但實際已經具有了引領綠林的江湖地位。因此，宋江歷經曲折磨難，最終走上梁山，自然是江湖好漢的眾望所歸。進一步看，所謂宋江在梁山「架空晁蓋」〔註18〕，究其根源，也首先在於眾望所歸的客觀現實。

其次，宋江首次表現了作爲一名軍事將領的基本素質。小說第三十二回寫道：「將在謀而不在勇。」宋江率清風山人馬反擊前來剿捕的秦明，是他生平第一次用兵。在敵強我弱、敵方進攻兇猛的危急情況下，宋江冷靜沉著，根據秦明性急如火的個性，實施誘敵深入之計，引誘他跟進山中；充分利用地利，截取山溪之水，水淹官軍；最終以逸待勞，戰勝了來勢洶洶的秦明與青州官軍。戰後，宋江審時度勢，建議並帶領清風山人馬轉移梁山泊，這「走爲上」也是軍事上的一大良策。總的來看，宋江表現出來的是善知敵我、能施計謀、長於指揮的軍事將領的素質。這與秦明作爲官軍將領的急躁冒進、有勇無謀判然有別，也與燕順、王英等動輒「論秤分金銀，整套穿衣服」（第三十四回）、只求快活的綠林作風絕不相同。因此，宋江後來能夠作爲梁山泊好漢的領袖人物，指揮人馬抵敵官軍，揚威江湖；接受招安後，又能統帥眾好漢征戰殺伐，盡忠朝廷。

第三，宋江第一次明確表達了暫時落草以等待招安的思想。這也是宋江坐了梁山頭把交椅後，作爲山寨領袖，爲手下眾好漢謀求出路與前途、最終爲國盡忠的指導思想。對此，小說還以九天玄女贈書的天命形式給予了特別肯定。宋江最早提出這一思想，就是在首行青州的過程中。第三十二回寫宋江和武松在瑞龍鎮分手，宋江說：

> 兄弟，你只顧自己前程萬里，早早的到了彼處。入夥之後，少戒酒性。如得朝廷招安，你便可攛掇魯智深、楊志投降了，日後但是去邊上，一槍一刀，博得個封妻蔭子，久後青史上留得一個好名，也不枉了爲人一世。

此時宋江雖然還沒有被逼落草，但他設身處地，對二龍山魯智深、楊志和前去入夥的武松提出這番勸誡，正是暫時落草山頭、等待朝廷招安思想的具體表述。

〔註18〕馬幼垣：《架空晁蓋》，見《水滸論衡》，三聯書店，2007 年版，第 305～328 頁。

最後，宋江經歷了由落草清風山而復回家的過程，小說以此寓意未來他主政梁山後走向招安的必然。宋江在清風山落草，因接到父親喪書，隨即脫離燕順、王英、花榮等一班落草的兄弟，急匆匆奔喪回家。儘管這是宋太公的一計，使宋江虛驚一場，但他由此切身體驗了喪父之痛，深刻體知父親對他的忠孝要求和期待，從而為在青州「一時乘興，與眾位來相投」（第三十六回）梁山的孟浪之舉深感後悔，於是謹遵父命，寧可刺配江州牢城，絕不落草梁山。宋江所以如此，是出於對宋太公的孝道，「孝」是他這次由落草而復回家的原動力。就人物形象來講，這使此前宋江「於家大孝」（第十八回）的說法落到實處，凸顯了他的孝子形象。忠臣出於孝子，《水滸傳》在其隱含的這一思想基礎上，進而透露出宋江這段故事的象徵意義，即未來的宋江將會移孝為忠，帶領梁山那班兄弟通過招安而回歸主流社會，為朝廷效力。

（二）宋江的第二次青州行

宋江的第二次青州之行，是應孔亮請求，支援二龍山、桃花山和白虎山三山人馬攻打青州。這一次停留的時間較短，有十天左右。

呼延灼奉旨征剿梁山泊，被宋江等大敗，不敢回東京，逃往青州投靠慕容知府，以圖打通朝廷關節，再度委用。慕容知府委派他收伏桃花山、二龍山和白虎山三處心頭之患。呼延灼先去攻打桃花山，未分勝負；因白虎山人馬前來攻打青州府城，慕容知府召回呼延灼保守城池。呼延灼活捉了孔明，孔亮敗逃。途中遇到支援桃花山歸來的二龍山人馬，遂三山聚義打青州。根據楊志建議，孔亮趕赴梁山向師父宋江求援。梁山方面「點起五軍，共計二十個頭領，馬步軍兵三千人馬」（第五十八回），到達青州城外，宋江、吳用和花榮智取了呼延灼。

宋江說服呼延灼歸降梁山，並派他帶著秦明、花榮、孫立等十個梁山頭領，賺開城門，攻陷了青州城池。宋江「就大牢裏救出孔明並他叔叔孔賓一家老小。便教救滅了火，把慕容知府一家老幼盡皆斬首，抄剳家私，分俵眾軍。天明，計點在城百姓被火燒之家，給散糧米救濟。把府庫金帛，倉廒米糧，裝載五六百車。又得了二百餘匹好馬。就青州府裏做個慶喜筵席，請三山頭領同歸大寨。」（第五十八回）

宋江的第二次青州之行在軍事上大獲全勝，可謂快意青州。宋江不但奪取了豐厚的戰利品，而且又帶領十二名好漢加入梁山泊，他們是呼延灼、魯智深、楊志、武松、施恩、曹正、張青、孫二娘、李忠、周通、孔明、孔亮。

宋江的這次青州之行進一步壯大了梁山的人員和物質力量。

　　作為《水滸傳》的核心人物，宋江的兩次青州之行，先為逃亡江湖的案犯，後是梁山的領軍頭領，每一次均與青州結下了極深的關係。一是他落草江湖，開始於青州清風山；二是他作為軍事將領的素質，初步表現於在清風山反擊官軍剿捕，而在攻打青州時得到了進一步表現；三是暫時落草以待招安的思想，是在他的首次青州之行中提出的。他再至青州收服呼延灼時，也以「權借水泊裏避難，只待朝廷赦罪招安」（第五十八回）為由；四是結納綠林豪傑，延攬人才，兩次共為梁山引來 21 名好漢，占後來梁山頭領總數的五分之一。其中，不乏武藝高強、梁山倚重的好漢，如位居馬軍五虎將的秦明、呼延灼，馬軍八驃騎兼先鋒使的花榮、楊志，以及位列步軍頭領前兩名的魯智深和武松。這是宋江兩次青州行中最豐厚的收穫，是對梁山集團貢獻最大之處。因此，在很大程度上，青州是宋江走向梁山領袖地位的根基所在，是他日後引領綠林、揚威江湖與盡忠朝廷的起家之地。

　　宋人方勺《泊宅編》卷五載：「京東賊宋江等出入青、齊、單、濮間。」〔註19〕明確說歷史上宋江等人活動的範圍包括了青州，甚至首先是青州。因此，雖然沒有更進一步資料可考宋江等在青州活動的具體情景，但是元人如高文秀《黑旋風雙獻功雜劇》、無名氏《魯智深喜賞黃花峪雜劇》等，寫宋江上場道白中就有稱水泊梁山「北靠青、濟、兗、鄆」的話。可見歷史上的宋江很可能曾經率部游擊青州，水滸故事也確與青州有一定的聯繫。由此生發出《水滸傳》中青州地面人物、故事的敘寫，構成《水滸傳》，這也隱約透露出縱橫水泊的宋江和青州的某種關係。

〔註19〕〔宋〕方勺：《泊宅編》，朱一玄、劉毓忱編：《水滸傳資料彙編》，南開大學出版社，2002 年版，第 6 頁。

第七章 《水滸傳》中的東平府

東平古稱東原，得名於《尚書‧禹貢》：「大野既豬，東原底平。」[註1]東平的行政建置歷代屢有變化。西漢文帝時，東平屬梁孝王；宣帝甘露二年（52）置東平國，屬兗州刺史部；東漢、曹魏及晉時仍為東平國。南朝宋改東平國為東平郡。隋、唐、五代時期置鄆州。唐德宗貞元四年（788），宿城縣改名東平縣，此為東平以縣冠名之始。北宋初期仍為鄆州，後改為東平郡，屬京東西路。宋徽宗宣和元年（1119），改鄆州為東平府，領須城、陽谷、中都、壽張、東阿、平陰 6 縣，府治須城（今東平縣州城鎮）。金代沿宋為東平府，屬山東西路，領須城。元代改東平府為東平路，下轄五十四州縣，是東平歷史上轄境最大、經濟文化最為繁榮的時期。明洪武初改為東平府。洪武八年（1375）降為州，隸濟寧府，領汶上、東阿、平陰、陽谷、壽張五縣。清雍正八年（1730），升東平州為直隸州；雍正十三年（1735），撤直隸州為散州，屬泰安府。民國二年（1913），改東平州為東平縣，今屬泰安市。

在《水滸傳》中，東平府一地而兩稱，或稱鄆州，或稱東平府。據統計，《水滸傳》稱「鄆州」7 次，「東平府」25 次。根據北宋以來東平的行政沿革可知，「鄆州」為北宋初期建置，「東平府」則是北宋後期、金代和明洪武八年（1375）以前的建置。《水滸傳》所寫北宋的鄆州即東平府屬縣與水滸相關的有陽谷、汶上和壽張三地。陽谷、壽張二縣另有章節，本章主要就《水滸傳》與鄆州即東平府故治（今東平縣）相關的地域、人物等介紹如下。

〔註 1〕此句意為：大野澤的水退下去後，東原這個地方露出了平坦的土地。

第一節 《水滸傳》中的東平府城鄉

一、東平府城

《水滸傳》中有七回書共二十七次出現「東平」，其中有六回書二十五次稱「東平府」，其它則稱「鄆州」。但是，《水滸傳》寫東平府，對城池格局、布置等並較少正面具體的描繪，多隨情節的發展順筆提及，所以《水滸傳》中能見的東平府城形象僅一鱗半爪而已。

《水滸傳》寫宋江與盧俊義抓鬮，分得打東平府，城下搦戰，當然要寫到城門。但是，東平府城門是個什麼樣子，沒有寫。只好想像其如一般宋代的城門，沒有特別之處，所以不必說了。但是，這個城門對於東平故事的發展卻起了關鍵作用。事在第六十九回寫東平府兵馬都監雙槍將董平在歸順梁山之後，要立一個「投名狀」性質的功勞，便自報奮勇去打攻入東平府的頭陣：

> 董平道：「程萬里那廝，原是童貫門下門館先生。得此美任，安得不害百姓。若是兄長肯容，董平今去賺開城門，殺入城中，共取錢糧，以為報效。」宋江大喜。便令一行人將過盔甲槍馬，還了董平，披掛上馬。董平在前，宋江軍馬在後，卷起旗幡，都到東平城下。董平軍馬在前，大叫：「城上快開城門！」把門軍士，將火把照時，認得是董都監，隨即大開城門，放下吊橋。董平拍馬先入，砍斷鐵鎖。背後宋江等長驅人馬殺入城來……

（一）東平府衙

第二十七回寫武松鬥殺西門慶，又殺潘金蓮祭兄向官府自首之後，被押送東平府。「東平府尹」即東平知府陳文昭，就在此府衙門大廳對武松從寬量刑；第六十九回寫宋江打東平府借糧，東平府程太守曾在此衙門大廳與兵馬都監董平商討禦敵之策，還在此杖打了梁山下戰書的郁保四與王定六二人並放回梁山。又寫史進入城欲為內應，被娼妓李瑞蘭一家出賣被捕，也是在此衙大廳受刑，「兩邊腿上各打一百大棍」；最後是梁山打破了東平府城，董平銜恨殺了程太守一家，唯搶其女兒做了自己的妻子。

（二）東平府獄

第二十七回寫東平府的牢獄，武松被押解到東平以後，東平府尹陳文昭「哀憐武松是個有義的烈漢」，在定罪處治之前，先是「將武松的長枷，換了

一面輕罪枷枷了，下在牢裏。把這婆子（按指王婆）換一面重囚枷釘了，禁在提事都監死囚牢裏收了」。這裏體現出東平府或宋代的牢房是分級的，有監押普通輕罪犯人牢房，又有監押重罪犯人的「死囚牢」。第六十九回又寫史進在東平府衙門受刑，「史進由他拷打，不招實情。董平道：『且把這廝長枷木杻，送在死囚牢裏。等拿了宋江，一併解京施行。』」但是，東平府牢獄的監管不嚴。梁山吳用派顧大嫂扮貧婆探監傳話，很輕易就被一老公人帶了進去。後來史進弄錯了時辰在獄中起事，董平「領軍出城去捉宋江……上馬點軍去了。程太守便點起一應節級、虞候、押番，各執槍棒，去大牢前吶喊。史進在牢裏不敢輕出。外廂的人又不敢進去。顧大嫂只叫得苦。」

（三）東平府長街與市心

第二十七回寫東平府尹陳文昭處死王婆，「東平府尹判了一個剮字，擁出長街。兩聲破鼓響，一棒碎鑼鳴，犯由前引，混棍後催，兩把尖刀舉，一朵紙花搖，帶去東平府市心裏，吃了一剮」。由此看來，東平府衙門前即「長街」，長街通往「市心」即市中心，那裏是東平府行刑的地方。

（四）「西瓦子李瑞蘭家」

第六十九回寫東平府有「西瓦子李瑞蘭家」。瓦子是宋代的娛樂場所，各色伎藝人等聚居賣藝的地方。東平府有西瓦子，史進早先在東平交往過的妓女李瑞蘭就住在西瓦子裏，所以稱「西瓦子李瑞蘭家」。宋江攻打東平府，史進為了立一個功，請準宋江，自己潛入府城，企圖通過與李瑞蘭的關係做內應，結果是弄巧成拙：

> 且說史進轉入城中，逕到西瓦子李瑞蘭家……李瑞蘭引去樓上坐了。遂問史進……史進道：「我實不瞞你說：我如今在梁山泊做了頭領……如今我特地來做細作，有一包金銀相送與你，切不可走透了消息。明日事完，一發帶你一家上山快活。」李瑞蘭葫蘆提應承……卻來和大娘商量……李公道：「……且教女兒款住他……待我去報與做公的，先來拿了，卻去首告。」……當下李瑞蘭相敘間闊之情。爭不過一個時辰，只聽得胡梯邊腳步響，有人奔上來。窗外吶聲喊，數十個做公的搶到樓上。史進措手不及。正如鷹拿野雀，彈打斑鳩，把史進似抱頭獅子綁將下樓來，逕解到東平府裏……

從這段描寫看，「西瓦子李瑞蘭家」有樓，樓有胡梯。史進是在樓上被捉的，

後被解送東平府衙，下入牢獄。

（五）祝家莊、祝家店與香林窪

《水滸傳》第四十六至第五十回都寫到祝家莊，是書中寫村鎮用墨最多的地方。祝家莊離梁山不遠，第五十回寫祝家莊的教頭欒廷玉對莊主祝朝奉介紹孫立說：「我這個賢弟孫立，……今奉總兵府對調他來鎮守此間鄆州。」更具體表明祝家莊地在鄆州即東平府境內。

第四十六回寫祝家莊貼著獨龍岡，「莊前莊後有五七百人家，都是佃戶」。第四十七回寫鍾離老人說：「只我這祝家村，也有一二萬人家。」莊主祝朝奉，有祝龍、祝虎、祝彪三個兒子，人稱「祝氏三傑」。由於莊近梁山，所以防衛甚嚴，「四下一遭闊港。……有三層城牆，都是頑石壘砌的，約高二丈。前後兩座莊門，兩條弔橋。牆裏四邊都蓋窩鋪，四下裏遍插著槍刀軍器，門樓上排著戰鼓銅鑼」（第四十七回）。每家佃戶都分派給兩把樸刀，又請了有萬夫不當之勇的鐵棒欒廷玉為教師，訓練有「一二千了得的莊客」（第四十七回），以抵禦梁山人馬前來「借糧」。莊門前立起兩面白旗，上寫「填平水泊擒晁蓋，踏破梁山捉宋江」（第四十八回），一副與梁山死磕的派頭。

祝家莊外，周圍「路徑曲折多雜，四下裏灣環相似，樹木叢密」（第四十七回），都是盤陀路。有詩單道祝家莊的路：「好個祝家莊，盡是盤陀路。容易入得來，只是出不去。」據莊院附近村裏的鍾離老人介紹，盤陀路布滿機關，「不問路道闊狹，但有白楊樹的轉灣便是活路，沒那樹時都是死路。如有別的樹木轉灣，也不是活路。若還走差了，左來右去，只走不出去。更兼死路裏，地下埋藏著竹簽、鐵蒺藜，若是走差了，踏著飛簽，准定吃捉了。」（第四十七回）後來，梁山泊好漢裏應外合，千辛萬苦，打破祝家莊，祝氏父子全部死難，「鄉民百姓自把祝家莊村坊拆作白地」（第五十回）。

祝家莊有祝家店。第四十六回寫祝家店位於獨龍岡山後面，離梁山泊不遠，環境布置頗有特色：

> 前臨官道，後傍大溪。數百株垂柳當門，一兩樹梅花傍屋。荊榛籬落，周回繞定茅茨；蘆葦簾櫳，前後遮藏土炕。右壁廂一行書寫：門關暮接五湖賓；左勢下七字道：庭戶朝迎三島客。雖居野店荒村外，亦有高車駟馬來。

祝家店的主人是祝家莊祝朝奉父子。祝家店不僅接待過往客人餐飲住

宿，由於離梁山泊不遠，同時也是祝家莊防範梁山人馬的一處崗哨。店中屋
檐下，插有十數把編有字號的樸刀，每夜都有數十個祝家的莊客來店中上宿
警戒，防備梁山人馬打劫。楊雄、石秀和時遷從薊州投奔梁山，途中投宿祝
家店，因時遷偷雞而與店小二吵打起來，石秀放火燒了祝家店，這成爲梁山
三打祝家莊的導火索。

第四十六回還提及鄆州地面的香林窪。小說寫楊雄、石秀和時遷三人「行
到鄆州地面。過得香林窪，早望見一座高山，不覺天色漸漸晚了。看見前面
一所靠溪客店」。這裏「一座高山」應該就是獨龍崗，「一所靠溪客店」應該
就是祝家店，而香林窪在猖龍崗後祝家店的後面。

二、李家莊和扈家莊

《水滸傳》第四十七回寫杜興向楊雄等介紹祝家莊、李家莊和扈家莊：

> 此間獨龍岡前面，有三座山岡，列著三個村坊。中間是祝家
> 莊，西邊是扈家莊，東邊是李家莊。這三處莊上，三村裏算來總有
> 一二萬軍馬人家。惟有祝家莊最豪傑……西邊那個扈家莊，莊主扈
> 太公，有個兒子喚做飛天虎扈成，也十分了得。惟有一個女兒最英
> 雄，名喚一丈青扈三娘。使兩口日月雙刀，馬上如法了得。這裏東
> 村莊上，卻是杜興的主人，姓李名應，能使一條渾鐵點鋼槍，背藏
> 飛刀五口，百步取人，神出鬼沒。這三村結下生死誓願，同心共意，
> 但有吉凶，遞相救應。惟恐梁山泊好漢過來借糧，因此三村準備下
> 抵敵他……

東邊的李家莊是「好大莊院。外面周回一遭闊港，粉牆傍岸，有數百株
合抱不交的大柳樹，門外一座弔橋，接著莊門。入得門來到廳前，兩邊有二
十餘座槍架，明晃晃的都插滿軍器」（第四十七回）。莊主是撲天雕李應，鬼
臉兒杜興是莊上的主管。因爲楊雄和石秀的懇求，李應出面說情，企圖從祝
家莊要回被捉的時遷。祝家莊不但不給面子，祝彪還箭射李應，導致兩莊原
本友好的關係完全破裂。打破祝家莊後，宋江、吳用設計，將李應和杜興及
其老小賺上梁山，並派人把李家莊一把火燒做白地。李應、杜興被逼無奈，
只好落草梁山。

西邊扈家莊，莊主扈太公，有一子一女，兒子飛天虎扈成，女兒一丈青
扈三娘。扈三娘是祝家莊祝彪的未婚妻。祝家莊同梁山交戰期間，扈三娘率

人前來策應莊內人馬作戰，被林沖擒獲。爲了營救妹妹，扈成牽牛擔酒，投降了宋江。梁山人馬三打祝家莊時，李逵殺得手順，「把扈太公一門老幼盡數殺了，不留一個。叫小嘍囉牽了有的馬匹，把莊裏一應有的財賦，捎搭有四五十馱，將莊院門一把火燒了，卻回來獻納」（第五十回）。扈成僥倖逃命，後投奔延安府，「後來中興內，也做了個軍官武將」。唯扈三娘一個在梁山，由宋江請宋太公收爲義女，並親自作主將她配矮腳虎王英爲妻。此後無論在梁山或者下山出征，以及後來的征遼、平方臘諸役，扈三娘每與王英並肩作戰，直到先後戰死於征方臘之役。

三、安山鎮和荊門鎮

《水滸傳》第六十九回寫到了安山鎮，說它離東平府城四十里。宋江率領梁山人馬攻打東平府時，這座安山鎮是他的大本營，在此駐紮馬步軍兵一萬人，水軍若干，部下好漢有二十七人：林沖，花榮，劉唐，史進，徐寧，燕順，呂方，郭盛，韓滔，彭玘，孔明，孔亮，解珍，解寶，王英，扈三娘，張青，孫二娘，孫新，顧大嫂，石勇，郁保四，王定六，段景住，阮小二，阮小五，阮小七。吳用曾從東昌府來此與宋江議事，白勝曾到此報告東昌府戰事並求援於宋江。東平府守將董平投降梁山以後，也是來此地與眾好漢會合。前後共計有三十一名梁山泊好漢曾在安山鎮駐紮或活動過。宋江打下東平府之後，就率部從此地出發，前去支援攻打東昌府的盧俊義。

安山鎮實有其地。清康熙時修《東平州志》卷一《方域志·山川》記載：「安山，在州西南三十里，湖水漲溢，梵宮幽佄，上有甘羅墓。」〔註2〕清乾隆時修《東平州志》卷三《山川志》記載：「安民山，州西南三十五里，舊爲壽張境，元至正間（1341～1368）黃河汎決，城圮邑廢，改屬東平。山半有寺，明景泰間（1450～1456），僧徒洪欽鑿石百尺，湧出清泉，曰清岩井。上有甘羅墓。」〔註3〕兩部《東平州志》所記「安山」、「安民山」實際同爲一山，即今梁山縣境的小安山。《水滸傳》所寫安山鎮遺址在小安山南側，因小安山而得名。乾隆《東平州志》對安山、安山鎮的變遷記載更爲詳細，對我們考察《水滸傳》中的安山鎮頗有助益。

〔註2〕 郭雲策搜集、整理：《歷代東平州志集校》，中國文史出版社，2008年版，第19頁。

〔註3〕 郭雲策搜集、整理：《歷代東平州志集校》，中國文史出版社，2008年版，第197～198頁。

　　《水滸傳》第七十三回寫到了荊門鎮。小說寫李逵和燕青從東京返回梁山，「兩個因寬轉梁山泊北，到寨尚有七八十里，巴不到山，離荊門鎮不遠。當日天晚，兩個奔到一個大莊院敲門」。這裏就是劉太公莊。小說沒有說明荊門鎮以及這個劉太公莊屬於哪一府縣。但寫該鎮在梁山泊北，距離梁山寨不遠，所以結合歷史地理來看，說它屬於東平府應該沒有什麼問題。

　　荊門鎮亦實有其地。康熙《陽谷縣志・陽谷縣四境圖》中，赫然有「荊門鎮」、「荊門寺」、「荊門閘」等名。〔註4〕荊門鎮靠近會通河，運河上的荊門閘當因此鎮而得名。荊門閘較早見諸《元史・河渠志・會通河》記載：「會通河……（阿城）南閘南至荊門北閘一十里……。荊門閘二：北閘南至荊門南閘二里半。」〔註5〕康熙《東平州志・方域志・漕渠》載：「漕河閘三：曰靳家口閘，在袁家口北七十里；正德二年（1507）建。曰安山閘，在州城西十二里，安山水驛之左；成化十八年（1482）建，嘉靖十五年（1536）重修。曰戴家廟閘，在州西三十五里，嘉靖十六年（1537）建。先是安山閘與荊門閘相去七十餘里，道遠而水不接，都御使劉天和建議立之。」〔註6〕這段資料記載的是明代東平運河水閘建設情況。安山閘在東平州城西十二里，與荊門閘相距七十餘里，而戴家廟閘在兩閘之間，可知荊門閘在東平州城西八十餘里處。又，康熙《東平州志・方域志・山川》載：「梁山，在州西南五十里。」〔註7〕綜合《元史・河渠志》和兩部《東平州志》記載，可知荊門閘、荊門鎮位於梁山北面偏西一帶，距梁山不出百里。這與小說第七十三回中李逵、燕青在梁山泊北，「到寨尚有七八十里，……離荊門鎮不遠」的說法基本吻合。劉華亭《〈水滸〉對梁山附近的地理描述》一文就此考證認為：

　　　　荊門鎮現屬陽谷縣，《元史・河渠志》：「會通河阿城閘二，南閘南至荊門北閘一十里。荊門閘二，北閘至南閘二里半，南閘南至壽張閘六十里。」荊門鎮位於梁山北40公里，同書中所說方位、距離相合。〔註8〕

<hr />

〔註4〕 本社編選：《中國地方志集成・山東府縣志輯》，鳳凰出版社，2004年版，第10頁。

〔註5〕 〔明〕宋濂等撰：《元史》，中華書局，1976年版，第1609～1610頁。

〔註6〕 郭雲策搜集、整理：《歷代東平州志集校》，中國文史出版社，2008年版，第21頁。

〔註7〕 郭雲策搜集、整理：《歷代東平州志集校》，中國文史出版社，2008年版，第19頁。

〔註8〕 劉華亭：《水滸新證》，中國文聯出版社，2007年版，第66～78頁。

四、汶上縣和東平府城

《水滸傳》第六十九回寫到汶上縣。宋江攻打東平府，史進自告奮勇，要利用和娼妓李瑞蘭的一段舊情，潛入城中做內應。宋江派他去後，又把此事寫信告知了正隨盧俊義攻打東昌府的吳用。吳用料定史進此行必然吃虧，急赴安山鎮與宋江商議，安排顧大嫂潛入城內接應史進。爲掩護顧大嫂進入東平府城，吳用給宋江設計：「兄長可先打汶上縣，百姓必然都奔東平府。卻叫顧大嫂雜在數內，乘勢入城，便無人知覺。」（第六十九回）宋江依計而行，「點起解珍、解寶，引五百餘人攻打汶上縣。果然百姓扶老挈幼，鼠竄狼奔，都奔東平府來。」趁此機會，「顧大嫂頭髻蓬鬆，衣服藍縷，雜在眾人裏面」（第六十九回），潛入東平城內。

汶上縣是金代建置。汶上在北宋稱中都，是鄆州後又改稱東平府的屬縣。金貞元元年（1153），更名汶陽。金泰和八年（1208），取「汶水在上（北）」之意，更名爲汶上縣，並沿用至今。

第二節　《水滸傳》中的東平府故事

一、陳文昭輕判武松案

武松的哥哥武大郎被潘金蓮、西門慶和王婆三人合謀毒死。武松掌握了他們行兇殺人的證據，但陽谷縣知縣、吏員受西門慶買囑，不予立案。武松爲了替兄報仇，殺死潘金蓮，鬥殺西門慶，綁縛王婆到陽谷縣自首，成爲轟動一時的大案。

宋代刑法有律條曰：「諸鬥毆殺人者絞，以刃及故殺人者斬。雖因鬥，而用兵刃殺者，與故殺同。」〔註9〕武松殺死兩人，按律應斬。但陽谷縣無權判決武松死刑。這是因爲，宋代的地方司法機關分爲路、府州、縣三級。作爲刑事案件第一審級，有權判決杖刑以下的案件，對徒刑以上的案件，須將案情審理清楚，寫出初步意見，報送府州處理。府州作爲刑事案件第二審級，有權判決徒刑以上案件，但對死刑的案件須報經路一級的提點刑司覆核，（重大疑難案件報刑部，由大理寺審議，甚至經皇帝批准後）方可執行。〔註10〕

〔註9〕〔宋〕竇儀等撰，吳翊如點校：《宋刑統》，中華書局，1984年版，第328頁。
〔註10〕王亞軍：《「武松鬥殺西門慶」故事的法學解讀》，《宿州學院學報》，2007年第2期。

因此，陽谷知縣錄了武松、王婆等人供狀，「寫一道申解公文，將這一干人犯解本管東平府，申請發落」（第二十七回）。

武松等人被押解到東平府。府尹陳文昭「便叫押過這一干人犯，就當廳先把陽谷縣申文看了，又把各人供狀招款看過，將這一干人一一審錄一遍。把贓物並行兇刀仗封了，發與庫子，收領上庫。將武松的長枷換了一面輕罪枷枷了，下在牢裏。把這婆子換一面重囚枷釘了，禁在提事都監死囚牢裏收了。喚過縣吏，領了迴文」（第二十七回），又發落何九叔、鄆哥及武大四家鄰舍回家聽候，西門慶妻子留在東平府羈管聽候。

陳文昭哀憐武松是一個有義的烈漢，經常差人去照顧他。因此，獄中的節級牢子不但不跟武松勒索一文錢財，倒還把酒食與他吃。陳文昭把武松一案的招稿卷宗改輕了，申文省院詳審議罪；同時派了一個心腹之人到京師刑部替武松求情。刑部官中多有陳文昭的朋友，便把這件事稟過省院官，最後議決：「據王婆生情造意，哄誘通姦，立主謀故武大性命，唆使本婦下藥毒死親夫；又令本婦趕逐武松，不容祭祀親兄，以致殺傷人命：唆使男女故失人倫，擬合凌遲處死。據武松雖係報兄之仇，鬥殺西門慶姦夫人命，亦則自首，難以釋免：脊杖四十，刺配二千里外。姦夫淫婦雖該重罪，已死勿論。其餘一干人犯釋放寧家。文書到日，即便施行。」（第二十七回）據此文書，陳文昭將武松脊杖四十，臉上刺了金印，疊配孟州牢城；牢中提出王婆，「寫了犯由牌，畫了伏狀，便把這婆子推上木驢，四道長釘，三條綁索，東平府尹判了一個剮字，擁出長街。……帶去東平府市心裏，吃了一剮」。（第二十七回）

對武松爲兄復仇殺人案的判決，先是陽谷縣「縣官念武松是個義氣烈漢，又想他上京去了這一遭，一心要周全他，又尋思他的好處」，說服縣吏把武松故意殺人改成鬥毆致死，後是東平府「陳府尹哀憐武松是個有義的烈漢……把這招稿卷宗都改得輕了」，申詳上去的同時還託人爲武松在京城上下疏通關節，這顯然都是徇情枉法的行爲。但陽谷縣官和陳文昭所徇之情乃當時人之常情，世之常理。即王婆牽線潘金蓮、西門慶通姦並三人合謀害死武大實屬傷天害理，罪不容誅。陽谷縣官既然不能爲武松兄弟伸張正義，那麼武松個人就要爲兄長之死向王婆、潘金蓮、西門慶討一個說法，即殺死姦夫、淫婦爲兄長償命。在官府不正、法律缺位的前提之下，武松的私人處治沒有針對不作爲甚至亂作爲的官府，而只是殺仇了事，而且殺仇之後主動向官府自首，

這就已經不是向上討說法,而向下追冤頭、尋債主了,豈不有了一定的合理性?所以,陽谷縣官以至陳府尹的先後輕罪武松,雖屬循私枉法,但是可以說都出於善念。陳文昭為官本自清明有聲,他能夠寬處武松,應當不是意外;反而陽谷縣官能夠在初曾收受西門慶賄賂而不受理武松首告之後,又能在處治武松殺仇案時幡然改轍,給武松造作一個可能由上司輕判的理由,也算是他作為昏官難得的一線之明。可知貪官亦人,人性複雜之幾於不可思議,由此可見一斑。

二、時遷火燒祝家店

第四十六回寫楊雄、石秀和時遷從薊州投奔梁山,一日黃昏時分趕到祝家店投宿。晚間吃酒無肉,時遷略施故伎,偷了店家的雞煮吃了。隨後被店小二發現,喊人「捉賊」。楊雄等與之廝打,放火燒店,然後逃走。祝家莊莊客擁出追趕,時遷被捉。楊雄、石秀突圍逃脫。途中遇到楊雄的舊相識,現在李家莊做主管的鬼臉兒杜興。杜興引二人見李家莊莊主李應,李應應楊雄之請致信祝家莊放了時遷。祝家莊拒不放人,更兼無禮,導致李家莊與祝家莊聯盟破裂,楊雄、石秀只得投奔梁山求援。由此時遷偷吃祝家店一隻雞的小事,引發梁山泊好漢「三打祝家莊」的大戰,和祝家莊抵禦梁山時的孤立無援,以至於祝氏一家的覆滅。

三、三打祝家莊

楊雄、石秀上了梁山,向晁蓋等報告了在祝家店的遭遇,請求梁山出兵救出時遷。晁蓋最初十分反感:「這廝兩個把梁山泊好漢的名目去偷雞吃,因此連累我等受辱!」(第四十七回),要先斬了楊雄和石秀二人,再起兵去洗蕩祝家莊。宋江、吳用等為楊雄、石秀求情,並主張攻打「要和俺山寨敵對」的祝家莊。這同時是為了「即目山寨人馬數多,錢糧缺少,非是我等要去尋他,那廝倒來吹毛求疵,因而正好乘勢去拿那廝。若打得此莊,倒有三五年糧食。非是我們生事害他,其實那廝無禮」。於是晁蓋等定議,宋江領兵一打祝家莊。夜間出擊,結果中了祝家莊的埋伏,失敗而歸;第二次宋江白日上陣,三路進攻,自為先鋒,雙方殺到天晚,損兵折將,又不能勝;第三次即次日,吳用率呂方、郭盛和三阮兄弟等來助,加以從登州投奔梁山的孫立等八好漢利用孫立與祝家莊教頭欒廷玉的師兄弟關係入莊為內應,從中起事,與宋江裏應外合,遂大破祝家莊,完滿得勝。

祝家莊是一處家族武裝堡壘，雖然不是府縣城池，但梁山取得本次戰事勝利的影響和意義卻非同一般。回顧山寨創始以來的歷史，這應該是繼王倫建寨、晁蓋奪泊、宋江上山之後梁山的第四個重大事件，一百零八人的「大聚義」的重要環節。首先，宋江率梁山人馬殲滅了誓與梁山為敵的祝氏家族武裝，掃除了威脅山寨發展的一大障礙，強化了自己在梁山周圍威震一方的形象。其次，經過此戰，山寨新添扈三娘、孫立、解珍、解寶、鄒淵、鄒潤、孫新、顧大嫂、樂和、時遷、李應、杜興等十二名頭領，梁山的力量進一步壯大。第三，戰利品極為豐厚，在山寨的物質財富尤其是糧食這一戰略物資的增加和補充方面，這是空前的一次。梁山收得祝家莊除牛羊騾馬不計，僅「得糧五千萬石」，就是山寨人馬「三五年糧食」。第四，宋江作為本次戰事的主帥，全面實現了預定的作戰意圖和目的，即：「一是與山寨報仇，不折了銳氣；二乃免此小輩，被他恥辱；三則得許多糧食，以供山寨之用；四者就請李應上山入夥。」（第四十七回）這使宋江在山寨的威望激增，超越晁蓋，成為事實上的一把手。最後，戰事對山寨日後的發展理念和模式產生了重大影響。攻打祝家莊是宋江落草梁山以後主導和發起的第一場戰事。此時晁蓋主政梁山，側重守成。身居「二把手」的宋江則力圖擴張，向外發展。隨著祝家莊戰事的全面勝利，宋江的擴張理念也為山寨眾頭領所接受和擁護，並一發而不可收，續有攻打高唐州、對抗官軍大規模進攻等一系列戰事。

「三打祝家莊」故事早在《水滸傳》成書之前當已形成，且與《水滸傳》敘事有所不同。元代高文秀《黑旋風雙獻功》、李文蔚《同樂院燕青博魚》、康進之《梁山泊黑旋風負荊》、李致遠《大婦小妻還牢末》等雜劇，都有宋江道白說晁蓋原坐山寨第一把交椅，三打祝家莊身亡等等。可知這四部雜劇以前的「三打祝家莊」，領頭的是晁蓋，晁蓋不是如《水滸傳》所寫死在打曾頭市，而是死在打祝家莊。但《錄鬼簿續編》著錄無名氏《消災寺》，亦即《宋公明復打祝家莊，魯智深大鬧消災寺》〔註11〕，雖以領兵攻打祝家莊的是宋江，但是沒有提到晁蓋。由此可見《水滸傳》寫三打祝家莊的主帥是宋江，晁蓋則坐守山寨是繼承前人基礎之上新的安排。

〔註11〕 鍾嗣成，賈仲明撰，馬廉校注：《錄鬼簿新校注》，文學古籍刊行社，1957 年版，第 195 頁。

四、孫立「臥底」祝家莊

　　病尉遲孫立本是登州府兵馬提轄，第八回中說「提轄官能掌機密」，可見孫立是個靠得住能幹事的人，「三打祝家莊」中就突出表現了孫立老成持重能幹事的特點，是梁山泊好漢中能當大事的重要一員。「二打祝家莊」之時，遠在登州的孫立、孫新、顧大嫂、鄒淵、鄒潤和樂和等六人，劫牢救出被惡霸毛太公父子陷害而打入死囚牢的解珍和解寶，並按照預定計劃投奔梁山，來到石勇掌管的酒店，準備上梁山入夥，途中得知宋江兩次攻打祝家莊失利，孫立隨即決定前往助戰，以為進身之報。正好孫立與祝家莊教頭欒廷玉「是一個師父教的武藝」，「與欒廷玉那廝最好」（第四十九回）。孫立就利用這一層關係，對欒廷玉和祝家莊謊稱「做登州對調來鄆州守把經過，來此相望」（第四十九回），取得信任，帶了一幫登州的弟兄進莊成了梁山的臥底。到了第五天，宋江分兵四路攻打祝家莊，孫立等登州好漢與宋江裏應外合，內外夾攻，梁山泊好漢大獲全勝。

　　孫立等臥底為內應助宋江打下了祝家莊，使宋江在梁山實際的核心地位得以更進一步的確立，是梁山事業「發展轉捩性的關鍵」〔註12〕。按說孫立的武藝應不差似欒廷玉，又有此一大功勞，他在梁山一百零八人中的排位，似應不低於入了天罡星的解珍、解寶兄弟。但是不知何故，孫立僅排在地煞星的第三位。豈非他臥底祝家莊的這一大功勞，僅是被記作「投名狀」了？還是孫立為了上梁山圖個進身之報，不惜出賣自己的師兄弟和「最好」的朋友欒廷玉，並致欒廷玉死於非命，道義上有虧，當不得更高的位置？這些就都不好考證了。

五、李應被賺上梁山

　　《水滸傳》第四十七至第五十回寫宋江接連三次打祝家莊的同時，「撲天雕李應，恰才將息得箭瘡平復，閉門在莊上不出，暗地使人常常去探聽祝家莊消息」（第五十回），但他等來的不僅是祝家莊被打破的消息，還「有本州知府，帶領三五十部漢到莊，便問祝家莊事情」，說祝家有狀子控告他結連梁山泊強寇，引誘梁山人馬打破了祝家莊云云，並不由分說把李應並杜興綁了去府上問罪。卻好走不上三十里路，被路邊林中撞出宋江、林沖、花榮、楊雄、石秀一班人攔住去路。知府等人見狀，撇了李應、杜興，逃命而去。宋

　　〔註12〕馬幼垣：《水滸人物之最》，三聯書店，2006年版，第108頁。

江遂邀李應、杜興去梁山寨「消停幾日」。就在這幾日中，晁蓋、宋江、吳用派人扮作官軍，去李家莊把李應妻小、家私等都搬上了山寨，「又把莊院放起火來都燒了」（第五十回）。李應「只叫得苦」，不得已在梁山入夥。

李應是被賺上梁山的第一個「富貴良民」（第四十八回），他的幸運之處是沒有因此受到官府的嚴刑拷打，家中老小也團圓上山，家私得以保全。不久以後，同樣被賺上山的「富貴良民」盧俊義就沒有了李應的幸運，不但受盡官府的拷打之苦，差點丟了性命，還把一個「馳聲譽北京城內，元是富豪門」（第六十回）的家庭也弄得粉碎。

六、大破東平府

攻打曾頭市，晁蓋中箭，不治而死。臨終遺言：「若那個捉得射死我的，便叫他做梁山泊主。」（第六十回）這就使得坐第二把交椅的宋江順序接任寨主不再具有合法性。但山寨不可一日無主。在吳用、林沖等好漢推舉下，宋江代理寨主。宋江、吳用決定暫且按兵不動，給晁蓋守喪。在此期間，吳用智賺綽號玉麒麟的盧俊義上了梁山。再次攻打曾頭市時，盧俊義活捉了史文恭。根據晁蓋遺言，盧俊義當為梁山泊主。宋江也極力相讓，但盧俊義寧死不從，吳用等眾好漢更是堅決反對。為了盡快確立寨主，同時解決山寨缺糧問題，宋江提議由他和盧俊義抓鬮，分頭攻打東平府和東昌府，先打破城池者便做梁山泊寨主。宋江拈得東平府。

《水滸傳》第六十九回寫宣和二年（1120）三月初一日〔註13〕，宋江率林沖、花榮、劉唐、史進等「大小頭領二十五員，馬步軍兵一萬；水軍頭領三員」下山，殺奔東平府，結寨安山鎮。派郁保四、王定六給東平府下戰書，被東平太守程萬里和兵馬都監董平拷打幾死。宋江大怒，遂安排攻城。史進自請入城為內應，先住進舊相好娼妓李瑞蘭家，卻被李家首告出賣，鋃鐺入獄。吳用聞訊，連夜從東昌府趕來，為宋江設計攻打汶上縣，由顧大嫂扮作貧婆，混在汶上逃難人群中潛入東平城，設法知會史進「月盡夜，黃昏前後，必來打城。你可就水火之處，安排脫身之計。月盡夜，你就城中放火

〔註13〕 第七十一回寫「宣和二年孟夏四月吉旦，梁山泊大聚會，分調人員告示」，這是梁山人馬攻克東平、東昌兩府後旋即舉行的一項重大活動。宋江、盧俊義出兵兩府的時間，第六十九回寫明是三月初一日。關於這一點，參閱陸澹安：《說部卮言·〈水滸傳〉研究》第八章《水滸編年》，上海錦繡文章出版社，2009年版，第293頁。

為號」。不想臨期史進把日子弄錯了，早了一天起事，被困牢中。而董平出城大戰一天，也未能取勝。第二天再戰，宋江設計誘董平到壽張縣境內活捉了，而義釋之。董平感恩，又圖進身之報，遂引本部為宋江賺開城門，宋江大破東平。董平殺死程萬里一家，搶了程小姐為妻。史進出獄後殺死李瑞蘭一家。四月初一日，〔註14〕宋江兵回安山鎮。當日又赴東昌府，援助盧俊義大獲全勝。

宋江先盧俊義打下東平，名正言順成為梁山泊寨主，是梁山事業發展一大關鍵。但是，梁山打東平、東昌二府，與前此江州劫法場、智取無為軍、三打祝家莊、攻打高唐州、兵打北京城、夜打曾頭市以及抵敵官軍剿捕等或為救人於水火，或為復仇，或為保全山寨等等大不相同，乃主要是將自己難以確立寨主的矛盾嫁禍於地方官府和百姓，因此有不義的一面。但是，此役的結果畢竟是力主招安的宋江成為梁山之主，所以在敘事之大方向上，寫出宋江接班之不易，乃有顯示梁山之眾走招安之路曲折艱難之意義，總體看有正面的思想與藝術價值。

七、李逵雙獻頭

《水滸傳》第七十三回寫宣和三年〔註15〕（1121）正月元宵之夜，李逵大鬧東京之後，與燕青經陳留縣，過四柳村，借宿荊門鎮劉太公家，聽劉太公說自己十八歲女兒，兩天前被梁山泊頭領宋江帶一個小後生給搶走了，遂大怒回到忠義堂上，砍倒杏黃旗，把「替天行道」旗幟扯得粉碎，又持雙斧，直奔宋江，被眾人攔住。宋江問明情況，親與李逵同來到劉太公莊上，經劉太公和眾莊客辨認，證明搶劉太公女兒的不是宋江。李逵方知「性緊上做錯了事」，欲踐誓言割頭以獻宋江贖罪。燕青阻止，勸其向宋江負荊請罪。「宋江道：『若要我饒他，只教他捉得那兩個假宋江，討得劉太公女兒來還

〔註14〕宋江與盧俊義同於三月初一日出兵，「那個三月卻是大盡」（第六十九回）。三月二十九日晚，史進在東平府牢中越獄；守將董平當夜四更出城，殺奔宋江寨來，激戰一天後回城，時為三月三十日。三十日夜間雙方再戰，宋江施計活捉了董平。董平歸降宋江，回兵打破東平城池。宋江人馬收拾好戰利品回到安山鎮，已自是四月一日了。

〔註15〕「宣和三年」的年份是從第七十一回、第七十二回的情節進展推斷得出。第七十一回，梁山泊好漢分派職務是在「宣和二年孟夏四月吉旦」。當年歲終時，宋江決定去東京看燈火。第七十二回，次年正月十四和十五兩日，宋江一行進入東京城內看燈火，李逵元宵之夜鬧東京。

他，這等方才饒你。』李逵聽了，跳將起來說道：『我去，甕中捉鼈，手到拿來。』仍與燕青再來劉太公莊上，詳細詢問搶人凶徒的模樣，出發四下打探，不見蹤影。後來捉了一個剪徑的漢子，得知搶劉太公女兒的是牛頭山的王江和董海。兩人遂去牛頭山，殺死了兩個搶人凶徒，找到了劉太公女兒。李逵、燕青收拾了王江、董海攢下的三五千兩銀子，取了他們的頭顱，燒了他們的巢穴，護送劉太公女兒回到家中。大功告成，李逵、燕青飛奔山寨獻功，此時正當紅日東升。

　　以上內容，《水滸傳》標目爲「梁山泊雙獻頭」，當參考了元初高文秀《黑旋風雙獻功》雜劇的標目。整個故事充滿了生活情趣，李逵的形象也極爲生動，是發生在東平府地方的一幕精彩喜劇。這一故事的藍本是元初康進之《梁山泊黑旋風負荊》雜劇。雜劇所寫故事發生地是梁山附近的杏花莊，主角是李逵，冒名搶人女兒的是宋剛、魯智恩，所搶是酒家王林十八歲的女兒滿堂嬌，因此被牽連的是宋江和魯智深，最後幫助李逵捉拿凶徒獻功的是魯智深。

第三節　《水滸傳》中的東平府人

一、東平府的各級官吏

（一）東平府府尹陳文昭

　　陳文昭，東平府府尹，出現於《水滸傳》第二十七回。此人甫一出場，即有一段讚美他的文字，寫道：

> 平生正直，稟性賢明。幼年向雪案攻書，長成向金鑾對策。常懷忠孝之心，每行仁慈之念。戶口增，錢糧辦，黎民稱德滿街衢；詞訟減，盜賊休，父老讚歌喧市井。攀轅截鐙，名標青史播千年；勒石鐫碑，聲震黃堂傳萬古。慷慨文章欺李杜，賢良方正勝龔黃。

　　武松爲武大復仇的案件移交到東平府後，陳文昭隨即升廳理事，審閱陽谷縣來文，對人犯再次審問，收封作案物證，最後發落人犯、苦主和證人。可以看出，他在整個審案過程中，程序嚴謹，有條不紊。陳文昭哀憐武松是個義氣烈漢，將他的長枷換成輕罪枷，並經常差人去牢中照顧。儘管武松是爲兄復仇，行爲上卻屬於故意殺人，依律當斬。陳文昭有意周全武松，「把這招稿卷宗都改得輕了，申去省院詳審議罪」，同時派人去刑部爲武松說情，留

條活路。這一切武松並不知情，全是陳文昭基於人間正義、自陪錢財的法外施恩，是合乎人情民心的義氣之舉。而撮合男女通姦、主謀殺人的王婆，陳文昭則嚴懲不貸，把她判了剮刑，以警示世人。在《水滸傳》中，陳文昭是一個富有正義感、敬業爲民、愛憎分明的地方官員，這在如同夜幕的官場中是一點難得的亮色。

王利器先生撰有《〈水滸全傳〉是怎樣纂修的》一文，考證歷史上確有陳文昭其人。陳文昭名麟，字文昭，與《水滸傳》作者羅貫中（本）同出宋代理學家趙寶峰門下。曾官慈谿縣令，有政績，得民心。至於陳文昭何以進入了《水滸傳》，王利器認爲：「《水滸傳》有一個東平太守陳文昭，是這個話本中唯一的好官，《水滸傳》用了不少筆墨把他描繪一番。東平是羅貫中的父母之邦，陳文昭是趙寶峰的門人，即是羅貫中的同學，把這個好官陳文昭說成是東平太守，我看是出於羅貫中精心安排的。……陳文昭的德行政事，在寶峰之門，是師友都無間言的。羅本既與陳文昭爲同門，又親見慈民對於這員親民之官，無比愛戴，於是把這眞人眞事，信手拈來，移植於《忠義水滸傳》中。」〔註16〕

（二）東平府太守程萬里

程萬里是東平府太守。他原是童貫門下門館先生，夤緣爲東平府知府。據董平所說和宋江打破東平府以後的安民告示，程萬里是「害民州官」；而據書中描寫，他於東平會戰守，均一竅不通，如對下戰書的郁保四、王定六，說什麼「兩國爭戰，不斬來使」，把梁山與朝廷擺在同等地位，可見這位門館先生出身的太守大人頭腦何等多烘。獄中反了史進，他「驚得面如土色」。大小事都要與董平商量，卻對董平無誠心相待，董平求婚，先是不允；關鍵時刻又不知權變，以「事在危急。若還便許，被人恥笑」，故意含糊其辭，實際是拿女兒婚事作爲要挾雙槍將董平守住東平的條件，可見其爲人迂腐，不知死活，又有些卑鄙。所以，他最後城破被董平所殺，也是罪有應得。只是以常情論，這在董平親手殺了自己未來的老丈人，未免忒狠了些，又該如何面對必欲到手的老婆？但是，書中寫他本是求婚不成，所以最後「董平逕奔私衙，殺了程太守一家人口，奪了這女兒」，已不再是婚姻嫁娶的套路，也就怪他不得了。

〔註16〕 王利器：《耐雪堂集》，中國社會科學出版社，1986 年第 1 版，第 57～60 頁。

（三）東平府兵馬都監董平

　　《水滸傳》第六十九回寫董平，河東上黨郡人（今山西長治），東平府兵馬都監，善使雙槍，綽號雙槍將。其人「心靈機巧，三教九流，無所不通，品竹調弦，無有不會，山東、河北皆號他爲風流雙槍將。」董平也頗爲自負，在箭壺中插一面小旗，上寫一聯道：「英勇雙槍將，風流萬戶侯。」董平有膽有勇，武藝高強。先後與韓滔、徐寧廝殺，兩人不能勝他；宋江布陣圍困，也無可奈何。最後只是設埋伏用絆馬索才把他收服了。但是，董平爲人，過於逞能。與程萬里相處不和，部分原因也是他身爲「二把手」卻處處強勢。更兼性情「風流」，所以程太守拒婚，未必就不合乎情理；但是若董平果然能助程太守打退梁山人馬，守住東平城，再求婚也未必不成。但是，危急當頭，董平顯然沒有把守城之事擺在第一位，卻在這個時候再次求婚，顯然有乘人之危、假公濟私的意思了。這個意思在程太守固然明白，但他不善權變，所以只是模棱兩可的答覆：「待得退了賊兵，保護城池無事，那時議親，未爲晚矣。」這使得一心要程太守女兒做老婆的董平「只是心中躊躇，不十分歡喜。恐怕他日後不肯」。所以，董平在被俘之後能輕易背叛，城破之後，「董平逕奔私衙，殺了程太守一家人口，奪了這女兒」，就不僅是忒狠了些，還未免因好色而不仁，是他品格上的一個污點。

　　但是，董平在梁山泊好漢確實是重要人物。其列天罡星第十五位，爲梁山馬軍五虎將之一。而且「石碣天文」以董平星爲「天立星」。「天立星」立誰？應該就是確立宋江的山寨首領之位了。正是由於董平歸降梁山，才使得宋江先於盧俊義打破所攻城池，從而名正言順坐上梁山第一把交椅。董平最後死於征戰方臘的獨松關之戰。

　　據余嘉錫《宋江三十六人考實》考證，兩宋之際曾有一土豪董平和文臣董平。〔註17〕但這兩人和宋江起義了無關係。作爲宋江義軍部將之一的董平，最早見於宋人龔聖與《宋江三十六贊》，列宋江三十六人的第二十八位，綽號一直撞，贊詞曰：「昔樊將軍，鴻門直撞。斗酒肉肩，其言甚壯。」〔註18〕贊詞把董平比作漢劉邦部下勇闖鴻門宴的猛將樊噲，可以想見董平之豪勇，十分了得。

〔註17〕　余嘉錫：《余嘉錫論學雜著》（下冊），中華書局，2007 年第 2 版，第 378～382頁。

〔註18〕　朱一玄、劉毓忱編：《水滸傳資料彙編》，南開大學出版社，2002 年版，第 22頁。

但在《大宋宣和遺事》中，董平僅僅是鄆城縣的一個小小押差，與宋江同衙公幹。晁蓋等人劫了生辰綱，董平「爲捕捉晁蓋不獲，受了幾頓粗棍限棒，也將身在逃」。途中與從縣衙請假回家探望父親的宋江相遇，由宋江寫信推薦他與杜遷、張岑、索超同往梁山濼落草。後來宋江得了九天玄女天書一卷，所開列三十六員猛將（不含宋江）中，董平綽號一撞直，居第十九位。

二、東平府的莊主們及其家人

（一）祝氏父子

《水滸傳》第四十六回寫祝家莊「莊主太公祝朝奉，有三個兒子，稱爲祝氏三傑」。父子四人，太公有些謀略，三子都有些武藝，自恃家財富厚，加以養了武林高手欒廷玉爲三子教習，根本不把梁山放在眼裏，「白旗一對門前立，上面明書字兩行：『塡平水泊擒晁蓋，踏破梁山捉宋江。』」（第四十八回）先是活捉了在祝家店偷雞吃的時遷，要把他作爲梁山泊賊人解上州去請賞。與本莊結盟聯防、交情多年的李應兩次修書說情，請求放出時遷，祝氏三傑不但拒絕，而且放狠話要把李應也作爲梁山強寇解上州去，並與李應刀槍相對，施暗箭射傷了李應左臂。這直接導致祝家莊和李家莊結盟的破裂，而又麻痹大意，任欒廷玉留用孫立等人，結果中了梁山裏應外合之計，造成與梁山對敵的全面失敗。李贄評曰：「孫立等來投，石秀等就擒，內應之謀成矣；輕信欒廷玉，而自貽伊戚，祝家三子，誰謂知兵？」〔註 19〕其實祝氏父子的眞正病根尚不在於戰術上的不「知兵」，而是其以小小一村之力而自高自大，戰略上完全不知道其與梁山作對，無異於以卵擊石。從而祝氏父子雖然豪橫一時，卻最終全家之人均做了梁山刀下之鬼，而且連累扈家莊家破人亡，毀於一旦，李家莊莊主李應也被迫上了梁山，村莊夷爲平地，爲亂世中村民自保提供了一個失敗的典型與教訓。

（二）李應

《水滸傳》第四十七回寫李應，是李家莊莊主，綽號撲天雕，「能使一條渾鐵點鋼槍，背藏飛刀五口，百步取人，神出鬼沒」。有一首《臨江仙》詞說他「鶻眼鷹睛頭似虎，燕頷猿臂狼腰。仗義疏財結英豪。愛騎雪白馬，喜著

〔註 19〕馬蹄疾編：《水滸資料彙編》，中華書局，1980 年第 2 版，第 116 頁。

絳紅袍……性剛誰敢犯分毫」，是一條十分了得的好漢。這個人的好處是，雖然祝家莊不放時遷給他留面子，還被祝彪射傷，但在宋江一打祝家莊失敗之後，雖未救應祝家莊，但是仍堅持不與宋江等結交。直到宋江打破祝家莊後，與吳用設計，將他賺上梁山，並隨後暗中搬取其家眷、財產全部上了梁山，他才不得已而入夥落草。李應在梁山泊好漢名位頗高，「石碣天文」載李應為天富星，列天罡星第十一位，與柴進掌管大寨錢糧。招安後，李應參加了征遼、征方臘的戰役，以軍功授武節將軍，中山府鄆州都統制。李應赴任半年，聞知柴進納還官誥，求閒為農，便也傚仿，推稱風癱，繳納了官誥，復回故鄉獨龍岡村，與杜興同為富豪，得善終。

李應之名最早見於龔聖與《宋江三十六贊》，居宋江三十六人之末，綽號撲天雕，贊詞云：「鷙禽雄長，惟雕最狡。毋撲天飛，封狐在草。」〔註20〕《大宋宣和遺事》中，李應綽號仍為撲天雕，居天書三十六將的第十七位。他原是為朱勔押運花石綱的指使，與同此職任的楊志、李進義、林沖、王雄、花榮、柴進、張青、徐寧、穆橫、關勝和孫立等十一人結義為兄弟，誓有災厄，各相救援。楊志在潁州賣刀，殺死了一個找茬的惡少，被發配衛州。李應與其它十位兄弟聯合，在黃河岸上殺死防送楊志的軍人，一起往太行山落草為寇。李應後與宋江等受張叔夜招安，授武功大夫誥敕，分注諸路巡檢使。在《水滸傳》中，李應是一個富有江湖義氣、武功高強，但卻「懼怕官府」的「富貴良民」（第四十八回），所以被蕭讓扮的假知府輕易騙過；落草梁山更非他的意願，只是被宋江和吳用所賺，斷了繼續做「富貴良民」的後路，不得已而追陪宋江等做那「若要官，殺人放火受招安」營生罷了。

（三）扈氏兄妹

《水滸傳》寫祝家莊的「西邊那個扈家莊，莊主扈太公，有個兒子喚做飛天虎扈成，也十分了得。惟有一個女兒最英雄，名喚一丈青扈三娘。使兩口日月雙刀，馬上越法了得」（第四十七回）。宋江「兩打祝家莊」，扈三娘被捉，扈成兄妹情深，牽牛擔酒，親到宋江寨中請求放人，與祝家莊背盟，投降了梁山。宋江「三打祝家莊」，扈成本欲立功上梁山，將落荒投靠的準妹夫祝彪綁縛了，解去宋江軍中納獻，卻半路被李逵攔截，砍死祝彪，還要殺他。「扈成見局面不好，拍馬落荒而走，棄家逃命，投延安府去了。後來中興內

〔註20〕朱一玄、劉毓忱編：《水滸傳資料彙編》，南開大學出版社 2002 年版，第 22 頁。

也做了個軍官武將」，雖然沒能躋身「梁山泊好漢」，但其人生的結果也還比較不錯。

扈成的妹妹扈三娘，綽號一丈青，「天然美貌海棠花」（第四十八回），又武藝超過乃兄。宋江兩打祝家莊，扈三娘出陣就把王英捉了，再戰歐鵬和馬麟，後又直追宋江，「正趕上宋江，待要下手」，卻先後被李逵、林沖攔住。「一丈青飛刀縱馬，直奔林沖。林沖挺丈八蛇矛迎敵。兩個鬥不到十合，林沖賣個破綻，放一丈青兩口刀砍入來。林沖把蛇矛逼個住，兩口刀逼斜了，趕攏去，輕舒猿臂，款扭狼腰，把一丈青只一拽，活挾過馬來」（第四十八回）捉了。扈三娘後來歸順梁山，做了宋太公的義女，宋江做主嫁與王英為妻。

扈三娘在梁山泊是三女將之一，「石碣天文」中號地慧星，一百零八人中緊隨王英列第五十九位。其實，扈三娘人品武藝都遠過於王英，只是由於男尊女卑、夫倡婦隨，只好屈居王英之下。但是，王英倒有可能因為有了這樣一位賢內助而排位提高了呢！此後在梁山，南征北戰，扈三娘與王英幾乎都在一起。征方臘之役，王英被鄭魔君所殺，「一丈青要報丈夫之仇，急趕將來。鄭魔君歇住鐵槍，舒手去身邊錦袋內，摸出一塊鍍金銅磚，扭回身看著一丈青面門上，只一磚打落下馬而死。可憐能戰佳人，到此一場春夢！」（第九十七回）

《水滸傳》寫扈三娘相關文字不算少，但是處處寫她都是一句話不說，大約是書中唯一的「啞女」、「啞人」。而凡有相關，該她表態說話的地方，都不見有話，或是作者替了。如她上山以後，並不記問父兄之仇恨下落；又宋江以義兄妹之名分向扈三娘提婚嫁給王英，也是「一丈青見宋江義氣深重，推卻不得。兩口兒只得拜謝了」（第五十一回）。因此，當今讀者或以為這個女人似全無心肝，又嫁得王矮虎這個「犯了溜骨髓三個字的」（第三十二回）好漢，似乎其人生的命運也太糟糕了。其實不然。她上梁山以後不問父兄之事，也許是作者疏忽了；至於嫁得王矮虎，一面是從宋江早曾對王矮虎有過為之找一位妻子的承諾看順理成章，一面也是王矮虎真心愛慕扈三娘的美貌，適合為扈三娘「黃金千兩容易得，知己一個也難求」的夫婿。試想梁山上雖有晁蓋那種「最愛刺槍使棒，亦自身強力壯，不娶妻室，終日只是打熬筋骨」（第十四回）的「獨身主義」者，但肯定是嫁不成的；後來也有盧俊義那種與宋江相似「只顧打熬氣力，不親女色」（第六十二回）的好漢上山，但

是做這種人的老婆豈非徒有其名？比嫁給王矮虎能夠更好嗎？

三、東平府的莊客與村老

《水滸傳》寫莊主所為一切大事，必然有莊客與村民各種形式的參與和起有各種不同的作用；參與多而作用較大者，則是莊上的主管、武師和某個偶然出現的村老等。

（一）李家莊主管杜興

《水滸傳》第四十七回寫杜興，「祖貫是中山府人氏。因為他面顏生得粗莽，以此人都叫他做鬼臉兒。上年間做買賣來到薊州。因一口氣上打死了同夥的客人，吃官司監在薊州府裏。楊雄見他說起拳棒都省得，一力維持，救了他」，流落在李家莊上做了主管。杜興與莊主李應賓主相得，李應因杜興之請致信祝家莊，欲幫楊雄要回因偷雞被捉的時遷，遭到拒絕，以致祝、李兩莊的聯盟破裂。從此杜興雖仍為李家莊主管，但是傾力幫助梁山攻打祝家莊。宋江「一打祝家莊」失利後，杜興向宋江提供了祝家莊「虛實事情」，並建議「白日進兵去攻打，黑夜不可進去」（第四十八回）。「三打祝家莊」成功之後，宋江、吳用將李應與杜興一起賺上梁山落草。杜興在「石碣天文」為地全星，列梁山泊好漢第八十九位。大約由於他常年在李家莊做主管的經歷，上山後被安排與朱貴執掌南山酒店，「打聽聲息，邀接來賓」（第七十一回）。招安後，參加征遼、征方臘之戰，以軍功授武奕郎，任都統領之職。半年之後，杜興跟隨李應「繳納官誥，復還故鄉獨龍岡村中過活。……一處作富豪，俱得善終」（第一百二十回），是「梁山泊好漢」中少數結局還算完好的人物之一。

（二）祝家莊教師欒廷玉

欒廷玉這個人物見於《水滸傳》第四十七至第五十回，是祝家莊莊主祝朝奉為三個兒子聘請的「一個教師……有萬夫不當之勇」（第四十七回），善使長槍和飛錘，曾與登州兵馬提轄孫立自幼同師學藝，二人關係「最好」，彼此「盡知」武藝功底（第四十九回）。但在對敵梁山的戰事中，他卻被上梁山急於獻「投名狀」邀功的師兄弟孫立欺騙並出賣，結果被殺，連宋江都「只可惜殺了欒廷玉那個好漢」（第五十回），卻未見孫立有什麼表示，是《水滸傳》中為朋友所賣死得最為冤枉的「好漢」，儘管其不在梁山泊「天罡地煞」之數。馬幼垣先生論說：「欒廷玉相信師弟，因而中計，正是正派武林人士以

己度人、不懷鬼胎的表徵。」〔註21〕而相形之下，孫立賣友求榮，就十分不夠光彩了。但是，從另一方面看，首先是欒廷玉爲人不智，託身祝家莊，爲祝氏父子作倀，就免不了「「火炎昆崗，玉石俱焚」（《尚書‧胤征》）的命運。所以，孫立固然不應該欺騙利用欒廷玉，但是果然實話實說，欒廷玉又豈肯背叛祝氏，而成全孫立和梁山？所以，人間事固有不能兩全者，何況兩軍對壘，各爲其主。讀者於孫立對欒廷玉之所爲，也就不必求全責備了。

（三）祝家莊「好人」鍾離老人

《水滸傳》第四十七回寫祝家莊鍾離老人，獨門獨戶，「土居在此」。宋江一打祝家莊，派石秀、楊雄哨探進攻路線。石秀扮作賣柴的，順著大路，走了二十多里地，來到村中一家酒店前，遇到鍾離老人，得老人留飯、留宿，特別是爲之指引村中外來人容易迷途的盤陀路，使「兩打祝家莊」中的梁山人馬能夠突出重圍，減少了損失。爲此，第五十回寫「三打祝家莊「成功以後，宋江與吳用商議，本來要洗蕩祝家莊村坊，但是由於石秀稟說道：「這鍾離老人仁德之人，指路之力，救濟大恩，也有此等善心良民在內，亦不可屈壞了這等好人。」（第五十回）宋江便叫石秀尋了鍾離老人來，拜見宋江、吳學究：

> 宋江取一包金帛，賞與老人，永爲鄉民。「不是你這個老人面上有恩，把你這個村坊盡數洗蕩了，不留一家。因爲你一家爲善，以此饒了你這一境村坊人民。」那鍾離老人，只是下拜。宋江又道：「我連日在此攪擾你們百姓，今日打破了祝家莊，與你村中除害。所有各家，賜糧米一石，以表人心。」就著鍾離老人爲頭給散。一面把祝家莊多餘糧米，盡數裝載上車，金銀財賦，犒賞三軍眾將。其餘牛羊騾馬等物，將去山中支用。打破祝家莊，得糧五千萬石。宋江大喜⋯⋯大隊軍馬上山。當有村坊鄉民，扶老挈幼，香花燈燭，於路拜謝宋江等。

由此可見，鍾離老人在《水滸傳》中，雖然屬於那種召之即來，揮之即去的道具性小人物，但是其作用一面是情節發展的重要轉捩，另一面成爲在祝氏父子蠱惑或挾迫下與梁山作對之祝家莊的一抹亮色，同時給了宋江一次眞正「殺富濟貧」的機會，而這在《水滸傳》中是並不多見的。至於鍾離老人之

〔註21〕馬幼垣：《水滸人物之最》，三聯書店，2006年版，第113頁。

邂逅並實際幫助了石秀以至於梁山，導致祝家莊地方勢力的覆滅，實出於無心，並非故意違背祝家莊號令，私通梁山，出賣一村利益。反而按宋江所說，是幫助了梁山為祝家莊一帶「村中除害」。並且不僅如此，還在宋江、吳用遷怒於祝家莊全村之人，要把「這個村坊盡數洗蕩了，不留一家」的情況下，因他一人的善舉而局面反轉：既使村坊百姓生命財產得以保全，又還能分得祝氏父子的一點兒浮財，豈不是小人物立了大功勞！

四、李瑞蘭等小人物

　　《水滸傳》寫妓女，除了宋徽宗的姘頭李師師之外，就是第六十九回所寫史進曾與之「有染……往來情熟」的李瑞蘭。李瑞蘭「家」在東平府西瓦子住，宋江攻打東平府，史進自報奮勇，入東平府住進李瑞蘭「家」，以圖「約定時日，哥哥（按指宋江）可打城池。只等董平出來交戰，我便扒去更鼓樓上放起火來，裏應外合，可成大事。」但是，李瑞蘭收了金銀，卻與虔婆、大伯李公合謀把他告發了。史進因此被捕受刑，下在死囚牢。直到宋江率兵打破東平府，「史進自引人去西瓦子裏李瑞蘭家，把虔婆老幼，一門大小，碎屍萬段」。不用說李瑞蘭也被史進殺了。

　　另外，第六十九回還寫到東平府程太守的女兒：

> 　　原來程太守有個女兒，十分大有顏色。董平無妻，累累使人去求為親。程萬里不允。因此日常間有些言和意不和。董平當晚，領軍入城。其日，使個就裏的人，乘勢來問這頭親事。程太守回說：「我是文官，他是武官。相贅為婿，正當其理。只是如今賊寇臨城，事在危急。若還便許，被人恥笑。待得退了賊兵保護城池無事，那時議親，未為晚矣。」那人把這話卻回覆董平。董平雖是口裏應道：「說得是。」只是心中躊躇，不十分歡喜。恐怕他日後不肯。

　　以上引文中的這位程小姐雖然沒有出面，後來也不曾有任何正面的描寫，但是她在程太守與董平的關係進而東平府城的安危上都有關係。簡單地說，程太守就是因為有這她這個女兒，又不知見機而作，才使得與董平本就不睦的關係雪上加霜，以致最後被「董平逕奔私衙，殺了程太守一家人口，奪了這女兒」。這就不會是「遂令天下父母心，不重生男重生女」（白居易《長恨歌》）了。

　　《水滸傳》寫到的其它東平府（鄆州）人還有不少。如性格有些倔強的

祝家店店小二，老態龍鍾的劉太公，被歹人糟蹋的劉太公女兒，西瓦子李瑞蘭家的虔婆與李公，以及在鄆州生養的陽谷人喬鄆哥等。

五、現身東平的「梁山泊好漢」

《水滸傳》先後寫有五十九位梁山泊好漢曾來東平府活動。這些人是：史進、武松、楊雄、石秀、時遷、宋江、花榮、李俊、穆弘、李逵、黃信、歐鵬、楊林、林沖、秦明、戴宗、張橫、張順、馬麟、鄧飛、王英、白勝、扈三娘、吳用、呂方、郭盛、阮小二、阮小五、阮小七、孫立、解珍、解寶、鄒淵、鄒潤、孫新、顧大嫂、樂和、蕭讓、裴宣、金大堅、侯建、李應、杜興、劉唐、徐寧、燕順、韓滔、彭玘、孔明、孔亮、張青、孫二娘、石勇、郁保四、王定六、段景住、董平、柴進、燕青。〔註22〕

其中史進與東平關係最為密切。史進雖然是華州府華陰縣人，但是上已述及，他「舊在東平府時，與院子裏一個娼妓有染，喚做李瑞蘭，往來情熟敬我」。但是當他後來欲利用這一層關係做宋江打東平府的內應時，卻被李瑞蘭等告發，被程太守、董平打入了東平府的死囚牢，直到城破才得脫身。所以，東平是史進風流終為風流誤的地方。其弄巧成拙，實由於對人情世故的誤判。試想李瑞蘭皮肉生涯，縱然對史進曾經有情，但是一面「婊子無情」，一面世俗也是人走茶涼，而且此一時，彼一時，又此一事，彼一事，更加以有虔婆、大伯做主，只是拿李瑞蘭做「搖錢樹」的，都是錙銖必較，鑽在錢眼裏過活的人，哪裏能夠為了史進一個嫖客，就去擔「血海也似干係」（第十八回）呢？再說李瑞蘭已自「收了金銀」，料不必退回的，也可以不作更大的想頭，所以就輕易地把史進出賣了。但是她以至她們又都想得忒簡單了：官府碰不得，史進與梁山泊好漢又豈是好惹的？所以按《水滸傳》所寫，客觀上李瑞蘭家真的還是隨順了史進和梁山要好，現實「有一包金銀」相送之外，只要按史進所囑「切不可走透了消息。明日事完，一發帶你一家上山快活」（當然也是史進的快活），——這保票的確是可能兌現的。然而，李瑞蘭一家夾在官府與梁山之間，長期被官府洗腦的結果，是比一般當局者更是迷惘，結果走上與程太守的東平府一併覆亡之路。雖然也不必苛責，但這「城門失火，殃及池魚」的結局也夠可憐、可恨而又可歎的了。

〔註22〕以上主要按各好漢初來東平府時間的先後排列，扈三娘、李應、杜興和董平四人則按其落草梁山的時間先後排入其中。

第八章 《水滸傳》中的陽谷縣

「陽谷」地名始見於《左傳·僖公三年》:「齊侯爲陽谷之會。」[註1] 陽谷最早於隋文帝開皇十六年（596）置縣屬於濟北郡,至今隸屬代有變化:唐初改屬河南道濟州,天寶十三年（754）改屬河南道鄆州。五代時仍屬鄆州。宋屬京東西路鄆州即後之東平府,金屬山東西路東平府,元屬山東東平路。明屬山東布政使司兗州府東平州,清初屬山東省兗州府,雍正八年（1730）改屬東平直隸州,雍正十三年（1735）再改屬兗州府。今屬山東省聊城市。

《水滸傳》提到「陽谷」地名有二十次,集中出現於第二十三回至第三十二回的「武行者十回書」中。《水滸傳》有關陽谷縣的地域風貌、人物生活、民俗風情等,幾乎都是隨著武松的行跡來寫的。「景陽岡打虎」、「鬥殺西門慶」、「醉打蔣門神」、「大鬧飛雲浦」、「血濺鴛鴦樓」等一系列發生於陽谷以及可溯源至陽谷人事恩怨的故事,不但使武松以「打虎英雄」名揚江湖,而且使其作爲一位「有冤報冤,有仇報仇」的剛烈好漢卓立於文學人物之林。《水滸傳》所寫潘金蓮與西門慶的畸形情戀還給了明人蘭陵笑笑生生發的基礎,演義創作出又一部奇書《金瓶梅》,如老樹著花,是《水滸傳》各時期文本作者都始料不及的。

〔註 1〕 楊伯峻編著:《春秋左氏傳注》（修訂本）,中華書局,1990 年第 2 版,第 286 頁。

第一節 《水滸傳》中的陽谷風貌

一、《水滸傳》中的陽谷城鄉

（一）景陽岡

《水滸傳》寫陽谷地方最早出現的是景陽岡，也是陽谷縣至今最爲出名的地方。景陽崗「離縣治不遠」（第二十三回），後面「四五里路」有一家酒店，挑著「三碗不過岡」的「招旗」，以「透瓶香」酒而頗受過往客商的青睞，並反過來也使景陽崗成爲以酒聞名的地方。

《水滸傳》寫景陽岡上林木茂密，雜草叢生，有一座敗落的山神廟。從「單道景陽岡武松打虎」的那首《古風》來看，岡上樹種應該主要是楓樹和松樹。〔註 2〕岡上有「一塊光撻撻大青石」。武松打死老虎以後，引了「本鄉上戶、本鄉獵戶三二十人，都來相探」。以「本鄉獵戶三二十人」之多，可知景陽岡上多有禽獸出沒。那只弔睛白額大蟲應當就是奔著有它可吃的動物來的，卻「壞了三二十條大漢性命」。而景陽岡前面不遠，是居住有眾獵戶和本鄉上戶（按指富戶）的一處村莊。

還在武松打虎之前，宋江就曾說「江湖上多聞說武二郎的名字」。可知武松在江湖上知名，並非始於打虎。然而，打虎之後，他才以「打虎的武都頭」，「揚得聲名滿四方」。至於今天能見到的景陽岡，則塊然一丘，坦然無銳，如果不是《水滸傳》確鑿就寫的這個地方，誰能相信其與「武松打虎」有什麼關係！更不必說名揚四海，廣爲人知了。

（二）陽谷縣城

《水滸傳》寫陽谷縣商鋪眾多，有酒樓、酒店、冷酒店、茶坊、生藥鋪、綢絹鋪、銀鋪、紙馬鋪等。還有走街串巷的流動攤販，如賣炊餅的武大郎、賣水果的鄆哥以及銀擔子李二等。縣衙門前是商業活動最集中的地方。西門慶在這裏開著一家生藥鋪，雇有一名主管。武大郎、賣棗糕的徐三等都經常到此售賣。小說還寫到王婆說「老身直去縣前那家有好酒買一瓶來」，鄆哥「自來只靠縣前這許多酒店裏賣些時新果品」（第二十四回），可知縣衙前多的是大小酒店。

《水滸傳》寫陽谷縣城的街巷有紫石街、獅子橋、東街、後巷、獅子街

〔註 2〕 由「焰焰滿川楓葉赤」和「穢污腥風滿松林」兩句可知。

等。紫石街是武大郎、王婆等人所居的街道，獅子橋下有一大酒樓，則是武松鬥殺西門慶的地方。東街是在第二十四回提到的，這裏有西門慶包養的外宅張惜惜。後巷是喬老和鄆哥父子居住的一條街巷。獅子街是團頭何九叔居住的一條街巷，巷口有一家酒店。武松曾在這裏向何九叔詢問武大的死因。

（三）武大郎住處

《水滸傳》寫武大在陽谷的租住處也就是武大郎的家，見於第二十四、二十五和二十六回。武大郎和潘金蓮都是清河縣人。武大郎娶了潘金蓮，「因……在清河縣住不牢，搬來這陽谷縣紫石街賃房居住。每日仍舊挑賣炊餅」（第二十四回），可說是一處商住兩用的處所。西鄰是開茶坊的王婆，東鄰是「開銀鋪的姚二郎姚文卿」〔註3〕，對門兩家分別是「開紙馬鋪的趙四郎趙仲銘」和「賣冷酒店的胡正卿」（第二十六回）。與王婆隔壁亦即武大的再隔西鄰是賣餶飿兒的張公家。

武大郎的住房是靠街的二層樓。一樓開有前後門與外相通，前門掛著簾子；設有廚房、客堂等。客堂是日常接待客人的地方，武松殺嫂前宴請四鄰，就是在一樓的客堂。一樓也可以歇宿。武松自縣衙裏搬來時，「武大叫個木匠就樓下整了一間房，鋪下一張床，裏面放一條桌子，安兩個杌子，一個火爐」，安排武松在此歇臥。二樓是武大、潘金蓮的臥室，有「主客席」的座位。武松第一次登門拜訪，潘金蓮就「叫武大請武松上樓，主客席裏坐地」；武松去東京之前來告別武大，是「三個人到樓上客位裏，武松讓哥嫂上首坐了」，自己「橫頭坐了」。（第二十四回）這裏是潘金蓮與武大的家，潘金蓮鴆殺武大的犯罪現場，也是武松請四鄰作證殺潘金蓮祭兄的地方。

（四）王婆茶坊

《水滸傳》寫王婆的茶坊也見於第二十四、二十五和二十六回。茶坊在紫石街，東鄰武大郎，西鄰是賣餶飿兒的張公。茶坊也是商住兩用：前面賣茶，後面住人。前門臨街，屋內靠外布置有桌椅，賣各種茶飲，如姜茶、梅

〔註3〕　第二十四回寫「王婆在茶局子裏張時，冷眼瞧見西門慶又在門前，踅過東去，又看一看；走轉西來，又瞧一瞧；走了七八遍，徑踅入茶坊裏來。」由這段描寫可知王婆的茶坊在西，武大家在東。（見陸澹安：《說部卮言》，上海錦繡文章出版社，2009 年版，第 201 頁。）第二十六回寫「武松又請這邊下鄰開銀鋪的姚二郎姚文卿」，可知姚二郎是武大家東鄰。

湯、和合湯、寬煎葉兒茶之類。靠裏些是燒水的茶局子，有茶爐、茶鍋。茶局子與店面的前門視線直通，以一幅水簾與客人吃茶的地方隔開。日常在茶局子內燒水時，王婆就可看見紫石街上的人來人往，能及時招呼上門的客人。〔註4〕不過，王婆的心思卻主要不在賣茶上，而「專一靠些雜趁養口」，時時幹些說風情撈外快的勾當。茶坊後面是王婆居住之處。本來應該是王婆與她的兒子一起住，但是兒子「跟一個客人淮上去，至今不歸，又不知死活」（第二十四回），就住她一個人了。茶坊的後門與武大家的後門可以交通。王婆得了西門慶的好處，以請潘金蓮給自己做送終衣服爲由頭，撮合了西門慶與潘金蓮每日裏來茶坊「和西門慶做一處。恩情似漆，心意如膠」。直到姦情敗露，武大由鄆哥引了來此捉姦，「武大卻待要揪他，被西門慶早飛起右腳。武大矮短，正踢中心窩裏，撲地望後便倒了……王婆當時就地下扶起武大來。見他口裏吐血，面皮臘查也似黃了，便叫那婦人出來，舀碗水來，救得蘇醒。兩個上下肩摻著，便從後門扶歸樓上去。安排他床上睡了」（第二十四回）。王婆茶坊是西門慶、潘金蓮的風月場，武大郎的送命地。

（五）獅子橋下大酒樓

《水滸傳》第二十三至第二十六回寫陽谷縣有紫石街，又有獅子街和獅子橋。獅子橋當在獅子街上。第二十六回寫有「獅子橋下大酒樓」，酒樓有閣，閣上窗外是街，當即獅子街。武松殺潘金蓮以後，攜其首級來尋西門慶。尋到酒樓，西門慶請了一個相識的財主正在樓上吃酒，「兩個唱的粉頭，坐在兩邊」，看來這酒樓有些高檔。隨後武松在這裏鬥殺西門慶，也「割下西門慶的頭來，把兩顆頭相結做一處」，然後回紫石街武大郎生前住處，「將兩顆人頭供養在靈前」，祭奠他的哥哥。這座酒樓在《水滸傳》中本無名號，讀者因書中寫其在獅子橋邊而稱作「獅子樓」。今陽谷縣有獅子樓，或以爲即《水滸傳》所寫者，實乃因《水滸傳》而建者。但無論如何，依《水滸傳》所寫，只有陽谷才配有武松鬥殺西門慶的獅子樓。即使後來《金瓶梅》改寫武松鬥殺西

〔註4〕第二十四回寫西門慶被潘金蓮的叉竿打在頭上後一副色相，「那婆子正在茶局子裏水簾底下看見了」；「不多時，只見那西門慶一轉，逕入王婆茶坊裏來，便去裏邊水簾下坐了」。次日清早，王婆「正在茶局子裏生炭，整理茶鍋，張見西門慶從早晨在門前踅了幾遭，一逕奔入茶房裏來，水簾底下，望著武大門前簾子裏坐了看。王婆只做不看見，只顧在茶局裏煽風爐子，不出來問茶」。西門慶吃完茶去了，「王婆只在茶局子裏張時，冷眼瞧見西門慶又在門前」，等等。通過這些描寫可以看出王婆茶坊不失精明的佈局。

門慶故事到清河縣，但是《水滸傳》所寫早就在讀者先入爲主，讀者也還是認武松打虎的景陽崗和鬥殺西門慶的獅子樓在陽谷縣地方。

二、《水滸傳》中的陽谷飲食

（一）「透瓶香」酒

《水滸傳》寫「梁山泊好漢」多好飲酒，寫酒的名色也頗多，但是最有名的當數第二十三回寫武松之好酒和他打虎之前在景陽崗酒店所飲的「透瓶香」酒。因爲這酒的緣故，酒店「挑著一面招旗在門前，上頭寫著五個字道『三碗不過岡』」當時武松吃了三碗，店家便不再添了：

> 武松道：「卻又作怪！」便問主人家道：「你如何不肯賣酒與我吃？」酒家道：「客官，你須見我門前招旗上面，明明寫道：『三碗不過岡。』」武松道：「怎地喚做三碗不過岡？」酒家道：「俺家的酒，雖是村酒，卻比老酒的滋味。但凡客人來我店中吃了三碗的，便醉了，過不得前面的山岡去。因此喚做『三碗不過岡』。若是過往客人到此，只吃三碗，更不再問。」武松笑道：「原來恁地！我卻吃了三碗，如何不醉？」酒家道：「我這酒叫做『透瓶香』，又喚做『出門倒』。初入口時，醇釀好吃，少刻時便倒。」武松道：「休要胡說。沒地不還你錢，再篩三碗來我吃。」酒家見武松全然不動，又篩三碗。武松吃道：「端的好酒！主人家，我吃一碗，還你一碗錢，只顧篩來。」酒家道：「客官休只管要飲。這酒端的要醉倒人，沒藥醫。」武松道：「休得胡鳥說！便是你使蒙汗藥在裏面，我也有鼻子。」店家被他發話不過，一連又篩了三碗。武松道：「肉便再把二斤來吃。」酒家又切了二斤熟牛肉，再篩了三碗酒。武松吃得口滑，只顧要吃。去身邊取出些碎銀子，叫道：「主人家，你且來看我銀子，還你酒肉錢勾麼？」酒家看了道：「有餘，還有些貼錢與你。」武松道：「不要你貼錢，只將酒來篩。」酒家道：「客官，你要吃酒時，還有五六碗酒哩，只怕你吃不的了。」武松道：「就有五六碗多時，你盡數篩將來。」酒家道：「你這條長漢，倘或醉倒了時，怎扶的你住。」武松答道：「要你扶的不算好漢。」酒家那裏肯將酒來篩。武松焦躁道：「我又不白吃你的，休要引老爹性發，通教你屋裏粉碎，把你這鳥店子倒翻轉來！」酒家道：「這廝醉了，休惹

他。」再篩了六碗酒與武松吃了。前後共吃了十五碗。綽了梢棒，
立起身來道：「我卻又不曾醉。」走出門前來，笑道：「卻不説『三
碗不過岡』！」手提梢棒便走。

《水滸傳》這段文字寫武松豪飲驚世，英雄之概，見於言外，爲古今讀者所
激賞。但是，從來讀者都忽略了，這同時是古代小説寫酒的佳作，並不因爲
武松喝了十五碗（一本作十八碗）還能夠扶醉走上崗去，就似乎這酒沒有氣
力。我們看店家的招旗説「三碗不過崗」，已是肯定了此酒眞醇醉人，其「香」
能「透瓶」之酒力；再由武松稱道「端的好酒」，並「吃得口滑」，和一連十
五碗，吃盡店家的存酒，總括表明雖是武松好酒，但也是因爲這「透瓶香」
酒好。從而武松因「透瓶香」顯豪飲之量，「透瓶香」亦因武松之知而好之顯
其酒味之美，正所謂英雄美酒，相得益彰。

（二）武大郎炊餅

《水滸傳》第二十四至第二十六回都寫到武大郎在清河和陽谷賣「炊餅」
爲生。他的「炊餅」做得好，連西門慶想勾搭潘金蓮，都以買他家「如法做
得好炊餅」爲由（第二十四回）。「如法」之説，可見炊餅是傳統麵食，而武
大郎既得其眞傳，又做得一絲不苟，所以他賣的「炊餅」在陽谷一城知名。
不過，武大郎「炊餅」到底如何做法，是個什麼樣子，書中並沒有具體描寫。
若做考證，則據宋黃朝英《靖康緗素雜記》卷二《湯餅》有記載説：「凡以麵
爲食具者，皆謂之餅。故火燒而食者，呼爲燒餅；水瀹而食者，呼爲湯餅；
籠蒸而食者，呼爲蒸餅。」〔註5〕可知宋代麵食加工有火烤、水煮和籠蒸三種
方式，相應加工方式的不同，麵食分爲燒餅、湯餅和蒸餅三類。而就《水滸
傳》描寫可知，武大郎炊餅是籠蒸的，如武松去東京前對武大説：「假如你每
日賣十扇籠炊餅，你從明日爲始，只做五扇籠出去賣。」（第二十四回）何九
叔説「前日買了大郎一扇籠子母炊餅」（第二十六回）等即是證明。所以，武
大郎「炊餅」其實也就是《靖康緗素雜記》所説「籠蒸而食」的「蒸餅」，而
絕對不是「燒餅」！如今陽谷等地流行所謂「武大郎燒餅」固然是美食，其
實與《水滸傳》武大郎沒有任何關係，而《水滸傳》中陽谷縣的「武大郎炊
餅」至今還沒再做出來呢！

但在宋代北方，武大郎所做的這種「炊餅」是頗爲流行的麵食，《水滸傳》

〔註5〕〔宋〕黃朝英：《靖康緗素雜記》，上海古籍出版社，1986 年版，第 17 頁。

另處也曾寫到。如第五十六回汴京金槍手徐寧在家的早餐就是「肉食炊餅」；而且有時就叫作「蒸餅」，如第七十三回寫李逵和燕青去捉拿假宋江，在劉太公家「叫煮下乾肉，做起蒸餅」。所以，《水滸傳》中只有籠蒸製作的「武大郎炊餅」，而沒有如今某些地方號稱的「武大郎燒餅」。

又據宋人王栐《燕翼詒謀錄》卷三記載：「今俗，屑麵發酵，或有餡，或無餡，蒸食之者，都謂之饅頭。」〔註6〕不過，從《水滸傳》的描寫來看，炊餅是蒸製的無餡麵食，類似於今天的饅頭；它說的「饅頭」則是有餡的，當如今天的包子。孟州十字坡張青、孫二娘的黑店就是賣「饅頭」（包子）的，《水滸傳》第二十七回寫道：

> 那婦人……一連篩了四五巡酒，去竈上取一籠饅頭來放在桌子上。兩個公人拿起來便吃。武松取一個拍開看了，叫道：「酒家，這饅頭是人肉的，是狗肉的？」那婦人嘻嘻笑道：「客官休要取笑。……自來我家饅頭，積祖是黃牛的。」

「饅頭」頻見於《水滸傳》，應該也是當時日常主食之一。

（三）王婆的茶飲

《水滸傳》第二十四回寫王婆所賣茶飲有梅湯、和合湯、姜茶、寬煎葉兒茶、泡茶等名色，並說：「風流茶說合，酒是色媒人。」這各色茶飲大多正是起了「說合」「媒人」的作用。有的名號為諧音寄意，如「梅湯」之「梅」諧音「媒」，所以西門慶進入王婆茶坊打聽潘金蓮，所吃第一個有名色的茶飲就是「梅湯」：

> 半歇，王婆出來道：「大官人吃個梅湯？」西門慶道：「最好，多加些酸。」王婆做了一個梅湯，雙手遞與西門慶。西門慶慢慢地吃了，盞托放在桌子上。西門慶道：「王乾娘，你這梅湯做得好，有多少在屋裏？」

有的是用了名號的能指而轉指，如「和合湯」用果仁、蜜餞之類調和烹製而成，而「和合」可以隱指男女之事。所以，到了天色晚時，西門慶又來吃了一盞「和合湯」：

> 西門慶……朝著武大門前只顧望。王婆道：「大官人，吃個和合湯如何？」西門慶道：「最好，乾娘放甜些。」王婆點一盞和合湯，

〔註6〕〔宋〕王栐：《燕翼詒謀錄》，中華書局，1981年版，第27頁。

遞與西門慶吃。

這裏寫王婆實是看破西門慶心意，借推銷「和合湯」向西門慶暗示可以為他牽線搭橋，助他把潘金蓮勾搭到手。這個意思正中西門慶下懷，所以說西門慶說「最好」，又說「放甜些」的話同樣是暗示，就是希望王婆抓緊促成之意。然後「王婆點……西門慶吃」，明是敘吃茶，暗寓的卻是主顧之間達成了王婆為西門慶把潘金蓮勾引上手牽線的約定。

但是，王婆「也是不依本分的」人。所以，她並沒有依與西門慶之約抓緊去做，而是故意放慢了，把西門慶囑託的「放甜些」戲要成「你看我著些甜糖，抹在這廝鼻子上，只叫他舐不著。那廝會討縣裏人便宜，且教他來老娘手裏納些敗缺」。從而西門慶並未能如願很快就見上潘金蓮，很是沉不住氣，又來王婆茶坊，「從早晨在門前踅了幾遭，一逕奔入茶坊裏來」。接下來還是寫吃茶，當然不再是「和合茶」了。書中寫道：

> 王婆只做不看見，只顧在茶局裏燔風爐子，不出來問茶。西門慶呼道：「乾娘，點兩盞茶來。」王婆應道：「大官人來了。連日少見，且請坐。」便濃濃的點兩盞薑茶，將來放在卓子上。西門慶道：「乾娘，相陪我吃個茶。」王婆哈哈笑道：「我又不是影射的。」

對此「薑茶」，金聖歎評說：「乃是百忙中點出時節來，夫薑茶所以破曉寒也。」〔註7〕雖然不失為一種解釋，卻只道出薑性熱可以「破曉寒」，就未免太過皮相，而辜負了作者的深意。其實，這裏讀者應該注意的是此節寫「薑茶」，雖有早飲薑茶以破曉寒的意思，但是真正的看點和作者的主意，應是首先在西門慶點茶的「兩盞」之數，然後才是王婆所送「薑茶」的本身，都是話裏有話，弦外有音。

先說西門慶的點茶。王婆是賣茶的，西門慶作為顧客來飲，本應點一盞自吃就夠了，卻特意要「點兩盞茶來」，邀與王婆相陪共飲，這就不是一般地來飲早茶，而是故向王婆示好，暗促其踐諾的一個姿態。這在敏感的讀者當即不難會心，而「不依本分」的王婆更是馬上就心領神會，卻不拐彎抹角，而是直奔主題，一步到位地「哈哈笑道：『我又不是影射的。』」——「影射的」即替身，具體說就是西門慶渴望到手的潘金蓮。所以，王婆的話說白了，

〔註7〕陳曦鍾、侯忠義、魯玉川輯校：《水滸傳會評本》，北京大學出版社，1981年版，第453頁。

就是我替不了你想的潘金蓮呢！──你想瘋了吧！可知此處寫西門慶點茶，而不說點什麼茶，是把文眼放在了「兩盞」，讀者不可錯過了。

　　然而，這一次西門慶飲罷「姜茶」，又與王婆說了不少風情繚繞的話，仍然不得要領，只好「起身道：『乾娘，記了帳目。』王婆道：『不妨事。老娘牢牢寫在帳上。』西門慶笑了去。」但是，隔了「好幾個月」又來王婆茶坊門前：

　　　　王婆只在茶局子裏張時，冷眼睃見西門慶又在門前，踅過東去，又看一看，走轉西來，又睃一睃。走了七八遍，逕踅入茶坊裏來。王婆道：「大官人稀行，好幾個月不見面！」西門慶笑將起來，去身邊摸出一兩來銀子，遞與王婆說道：「乾娘，權收了做茶錢。」婆子笑道：「何消得許多。」西門慶道：「只顧放著。」婆子暗暗地喜歡道：「來了！這刷子當敗！」且把銀子來藏了，便道：「老身看大官人有些渴，吃個寬煎葉兒茶如何？」西門慶道：「乾娘如何便猜得著？」婆子道：「有甚麼難猜！自古『入門休問榮枯事，觀著容顏便得知。』老身異樣蹺蹊作怪的事，都猜得著。」

這裏又是寫王婆向西門慶薦茶，固然不再是「姜茶」，但是又何必「寬煎葉兒茶」？這是個問題嗎？答案是肯定的。因為倘若「吃個寬煎葉兒茶」只如尋常吃茶，那麼西門慶接口就不會是「乾娘如何便猜得著」的招認。反過來說，西門慶既如此應對王婆勸飲「寬煎葉兒茶」，那麼「吃個寬煎葉兒茶」的話就絕非僅僅是吃茶，更不會只是吃一碗簡單烹煮的薄茶。何以故？

　　這只要從接下王婆答道「有什麼難猜」云云逆推上去，就可以明白了。具體說王婆既有前此與西門慶的接觸瞭解，更從當下「冷眼睃見西門慶又在門前」踅東轉西，看看睃睃，就已十分斷定西門慶急欲到手潘金蓮而不得的鬱悶無以復加，亟須她出手排解，卻又不便直說，便借了「寬煎葉兒」的茶名，傳遞一個她知道西門慶需要「寬」心排解、她也願意幫忙的信息。西門慶也就從這「寬煎葉兒」的茶名悟知王婆之意，然後就進入直捷了當的「談判」和密謀了。總之，這「寬煎葉兒」茶的描寫，是王婆假物寄意，薦之有心；西門慶風月老手，話外聽音，最後確認了需要並只有得到王婆的牽引，才可以「寬」其獵豔之心。而「寬煎葉兒茶」者，絕非稍加烹煮的薄茶；相反是加時烹煮（寬煎）的濃茶。這可能因為我國自古有俗說「喜酒悶茶醃臢煙」，即慶賀飲酒、破悶飲茶和憋屈抽煙的說法，而寫王婆薦一碗

醲醲的濃茶給西門慶破悶也。再說自古賣茶的，大約少有勸客人吃薄茶解渴的吧？

綜上所述說，《水滸傳》本回至此，寫王婆與西門慶與茶，是二人因「茶」而互相試探，暗通款曲，直到「打開窗子說亮話」，算是事情發展到了一半。下一半就是王婆又詭施手段，成全西門慶幽會潘金蓮的風流了，也是曲折而進，仍是步步有「茶」，天天有「茶」。

第一步是「賺潘金蓮來家」。為此，王婆藉口做「送終衣服」過武大郎家約請潘金蓮。書中寫道：

> 這王婆開了後門，走過武大家裏來。那婦人接著，請去樓上坐
> 地。那王婆道：「娘子，怎地不過貧家吃茶？」

竟是先請「吃茶」，也最好是請「吃茶」！莫不成直說請潘金蓮做活？那就簡慢唐突了，也不合王婆市儈身份。而只有請「過貧家吃茶」，才既是雅而有度，又現成實在，入情動人。雖然這終不過是王婆又一個假託即「製辦些送終衣服」的引子，但畢竟從「吃茶」說起正好。一來一去，說到親切處，水到渠成，潘金蓮答應了「我明日飯後便來」。

第二步是潘金蓮一連三天來王婆家。第一天，書中寫王婆已於昨日「當晚，回覆了西門慶的話，約定後日準來」，所以接下乃又寫道：

> 次日清早，王婆收拾房裏乾淨了，買了些線索，安排了些茶水，
> 在家裏等候……那婦人……從後門走過王婆家裏來。那婆子歡喜無
> 限，接入房裏坐下，便濃濃地點薑茶，撒上些松子胡桃，遞與這婦
> 人吃了。

又是「安排了些茶水……等候」，又是「濃濃地點薑茶」，既是「送溫暖」，又與上述為西門慶「濃濃的點兩盞薑茶」呼應相對。但是，比較為西門慶點薑茶，點給潘金蓮的薑茶還「撒上些松子、胡桃」，就又顯得格外殷勤和溫馨了。而且不僅此也，「日中，王婆便安排些酒食請他，下了一箸面與那婦人吃了」——「茶」之外，「酒食」也跟進了。

第二天，書中寫道：

> 次日飯後，武大自出去了，王婆便踅過來相請。走到他房裏取
> 出生活，一面縫將起來。王婆自一邊點茶來吃了，不在話下。

雖然已是「不在話下」，但還是要先「點茶吃了」。又雖然由於武大郎的干預，「看看日中，那婦人取出一貫錢，付與王婆說道：『乾娘，奴和你買杯酒

吃。』」但王婆是何等機警？一面道：「呵呀！那裏有這個道理……」一面「生怕打攪了這事，自又添錢去買些好酒好食，希奇果子來殷勤相待……請那婦人吃了酒食」，「酒食」繼續跟進至「好酒好食，希奇果子」了。

第三天，書中寫道：

> 話休絮煩。第三日早飯後，王婆只張武大出去了，便走過後頭來，叫道：「娘子，老身大膽。」那婦人從樓上下來道：「奴卻待來也。」兩個廝見了，來到王婆房裏坐下，取過生活來縫。那婆子隨即點盞茶來，兩個吃了。

上引說「話休絮煩」，實在是「事不過三」。所以寫第三天敘過了潘金蓮來至茶坊，接下就是「西門慶巴不到這一日」，精心打扮了來茶坊赴王婆之約，見到了朝思暮想的潘金蓮。書中寫道：

> 西門慶得見潘金蓮十分情思，恨不就做一處。王婆便去點兩盞茶來，遞一盞與西門慶，一盞遞與這婦人，說道：「娘子相待大官人則個。」

這一次不必西門慶請動，「王婆便去點兩盞茶來」，分別遞與二人，並說道「娘子相待大官人」云云，分明這才是真正的「和合茶」。而書中接下又寫道：

> 吃罷茶，便覺有些眉目送情。王婆看著西門慶，把一隻手在臉上摸。西門慶心裏瞧科，已知有五分了。

上引說「吃罷茶，便覺」云云和「西門慶心裏瞧科，已知有五分了」，儘管都是王婆「攝合山」的工夫，但其工夫的頭道卻是「吃茶」。但是，「吃茶」在無論王婆與西門慶都不過是使當事人能坐下來、坐到一起的引線，在潘金蓮一開始還只在夢中，所以當潘金蓮與西門慶真的坐到一起之後，「茶」還是會喝的，但是「吃茶」的作用卻就回歸到人之本能需要的「解渴」，可以「話休絮煩」了。所以至上引「吃罷茶」以後，本回再沒有寫「吃茶」。而是引了自古「風流茶說合，酒是色媒人」以承上啓下，轉而去寫隨「茶」而至的「酒食」之「酒」，寫如之何「酒是色媒人」，而至此以上則主要寫了五個字一句曰「風流茶說合」。「茶」之用，在《水滸傳》中誠不可以忽視！

（四）其它飲食

除蒸餅與茶飲之外，《水滸傳》寫陽谷飲食筆墨尚多，如武松遇巧武大來武大郎住所，潘金蓮招待食用的「無非是些魚肉果菜之類」；武松搬到武大家以後，曾「買餅饊茶果，請鄰舍吃茶」。其所稱「饊」即饊子，是一種整束麵

條狀的油炸物，如今北方市面上也還常見；還有「賣棗糕的徐三」，此所謂棗糕應與今天市面上的棗糕沒有太大差別吧；又寫王婆為撮合西門慶與潘金蓮私通，「買了些見成的肥鵝熟肉，細巧果子歸來」（以上見第二十四回）；還寫武松殺嫂之前，「買了個豬首，一隻鵝，一雙雞，一擔酒，和些果品之類，安排在家裏」（第二十六回）；武松邀請四鄰赴宴，其中就有「賣餶飿兒的張公」。「餶飿兒」是一種圓形、有餡、用油煎或水煮的麵食，似今之餛飩。至於陽谷縣的水果，書中寫到了鄆哥所賣的「雪梨」。「雪梨」未必就是陽谷的特產，卻因為鄆哥而一再出現於潘金蓮、西門慶的風情悲劇故事中，也許有象徵的意義。

第二節　打虎英雄，義氣烈漢──武松

一、武松形象源流述略

　　武松是《水滸傳》中最有個性的主要人物之一。武松的形象淵源有自，是經歷了宋元時期民間街談巷語、說話藝術和元代水滸戲的藝術積纍，最後由《水滸傳》作者集成創作的。

　　早在宋人龔聖與《宋江三十六贊》中就有武松，綽號行者，列三十六人之第十四位，贊詞云：「汝優婆塞，五戒在身。酒色財氣，更要殺人。」〔註8〕宋人羅燁《醉翁談錄》中《舌耕敘引・小說開闢》條載當時說話名目已有《武行者》，屬於杆棒類。〔註9〕這些都說明武松故事，早在宋代說話中就已經成為重要的題目，內容也比較豐富了。

　　宋代或宋元之際無名氏的《大宋宣和遺事》僅載有「行者武松」的名號，位列天書「天罡院三十六員猛將」中的第三十位，據敘事推斷應是跟隨宋江上「梁山濼」落草的九人之一，卻沒有任何具體的描寫。〔註10〕至於《水滸

〔註8〕　朱一玄、劉毓忱編：《水滸傳資料彙編》，南開大學出版社，2002年版，第19～21頁。

〔註9〕　黃霖、韓同文選注：《中國歷代小說論著選》（修訂本，上冊），江西人民出版社，2000年第3版，第93頁。

〔註10〕　〔元〕無名氏：《大宋宣和遺事》中，宋江及三十六人是分四個批次落草梁山濼的。第一批是楊志、李進義、林沖、王雄、花榮、柴進、張青、徐寧、李應、穆橫、關勝、孫立等押運花石綱的12人，加上劫生辰綱的晁蓋、吳加亮、劉唐、秦明、阮進、阮通、阮小七、燕青等8人，共計20人。第二批是杜千、張岑、索超、董平等4人。第三批是宋江「帶領得朱仝、雷橫，並李逵、戴

傳》中，武松的形象才驟然豐滿生動起來，而且「三山聚義打青州」之後，武松等人追隨宋江投奔梁山一點，倒也與《大宋宣和遺事》所敘略同。元代水滸戲中以武松爲主角的劇目，據鍾嗣成《錄鬼簿》卷上，有紅字李二的《折擔兒武松打虎》（或題《武松打虎》）。賈仲明曾簡要述及該劇內容云：「打虎的英俊天生勇，窄袖兒猛武松。」〔註11〕這是今見《水滸傳》之外最早敘及武松打虎的文本。另外，元代高文秀有《雙獻頭武松大報仇》，不見於《錄鬼簿》，近人馬廉《錄鬼簿新校注》補入。〔註12〕該劇久佚，當爲《水滸傳》中武松殺嫂、鬥殺西門慶爲武大復仇故事的藍本。

二、武松的相貌、綽號及其兵器

《水滸傳》中武松在第二十二回出場。小說對他的深入刻畫則是從第二十三回到第三十二回的十回書中，塑造出一個頂天立地的打虎英雄和「義氣烈漢」（第二十七回）的形象。

武松「身長八尺，一貌堂堂，渾身上下有千百斤氣力」（第二十四回）。第二十三回宋江初見武松：

> 身軀凜凜，相貌堂堂。一雙眼光射寒星，兩彎眉渾如刷漆。胸脯橫闊，有萬夫難敵之威風；語話軒昂，吐千丈凌雲之志氣。心雄膽大，似撼天獅子下雲端；骨健筋強，如搖地貔貅臨座上。如同天上降魔主，眞是人間太歲神。

這是武松未扮爲行者以前的相貌。

武松綽號爲「行者」。與其它好漢甫出江湖即有綽號不同，武松在孟州殺死張都監一家人等，爲逃避官府輯捕，由張青夫婦建議並幫助扮成一個行者模樣，因此有了「行者」的綽號。在佛教中，行者原指未剃髮而出家的修行人，後來也指苦行的僧人。武松既做了行者打扮，江湖上便以「武行者」相稱了。作爲行者的武松外貌，第三十一回有一段描寫：

> 前面髮掩映齊眉，後面髮參差際頸。皂直裰好似烏雲遮體，雜色縧如同花蟒纏身。額上戒箍兒燦爛，依稀火眼金睛；身間布衲襖斑斕，彷彿銅筋鐵骨。戒刀兩口，擎來殺氣橫秋；頂骨百顆，念處

宗、李海等九人」，共計 10 人。第四批是呼延綽、李橫、魯智深等 3 人。由此可推知武松在宋江帶領去梁山濼的九人之內。

〔註11〕 馬廉：《錄鬼簿新校注》，文學古籍刊行社，1957 年版，第 98 頁。

〔註12〕 馬廉：《錄鬼簿新校注》，文學古籍刊行社，1957 年版，第 34 頁。

悲風滿路。神通廣大，遠過回生起死佛圖澄；相貌威嚴，好似伏虎
降龍盧六祖。直饒揭帝也歸心，便是金剛須拱手。

自此以後，武松再也沒有改變他的行者裝扮，一直到他在征方臘傷殘之後於
杭州六和寺出家，並終老於此。

在對武松扮為行者的描寫中，寫到「戒刀兩口，擎來殺氣橫秋」。這是武
松自此以後隨身佩戴、戰陣衝殺的兵器。兩口戒刀係用雪花鑌鐵打成，各配
一個沙魚鞘子，原是一個頭陀所佩戴。這個頭陀行經十字坡，斃命於張青、
孫二娘的黑店中，戒刀遂為張青夫婦所得，「那刀要便半夜裏嘯響」（第二十
七回）。在古人看來，刀劍鳴響是殺氣和殺機的徵兆。這種觀念在水滸戲中就
有表現。元代康進之《梁山泊黑旋風負荊》第四折李逵道白：「我得了這劍，
獻與俺哥哥懸帶。數日前，我曾聽得支楞楞的劍響，想殺別人，不想道殺害自
己。」對於這兩口戒刀經常半夜鳴響，張青解釋道：「想這頭陀也自殺人
不少。」（第二十七回）如今它們要伴隨新主人武松闖蕩江湖，北戰南征，鋒
芒畢露了，可謂物得其主。

此前武松景陽岡打虎，隨身使用的兵器是一根梢棒。梢棒是一種用為搏
鬥打擊防身的木棒，比棍短，因而更便於攜帶，卻也同是「十八般兵器」之
一，更比較刀劍等價廉易得。所以，《水滸傳》寫武松因為打傷了人而避難在
外，隨身使用一根梢棒，應不無顯示他囊中羞澀的用意，同時也為後來寫他
打虎時有梢棒意外折斷的細節，卻赤手空拳也打死了老虎埋下了伏筆。試想
梢棒本來就不是對抗猛虎的利器，危急時刻竟又突然折斷，武松一下成了赤
手空拳，卻還是把老虎打死了，豈不更顯得是真正英雄好漢！

就武松的人生軌跡來說，隨身兵器從梢棒到戒刀的變化，也是他人生境
遇改變的標誌。當隨身攜帶一根梢棒之時，武松雖然流亡落拓，但大體還算
得上是主流社會中的一介平民，因此景陽岡打虎的壯舉還能夠為他帶來境遇
的轉機。可這轉機竟然如同那不堪一用的梢棒，很快就破碎了。因此，他被
迫走往江湖落草，而這兩口戒刀就成了他與主流社會徹底決裂的標誌。

三、「武松打虎」與「鬥殺西門慶」

據何心（陸澹安）《水滸研究》中《水滸傳編年》，武松是在宋徽宗政和
五年（1115）十月下旬來到陽谷境內，政和六年三月上旬離開陽谷縣〔註13〕，

─────────────

〔註13〕何心：《水滸研究》，上海古籍出版社，1985年版，第194～196頁。

在陽谷時間有半年左右。

武松聲名鵲起於陽谷是由於他在此地幹了兩件大事：一是景陽岡上赤手空拳打死一隻猛虎；二是爲哥哥武大復仇，手刃潘金蓮，獅子樓上鬥殺西門慶。這也是武松故事中最爲人津津樂道的內容。

（一）「景陽岡武松打虎」

武松在滄州橫海郡柴進莊上與宋江道別，回家鄉清河縣（與陽谷近在咫尺的鄰縣）探望分別一年多的哥哥武大。一日晌午時分，來到景陽岡後有一家酒店，招旗「上頭寫著五個字道：『三碗不過岡』。」店中賣的「透瓶香」酒「雖是村酒，卻比老酒的滋味」。武松連吃了十八碗酒〔註14〕，還有四斤熟牛肉，就要過景陽岡去。酒家勸阻說：「如今前面景陽岡上，有只弔睛白額大蟲，晚了出來傷人，壞了三二十條大漢性命。官司如今杖限打獵捕戶，擒捉發落。岡子路口兩邊人民，都有榜文。可教往來客人，結夥成隊，於巳、午、未三個時辰過岡，其餘寅、卯、申、酉、戌、亥六個時辰，不許過岡。更兼單身客人，不許白日過岡，務要等伴結夥而過。」武松哪裏信他，道自己「是清河縣人氏，這條景陽岡上少也走過了一二十遭」，不曾聽說有大蟲害人，執意要過岡去。及至走上岡來，看到山神廟門上張貼的陽谷縣印信榜文，武松「方知端的有虎」，卻又怕人「恥笑」，不好意思「再回酒店裏來」，便「只顧上去」，「看看酒湧上來……浪浪蹌蹌，直奔過亂樹林來。見一塊光撻撻大青石，把那梢棒倚在一邊，放翻身體，卻待要睡，只見發起一陣狂風……風過處，只聽得亂樹背後撲地一聲響，跳出一隻弔睛白額大蟲來」。

武松大驚，「酒都做冷汗出了」。他從青石上翻身跳下，抓起梢棒，閃在青石邊上。大蟲又饑又渴，再次加力，從半空裏猛撲下來。武松一閃，閃到大蟲背後。大蟲性急，大吼一聲，使出「一撲、一掀、一剪」的三般本領，企圖撲倒武松，卻都被武松躲過。而武松輪起梢棒打虎，盡平生氣力打去，卻打在樹枝上斷爲兩截。那大蟲再次撲來，武松只好「將半截梢棒丟在一邊，兩隻手就勢把大蟲頂花皮胳苔地揪住，一按按將下來」，把腳望大蟲面門上、眼睛裏只顧亂踢；又左手按住大蟲頂花皮，偷出右拳猛打。只半歇兒工夫，將大蟲打死！此一壯舉爲地方除害，更轟動了陽谷縣，知縣賞識有加，

〔註14〕《水滸傳》第二十三回寫武松「前後共吃了十五碗」，計數有誤，其實是十八碗。

參他做了步兵都頭,遂在陽谷暫住下來。

（二）「武松鬥殺西門慶」

武松做了陽谷縣的都頭,一日「心閒,走出縣前來閒玩」,卻遇見了他本是要回清河探望的兄長武大。原來武大在清河得潘金蓮爲妻,卻被人欺侮,無奈搬來陽谷縣賣炊餅爲生。兄弟闊別,他鄉重逢,格外高興。但不久陽谷知縣安排武松去東京幹事,「前往後回,恰好將及兩個月」（第二十六回）。就在這「將及兩個月」內,因緣湊巧,又有「王婆貪賄說風情」,潘金蓮被「原來只是陽谷縣一個破落戶財主……近來發跡有錢,人都稱他做西門大官人」的西門慶勾引上手,在王婆茶坊一次風流之後,便不可收拾,「每日踅過王婆家裏來,和西門慶做一處。恩情似漆,心意如膠」,終至於毒死武大。殊不料武松回來之後,因疑生心,打聽得兄長冤情,憑物證、人證告到縣衙,卻被西門慶買通縣裏官吏不得立案,激怒武松先殺潘金蓮,後奔獅子橋下酒樓殺了西門慶,「把兩顆頭結在一處,奔回紫石街,供養在武大靈前。隨後,武松燒化了武大的靈牌,押了王婆,提了兩顆人頭,去縣內投案自首」,身陷囹圄。後乃顛沛流離,亡命天涯。直到再次遇到宋江,與魯智深等共赴梁山。

四、武松的人格

《水滸傳》寫武松是清河縣人氏,當是自幼失去了父母,由兄長武大照料長大,所以長時期內兄弟相依爲命。兄弟倆爲人均極善良厚道,但相貌氣質迥然不同:「原來武大與武松,是一母所生兩個。武松身長八尺,一貌堂堂,渾身上下,有千百斤氣力。不恁地如何打得那個猛虎。這武大郎身不滿五尺,面目生得猙獰,頭腦可笑。清河縣人見他生得短矮,起他一個諢名,叫做『三寸丁谷樹皮』」。書中亦有詩稱「武松雄猛千夫懼」（第二十三回）,潘金蓮見了贊道「若得叔叔這般雄壯,誰敢道個不字」,並埋怨武大「吃他忒善了,被人欺負」。但是武松卻以此爲「家兄從來本分,不似武二撒潑」。這話雖然被潘金蓮道是「顛倒說」,但武松隨兄長度日時,確實在支持了門戶的同時,也給武大惹了不少麻煩,所以武大對弟弟是「又怨……又想」。武大說:

> 我怨你時,當初你在清河縣裏,要便吃酒醉了,和人相打,如
> 常吃官司,教我要便隨衙聽候,不曾有一個月淨辦,常教我受苦,
> 這個便是怨你處。想你時,我近來取得一個老小,清河縣人不怯

氣，都來相欺負，沒人做主。你在家時，誰敢來放個屁？我如今在
那裏安不得身，只得搬來這裏賃房居住，因此便是想你處。（第二十
四回）

但清河縣的生活環境也養成了武松好撒酒瘋的惡習。即使到柴進莊上躲官
司，寄人籬下，仍然時常發作。「但吃醉了酒，性氣剛，莊客有些管顧不到處，
他便要下拳打他們，因此滿莊裏莊客沒一個道他好。眾人只是嫌他」（第二十
三回），以至好客的主人柴進也疏慢了他。

武松品質的完善與提升始自在柴進莊上結識宋江。武松久聞宋江「是個
天下聞名的好漢」、「是眞大丈夫」（第二十二回）。宋江則賞識武松一表人物，
「就留武松在西軒下做一處歇臥。……過了數日，宋江將出些銀兩來，與武
松做衣裳。……每日帶挈他一處飲酒相陪」，結果「武松的前病都不發了」（第
二十三回）。武松爲什麼有如此之大的變化？究其原因，一是武松久聞宋江的
江湖英名，對他崇拜有加；二是宋江文吏出身，言談文雅，舉止從容；三是
兩人皆爲逃犯，同是天涯淪落人，容易拉近彼此心靈的距離，使武松易於接
受宋江高尙一面的薰陶。因此，在英雄相惜之中，武松從宋江身上得到心靈
和精神的感化，「前病都不發了」。十數日後，武松回鄉探望哥哥。宋江再三
相送，買酒餞別，結義爲兄弟，武松方才揮淚而去。

武松與宋江再次相見是在青州白虎山下孔太公莊上。此時，武松背負「血
濺鴛鴦樓」的重大命案，自知「罪犯至重，遇赦不宥」，對宋江說道：「天可
憐見，異日不死，受了招安，那時卻來尋訪哥哥未遲。」（第三十二回）武松
成爲《水滸傳》里第一個在言談中帶出「招安」的梁山泊好漢。不過，武松
提到「招安」並不是一種自覺選擇，而是在亡命江湖的情緒低沉與無奈中，
因與宋江情意相投從而希望後有出頭之日的一種期待。等武松與宋江第三次
相見時，兩人都已各自落草山頭了。宋江率領十九名好漢前來青州，助二龍
山、桃花山和白虎山人馬攻打城池。戰後，武松等人隨同宋江投奔梁山。在
梁山上，武松是公開反對招安的三人之一（另兩人是李逵、魯智深）。不過，
面對宋江「你也是個曉事的人」（第七十一回）的勸說，他此後便也不再反
對。招安後，武松追隨宋江北戰南征，爲朝廷效力，頗立軍功。

武松最初是清河縣一個頗有性氣的「問題少年」，後來成爲梁山泊中一條
錚錚好漢，最終成爲「與國家出力」（第五十四回）的一名功臣。這一轉變過
程中，宋江具有重要的提點引領之功，武松則表現出對宋江的欽佩、尊重和

忠誠。他雖然曾經反對招安，卻也能夠理解宋江的苦衷，所以他身上還有體察人意的一面，這與動輒就叫宋江「殺去東京，奪了鳥位」的李逵是大不一樣的。

武松曾說：「我卻不是說嘴，憑著我胸中本事，平生只要打天下硬漢，不明道德的人！」（第二十九回）聲明了他仗義行俠的人生目標。他與施恩的交往，更多體現出的就是這一特點。武松在陽谷殺嫂、鬥殺西門慶後，從東平府發配孟州牢城營。小管營施恩看出武松是個好漢，可以為自己所用，便極力結交他。當武松聽施恩講了快活林酒店被蔣門神仗勢搶奪的事情後，當即就要替他打抱不平，在施恩父子的勸說下，方才按住怒火。不過話說回來，施恩卻是一個仗著自身武藝，拉著一幫牢城營的亡命囚徒，連過路妓女的皮肉錢都要打主意的地頭蛇。老管營居然還美其名曰：「愚男原在快活林中做些買賣，非為貪財好利，實是壯觀孟州，增添豪傑氣象。」（第二十九回）這實在是胡說八道。但是，武松並沒有在意這些，僅僅因為施恩父子別有用心的恩惠，便毅然去為施恩從蔣門神手中奪回快活林，從而攪進了一池實際是「黑吃黑」的渾水當中。

豈知蔣門神也是有背景的人物。他本來依仗牢城營內張團練的勢要，從施恩手中奪走快活林。張團練和施恩父親的上司張都監又是同姓的結義兄弟。這樣一來，張都監就成了蔣門神的靠山和保護傘。武松只圖一時快意，報答施恩父子酒肉款待的「恩情」，卻得罪了張都監一班人。張都監怎能放過一個敢於太歲頭上動土的「賊配軍」？所以假作對武松信任和答應為武松娶親，使武松不備而行栽贓陷害，誣為盜賊，並買通官府，把武松屈打成招，發配恩州牢城。又於途經之飛雲浦，使兩個防送公人和早已等候在此的蔣門神兩個徒弟合夥襲殺武松，激起武松「大鬧飛雲浦」，殺死四人；尚未解恨，想到「不殺得張都監、張團練、蔣門神，如何出得這口恨氣」（第三十回），便潛回孟州城張都監家內，「血濺鴛鴦樓」，連殺張團練並張都監一家共十五人。真個是快意恩仇，斬草除根！

《水滸傳》還寫到了武松與張青、孫二娘夫婦「不打不相識」的友誼。武松自與宋江別後，一路來至大樹十字坡孫二娘酒店歇腳用飯，遭遇孫二娘圖謀害他與兩個公人性命做饅頭餡的極險境地。虧得武松為人機警，又江湖上經驗豐富，不僅虎口脫險，而且憑他能徒手打虎「有千百斤氣力」制服了孫二娘，並在接受孫二娘丈夫張青的道歉與說明之後與這對夫婦結為朋友。

也正是由於張青夫婦的建議與幫助，武松才成爲了「行者」，得投奔青州二龍山的魯智深和楊志，並從此落草山林，一步步走向上梁山的道路。而宋江與張青夫婦先後都是對武松人生有重大影響的人物。

《水滸傳》寫武松的結局是南征方臘時，被包道乙飛劍砍中左臂，怜忉將斷，武松遂揮刀割棄，有關雲長「刮骨療毒」之概。平定方臘後，班師回臨安（今浙江杭州）：

　　　　當下宋江看視武松，雖然不死，已成廢人。武松對宋江說道：
　　「小弟今已殘疾，不願赴京朝覲，盡收身邊金銀賞賜，都納此六和
　　寺中陪堂公用，已作清閒道人，十分好了。哥哥造冊，休寫小弟進
　　京。」宋江見說：「任從你心。」武松自此只在六和寺中出家，後至
　　八十善終，這是後話。（第九十九回）

此時的武松，雖然身殘，但在精神上有了更進一步的完善，不僅看破了功名富貴，而且參透了生死憂患！他最後的「任性」，是「放下戒刀」，由一個帶髮修行的「行者」，進而爲棄家出世的僧人，因此而得「八十善終」。作者欲言又止的「後話」，含蓄著對「英雄末路」的同情與感慨！

歷來《水滸傳》評點和研究者無不讚賞武松的形象，尤以金聖歎爲最。他標舉武松是梁山「絕倫超群」的第一人，稱他爲「天人」，「具有魯達之闊，林沖之毒，楊志之正，柴進之良，阮七之快，李逵之眞，吳用之捷，花榮之雅，盧俊義之大，石秀之警者也」〔註15〕。現代文學的著名作家張恨水在其《水滸人物論贊》中也稱武松有「超人之志，過人之才，驚人之事」，「一片血誠，一片天眞，一片大義」〔註16〕。當代學者馬幼垣贊武松爲「最憨直的好漢」〔註17〕。這些好評，實是《水滸傳》寫得，而武松當得，他人都寫不出，更是當不得也。

第三節　潘金蓮與西門慶

如今說到潘金蓮與西門慶這一對男女，人們往往首先想到的是《金瓶梅》。其實也大都曉得爲《金瓶梅》寫這兩個人物奠定基礎、最早創造這兩個

〔註15〕金聖歎：《水滸傳》第二十五回評，朱一玄、劉毓忱編：《水滸傳資料彙編》，南開大學出版社，2002 年版，第 254 頁。
〔註16〕張恨水：《水滸人物論贊》，遼寧教育出版社，1998 年版，第 16 頁。
〔註17〕馬幼垣：《水滸人物之最》，三聯書店，2006 年版，第 82 頁。

人物的是《水滸傳》。不過，這兩個人物在《金瓶梅》是全書寫人敘事的中心，在《水滸傳》卻只在第二十四至第二十六回書中出現，而且與相關的描寫雖生動至極有喧賓奪主之嫌，但相對於寫武松十回書的整體而言，仍不過是中心人物故事的一段插話。但是，畢竟這一段故事寫得太好，所以，不僅後來引出又一部大書《金瓶梅》拿這二人做了主角，即使《水滸傳》的讀者，在牢牢記住了「殺人者打虎武松也」的同時，也難得不有潘金蓮和西門慶這一對冤孽的深刻印象。

一、被害與害人者——潘金蓮

　　《水滸傳》中的年輕女性，大略可以分爲三類。第一類是稱得上是「好漢」的，即百零八人中孫二娘、顧大嫂和扈三娘三位；第二類是所謂「淫婦」，即閻婆惜、潘金蓮、潘巧雲、賈氏四位；第三類是無所見長的普通女子，如金翠蓮、程太守女兒、劉太公女兒等。潘金蓮是第二類女性的突出代表。

　　潘金蓮原籍清河，是武大、武二的老鄉，隨武大避地陽谷，這裡也就視他們都爲陽谷縣人。潘金蓮在第二十四回出場，有一段介紹說：

> 那清河縣裏有一個大戶人家，有個使女，小名喚作潘金蓮，年方二十餘歲，頗有些顏色。因爲那個大戶要纏他，這女使只是去告主人婆，意下不肯依從。那個大戶以此恨記於心，卻倒賠些房奩，不要武大一文錢，白白地嫁與他。

　　這裏寫潘金蓮是個「使女」，也就是丫環、僕女，一般說是窮人家出身。「年方二十餘歲」是算不上「老姑娘」，但在當時早婚的風俗中，也已經算不得妙齡；「頗有些顏色」，當然是說她長得漂亮，但是與說女子有「沉魚落雁之容，閉月羞花之貌」，還有很大的距離。總之，《水滸傳》寫潘金蓮是蠻平常的一個女子，卻敢於對抗「那個……要纏他」的「大戶」，所以她的被迫嫁與武大，是遭了「那個大戶」的「恨記」的報復。明白了這一點，就更可以知道她的嫌棄武大郎，除了武大「那三寸丁谷樹皮，三分象人，七分似鬼」的醜陋之外，還有受到不得已接受「大戶」之「惡搞」式懲罰的恨氣。而由此可見，潘金蓮不是一個逆來順受的懦弱女子，她有守護自己尊嚴的勇氣和追求愛情與幸福生活的理想，甚至爲此與「大戶」對抗到底。這就很不容易了！因爲一般來說，中國古代這種大戶人家的使女，出路只有兩條：一是做主人的小妾，雖然沒有夫人的尊嚴，但也可以有「半個主子」（《紅樓夢》第

四十六回）的體面，有日常生活的依靠和後來的保障；二是年齡漸長以後，由主人指定配給家中某個男僕，或者就由媒婆領出去賣掉，以後的命運就很難說了。所以兩相對比，潘金蓮能夠被那個大戶看上，未必不是一個身份上陞一點成為小妾的機會。但是，潘金蓮顯然看不上這個，所以「只是去告主人婆，意下不肯依從」，可見其雖然出身低微，卻是一個有些志氣的女子；她的本性也並不壞，甚至還是個好女兒。只是命運對她太不公平，從而成為《水滸傳》所謂「四大淫婦」中出身經歷最值得同情的一個人。

潘金蓮也曾一度無奈而安心於她被強加的與武大的婚姻，但那多半只是「不見可欲，使心不亂」（《老子》）。所以，一旦見到「叔叔這般雄壯」，便不由得感慨自己所遇不公並有了非分之想：

> 武松與他是嫡親一母兄弟，他又生的這般長大。我嫁得這等一個，也不枉了為人一世。你看我那「三寸丁谷樹皮」，三分像人，七分似鬼，我直恁地晦氣！據著武松，大蟲也吃他打了，他必然好氣力。說他又未曾婚娶，何不叫他搬來我家住？不想這段因緣卻在這裏！（第二十四回）

這段文字本是小說意圖表現潘金蓮「為頭的愛偷漢子」，從最後一句「不想這段因緣卻在這裏」和她後來勾引武松的做派看，潘金蓮用心也確實如此。但是，從此前小說對潘金蓮的描寫看，我們推斷不出她有「愛偷漢子」的淫蕩之行。而潘金蓮一見武松即有此想，除卻她受性欲的支配之外，恐怕更多的還是由於她當下生活的困窘。即一是從武大、武松雖嫡親兄弟，長相天淵之別對比中產生的心理失衡，直使頗有些志氣的她不能不哀歎自己「直恁地晦氣！」二是因武大不能作為終生依靠的安全需求，迫切需要一個「必然好氣力」的男人庇護。總之，以上內外因素的合力促成，才使潘金蓮有了「我嫁得這等一個，也不枉了為人一世」的慨歎與幻想。

然而，儘管潘金蓮有這樣慨歎與幻想的權利並值得同情，但是一旦她真的要去越過武大追求武松，則不必說在《水滸傳》敘事的宋代背景上，也不必說是她看上的人是武松，即使推後數百年至今社會已開放如斯，在一個普通的家庭裏，這件事也一定是千夫所指，無疾而終。大概她想想也就罷了，說出來就變成了邪惡！這就難怪《水滸傳》寫潘金蓮一旦露出「勾搭武松」心思手段，得到的就只是沒趣和難堪。然而拒絕做潘金蓮情夫的武松，也便成為了潘金蓮的冤家對頭，直到潘金蓮殺武大後被武松所殺，都只是一份帶

血的風流情債而已。

由潘金蓮對情愛與幸福的追求到引她死於非命的悲劇，起了關鍵作用的是陰差陽錯中西門慶的出現和「王婆貪賄說風情」的攝合。從此婚姻不幸、情感扭曲的潘金蓮，一下子跌進「婚外情」的漩渦中而不能自拔。當與西門慶的姦情暴露後，潘金蓮先是挑唆西門慶打傷了企圖捉姦的武大郎，隨後又對臥病不起的武大郎不聞不問。武大為求活命，不得不半是央求、半是逼迫地對潘金蓮說：

> 你做的勾當，我親手來捉著你姦，你倒挑撥姦夫踢了我心！至今求生不生，求死不死，你們卻自去快活。我死自不妨，和你們爭不得了。我的兄弟武二，你須得知他性格，倘或早晚歸來，他肯干休！你若肯可憐我，早早伏侍我好了，他歸來時，我都不提。你若不看覷我時，待他歸來，卻和你們說話。（第二十五回）

武大這番話的目的，甚至不是要潘金蓮與西門慶斷了關係，而是只要「早早伏侍我好了」，其它都可以既往不咎。總體來看，武大這麼說豈不足夠寬宏大量了？然而武二「早晚歸來，他肯干休」的恐嚇，卻激出了西門慶、潘金蓮與王婆對他痛下殺手。結果就由王婆定計，西門慶取來砒霜，潘金蓮「先把毒藥傾在盞子裏，……將白湯沖在盞內，把頭上銀牌兒只一攪，調得勻了，左手扶起武大，右手把藥便灌。……只一灌，一盞藥都灌下喉嚨去了。……這婦人怕他掙扎，便跳上床來，騎在武大身上，把手緊緊地按住被角，那裏肯放些鬆」（第二十五回），到底結果了武大性命。

鴆死武大郎，潘金蓮雖然不是主謀，卻是親手行兇的主犯。即使從今天的觀念看，她為了和西門慶「長做夫妻」（第二十五回）之目的不無合理性，但是，她親手殺死了自己現任的丈夫武大，也是罪不可恕，從而鑄成她自己的人生悲劇，也是咎由自取。

潘金蓮的人生悲劇在於她對愛與婚姻幸福的追求是正當的，但在她那個時代卻是不可能實現的。在她的時代，女子沒有自己選擇婚姻的權利，何況她還是一個地位卑微的使女，又遭到主人公因漁色而不得的懷恨報復。巨大的社會壓力注定了潘金蓮與武大郎進而武松之間的矛盾，具有了「歷史的必然要求和這個要求的實際上不可能實現之間的悲劇性的衝突」性質〔註18〕，

〔註18〕恩格斯：《致拉薩爾》（1859年5月18日），《馬克思恩格斯論文學與藝術》（上），人民文學出版社，1982年版，第181頁。

這正是潘金蓮人生悲劇的一個最大特點。

二、害人終害己的西門慶

《水滸傳》第二十四回寫西門慶身份大略道：

> 原來只是陽谷縣一個破落戶財主，就縣前開著個生藥鋪；從小
> 也是一個奸詐的人，使得些好拳棒；近來暴發跡，專在縣裏管些公
> 事，與人放刁把濫，說事過錢，排陷官吏，因此滿縣人都饒讓他些
> 個。那人複姓西門，單諱一個慶字，排行第一，人都喚他做西門大
> 郎。近來發跡有錢，人都稱他做西門大官人。

小說還通過王婆之口為西門慶誇耀說：「這個大官人是這本縣一個財主，知縣
相公也和他來往，叫做西門大官人。萬萬貫錢財，開著個生藥鋪在縣前。家
裏錢過北斗，米爛陳倉，赤的是金，白的是銀，圓的是珠，光的是寶，也有
犀牛頭上角，亦有大象口中牙。」（第二十四回）西門慶當然未至於這麼富有，
但是嫖娼、娶妾和包養情婦的那點銀子還是有的。

西門慶是陽谷縣的惡霸流氓，最會勾引女人，能信口撒謊。他對王婆
說：「我家大娘子最好，極是容得人。見今也討幾個身邊人在家裏，只是沒一
個中得我意的。」（第二十四回）說自己有大娘子在家，這應該是西門慶的實
話實說。（第二十七回寫西門慶妻子到東平府隨衙聽候，可見西門慶是家有妻
室的人。）但當與潘金蓮面對面吃酒時，他與王婆一唱一和，又是另一個說
法。大意是精明能幹的原配三年前死了，如今家中沒有正妻，姬妾李嬌嬌又
不會當家，包養的外宅張惜惜自己也不喜歡，總之如王婆所說「宅裏枉有許
多，那裏討一個趕得上這（武大）娘子的」；最後感歎自己夫妻緣分上淺薄，
撞不著可意的人。這些看似與王婆閒聊的話頭，含而不露，句句衝著潘金蓮
下勾引的工夫，結果就使不知就裏且又心猿意馬的潘金蓮主動投懷送抱，可
見西門慶的確「也是一個奸詐的人」。但是，西門慶的這份「奸詐」其實是最
大的愚蠢。當他在潘金蓮的慫恿和王婆的蠱惑下主使潘金蓮毒殺武大郎之
後，他自己也就很快成為了武松的刀下之鬼，帶著和潘金蓮「長做夫妻」的
迷夢命歸西天，身後留給他妻子的是要到東平府隨衙「羈管聽候」……。

在《水滸傳》中，潘金蓮和西門慶都是配角人物，他們的「婚外情」也
是小說所寫的數件姦情故事之一。隨著《水滸傳》的流播，到了明代萬曆年
間，蘭陵笑笑生據此敷衍生發，寫成奇書《金瓶梅》，為中國古代小說史又添
一部巨著。《水滸傳》、《金瓶梅》兩書家喻戶曉，遂使潘金蓮和西門慶成為明

代以來傳統文化中淫婦姦夫的代表，迄今最爲大名鼎鼎的情色小說人物。

第四節　《水滸傳》中的其他陽谷縣人物

一、厚道的「套中人」武大郎

　　《水滸傳》寫潘金蓮被指配給武大郎的大不幸，在武大郎卻很像是「天上掉餡餅」的大幸。因爲像「這武大郎身不滿五尺，面目生得猙獰，頭腦可笑，清河縣人見他生得短矮，起他一個諢名，叫做『三寸丁谷樹皮』」，又「人物猥獕，不會風流」，今所謂「矮挫窮」的一個人，確實無論何時都很難娶得上媳婦，更不用說「頗有些顏色」的潘金蓮了。所以，武大郎偶然得之，「清河縣裏有幾個奸詐的浮浪子弟們，卻來他家裏薅惱」，「被這一班人不時間在門前叫道：『好一塊羊肉，倒落在狗口裏。』」武大郎因此在清河住不穩，遷到陽谷縣，不想天下的流氓一般損，陽谷縣的「西門慶聽了，叫起苦來，說道：『好塊羊肉，怎地落在狗口裏？』」（第二十四回）由此可知比較「英雄所見略同」，流氓所見就是完全相同！這就埋下了武大郎進而所有與此事相關人物不幸的種子。當然首先是武大郎的不幸！

　　武大郎的不幸，是他爲了保護自己意外所得的美貌妻子潘金蓮，不得不離鄉背井到陽谷縣來賣「炊餅」，卻遭遇了比清河縣「幾個奸詐浮浪子弟」的更大的實爲「終結者」西門慶的「騷擾」，並因此先是被西門慶踢成重傷臥病在床，後是被西門慶、潘金蓮、王婆合謀毒害，身死異鄉。其中原因，武大郎想據有潘金蓮並不是錯，甚至他的儒弱源於爹娘生下他就是一個「矮挫窮」也不是錯，而錯就錯在他生活的那個社會裏，某「大戶」能夠倒賠妝奩把潘金蓮給他爲妻，在懲罰潘金蓮的同時，也把憨厚善良全無心機和「護花」之力的武大郎置於了時時被賊人惦記的危險之中。對此，武大郎並非不知，也曾努力避險，最後還寄希望於弟弟武松的保護。但他從沒有想過棄潘金蓮而去，可能是糊塗，卻更像是出於對潘金蓮一廂情願的愛，是把他意外得之的潘金蓮看得比性命還重要了。這固然無可厚非，但他並沒有意識到愛的眞正內涵，也不知道怎樣去愛這個並不愛他的女人卻一定是事與願違。從而武大郎並非不可以如雨果《巴黎聖母院》中的「敲鐘人」（卡西莫多），但他最後更像是契訶夫《裝在套子裏的人》中的「套中人」（別利科夫），是一個被舊制度、舊禮教的「套子」套死的可憐而又可恨的人！

關於武大郎綽號「三寸丁，谷樹皮」的含義，清人程穆衡《水滸傳注略》第二十三卷說：「《隋書》：男女十七歲以下為中，十八歲以上為丁。云三寸丁者，甚言其短小也。《本草圖經》：谷樹有二種，一種皮有花紋，謂之斑谷。云谷樹皮者，甚言其皮色斑麻粗惡也。」〔註19〕錢文忠、王海燕《「三寸丁谷樹皮」臆解》一文認為「丁谷」或係外族語詞之漢語音譯，其義當作「洞、窟」講，進而提出對「三寸丁谷樹皮」的新解：「以武大郎短矮醜陋，復無識見，猶如洞窟中之樹，為陽光雨露所不及，不得發抒，無由參天，只及『三寸』。『皮』者云云，復言武大郎之醜、之弱。」〔註20〕雖然具體索解不同，但共同認為是形容武大郎短矮醜陋的外表，有寫實，也有相貌歧視的侮辱和損害，從而使武大郎的人生更具悲劇意味。

二、「也會做馬泊六」的王婆

王婆是武大郎、潘金蓮在陽谷的鄰居。她有一個兒子，「跟一個客人淮上去，至今不歸。又不知死活」。她自己寡居在家，經營著一個茶坊，卻心思不在賣茶上，「專一靠些雜趁養口」，「為頭是做媒，又會做牙婆，也會抱腰，也會收小的，也會說風情，也會做馬泊六」（第二十四回）。清褚人獲《堅瓠廣集》卷六《馬伯六》云：「俗呼撮合者曰馬伯六，不解其義。偶見《群碎錄》：『北地馬羣，每一牡將十餘牝而行，牝皆隨牡，不入他羣，故稱婦曰媽媽。愚合計之，亦每伯牝馬用牡馬六疋，故稱馬伯六耶。一說馬交必人舉其腎納入牝馬陰中，故云馬伯六。』」二說未知孰是，但「馬伯六」所指為攝合男女關係即今所謂「拉皮條」者或曰「牽頭」，應無可懷疑。《水滸傳》寫王婆「也會做馬泊六」，就說她也「拉皮條」，做「牽頭」，以此賺取一點有限的錢財，卻引出了驚天的血案，自己也因此搭上了性命：「帶去東平府市心裏，吃了一剮」（第二十七回），完了一生公案。這豈不是「人為財死」，又豈不是如《紅樓夢》中說的「機關算盡太聰明，反算了卿卿性命」！（第五回）

三、「乖覺」的鄆哥

鄆哥在《水滸傳》中先後見於第二十四至第二十七回，是書中唯一寫到

〔註19〕 朱一玄、劉毓忱編：《水滸傳資料彙編》，南開大學出版社，2002年版，第398頁。

〔註20〕 錢文忠，王海燕：《「三寸丁谷樹皮」臆解》，《史林》，2001年第4期。

的少年男孩。第二十四回寫鄆哥出場即進入矛盾的漩渦：

> 且說本縣有個小的，年方十五六歲，本身姓喬。因爲做軍在鄆
> 州生養的，就取名叫做鄆哥。家中止有一個老爹。那小廝生的乖覺。
> 自來只靠縣前這許多酒店裏賣些時新果品，如常得西門慶齎發他些
> 盤纏。其日，正尋得一籃兒雪梨提著來，繞街尋問西門慶。又有一
> 等的多口人說道：「鄆哥，你若要尋他，我教你一處去尋。」鄆哥道：
> 「聒噪阿叔，叫我去尋得他見，撰得三五十錢養活老爹也好。」那
> 多口道：「西門慶他如今刮上了賣炊餅的武大老婆，每日只在紫石街
> 上王婆茶坊裏坐地。這早晚多定正在那裏。你小孩兒家，只顧撞入
> 去不妨。」那鄆哥得了這話，謝了阿叔指教。這小猴子提了籃兒，
> 一直望紫石街走來，逕奔入茶坊裏去。卻好正見王婆坐在小凳兒上
> 績緒。鄆哥把籃兒放下，看著王婆道：「乾娘拜揖。」那婆子問道：
> 「鄆哥，你來這裏做甚麼？」鄆哥道：「要尋大官人撰三五十錢養活
> 老爹。」

上引描寫表明，鄆哥其實只是一個孩子，家境貧寒，爲了養家，他在「官
二代」、「富二代」還未必全脫繞膝撒嬌的年齡上，就已經「提籃小賣」，自覺
擔起了「撰三五十錢養活老爹」的重擔，誠所謂「窮人的孩子早當家」的一
類，是令人同情的。他的窮小子境遇沿街叫賣的殷勤，甚至博得「也是一個
奸詐的人」的西門慶好感，「如常得西門慶齎發他些盤纏」。但是，他憑著與
西門慶之間的這點富翁與乞丐的交情「繞街尋問西門慶……要尋大官人撰三
五十錢養活老爹」的孝子行爲，卻被街上「那多口」的人引到了因潘金蓮與
西門慶私通所導致的系列人命大案之中。

鄆哥雖然年齡小，但人小鬼大。所以，他雖然是無意間捲入這樣一件人
命大案，但是他對於這件大案的是非和他在其間的得失，還能看明白一二。
他「不忿鬧茶肆」是出於不滿王婆擋了他「尋大官人撰三五十錢」的財路；
他教唆並引領「武大郎捉姦」則是爲了報復王婆不但擋了他的財路，還在
「鬧茶肆」時把他「一頭大栗暴鑿，直打出街上去……」（第二十四回）。因
此，即使「武大郎捉姦」是爲武大郎「出得這口氣」，也是鄆哥自己的「出氣
處」，但是鄆哥把潘金蓮「偷漢子」的秘密告訴武大郎時，還是勒索了武大郎
請他「吃了酒肉」。乃至後來武松請他出面，還未提到是爲了對「武大郎捉
姦」被踢作證：

鄆哥那小廝也瞧了八分。便說道：「只是一件，我的老爹六十歲，沒人養瞻。我卻難相伴你們吃官司耍。」武松道：「好兄弟！」便去身邊取五兩來銀子，道：「鄆哥，你把去與老爹做盤纏，跟我來說話。」鄆哥自心裏想道：「這五兩銀子，如何不盤纏得三五個月？便陪侍他吃官司也不妨。」將銀子和米，把與老兒，便跟了二人出巷口一個飯店樓上來。武松叫過賣造三分飯來。對鄆哥道：「兄弟，你雖年紀幼小，倒有養家孝順之心。卻才與你這些銀子，且做盤纏。我有用著你處。事務了畢時，我再與你十四五兩銀子做本錢……」

這裏鄆哥孝順、精子算計而又不失厚道和有正義感的性格躍然紙上。但他首先想到的是如何保護和爭取自己的利益。所以王婆罵他「賊猢猻」，作者敘事不時稱他作「小猴子」，都是在彰顯鄆哥的「乖覺」，而不是譏諷其貪婪，並且由此也見出了武松是鐵漢而有柔情的一面，更是深明事理，仗義疏財。

總之，鄆哥年齡小，更是《水滸傳》寫陽谷地方的小人物，但是他在「多口」之人誘引下的誤撞行為，使其成為「武大郎捉姦」進而「武松殺嫂」、「鬥殺西門慶」等系列故事的「導火索」式的人物，並自身也給讀者留下了深刻印象，可謂非典型的一個典型。故《諸名家先生批評忠義水滸傳》第二十五回末評語有「李生曰：『這迴文字，種種逼真。第畫王婆易，畫武大難；畫武大易，畫鄆哥難。今試著眼看鄆哥處，有一語不傳神乎？怪哉！」

四、明哲保身的團頭何九叔

何九叔是陽谷縣地方上的團頭，負責當地喪葬事宜，從而成為武大郎命案的被動參與者和知情人之一。其為人處事生動體現了他作為一個「團頭」的職業特點和個性特徵。

第二十五回寫王婆教唆西門慶、潘金蓮三人共謀害死了武大郎以後，潘金蓮對外說是「因害心疼病症……死了」，「眾鄰舍明知道此人死得不明，不敢死問他」。團頭何九叔來收殮屍體，半路上被西門慶帶到酒店，引起何九叔疑心：「這人從來不曾和我吃酒，今日這杯酒必有蹺蹊。」又給了他「一錠十兩銀子」，囑咐入殮武大時「凡百事周全，一床錦被遮蓋則個」。何九叔慮及西門慶「是個刁徒，把持官府的人，只得受了」，但因此更加疑忌，想：「這件事卻又作怪！我自去殮武大屍首，他卻怎地與我許多銀子？這件事必定有

蹺蹊。」後至武大家,「何九叔上上下下看了那婆娘的模樣,口裏自暗暗地道:
「我從來只聽的說武大娘子,不曾認得他。原來武大卻討著這個老婆!西門
慶這十兩銀子有些來歷。」及至看到武大郎屍體,心知他是被西門慶和潘金
蓮毒害身死。這讓何九叔處境兩難:「本待聲張起來,卻怕他沒人作主,惡了
西門慶,卻不是去撩蜂剔蠍?待要胡盧提入了棺殮了,武大有個兄弟,便是
前日景陽岡上打虎的武都頭,他是個殺人不斬眼的男子,倘或早晚歸來,此
事必然要發。」(第二十六回)所以,何九叔便當場「自咬破舌尖」(第二十
六回)假裝中惡昏迷過去,躲過了親自主持武大屍體入殮與火化的事務,只
叫火家去燒化,並不曾接受一文。何九叔卻在燒化之後,假作燒紙送行,暗
地裏拾取了武大兩塊骨殖,並記下年月日期和送喪人名,與西門慶所送「一
錠十兩銀子」包在一塊,保留了武大被毒身死的證據,並在武松回來追查時
完整提供。何九叔應對此事的瞻前顧後、謹慎細密,評點家贊曰「這個干己
脫得好!」但他能夠這樣做,雖然由於多年閱歷煉成的臨危不亂、處事機敏
的能力,但根本卻在他良心不昧,有一定的正義心,從而在兇險暗伏、左右
爲難之際,能夠氣定神閒,進退自如,處置得宜,不僅保全了自身,還爲後
來案情揭謎和武松告狀、復仇提供了直接的證據。何九叔可以說是中國古典
小說中唯一寫得最好的「團頭」形象。

五、循私玩法的陽谷知縣

《水滸傳》第二十三、二十六回寫到的陽谷知縣雖然沒有姓名,但在故
事中作用頗大,寫得也蠻有意思,卻從來讀者注意不多,所以很值得一說。
這位知縣到任兩年半多,「賺得好些金銀」(第二十四回),特派武松護送到東
京一家親眷處寄放,以便自己陽谷任滿後,到京師轉除他處時打點使用。可
見這位知縣雖然絕不是兩袖清風的那種,但還不是一面高喊「反腐倡廉」一
面暗地裏大刮地皮的無恥之徒。再說他把「賺得好些金銀」轉移東京,是爲
了「任滿⋯⋯轉除他處時打點使用」,即爲了保官、陞官向上司行賄,而不是
自己囤積揮霍,當然更不會轉移國外。所以,他的貪腐雖然也罪不容赦,但
與純粹或主要是肥己享樂者有所不同,乃在很大程度上是一種制度性的貪
腐,是官僚「體制」運轉的「潤滑劑」和「體制內」官僚們的一種金錢遊戲,
可恨而且可歡!當然更可歡的是武松一世英雄,也不得不做了一次楊志押運
「生辰綱」類似的糗事!

　　與楊志押運「生辰綱」的倒楣結局不同，武松成功地完成了爲知縣轉移贓銀的差使，加以本來就因爲他景陽崗打虎的威名與貢獻，這位知縣已經賞拔武松做了本縣都頭，那麼當武松狀告西門慶爲兄申冤的時候，他就該很痛快地尊重事實准予立案。然而不然，「原來縣吏都是與西門慶有首尾的。官人自不必得說」：

> 武松在廳上告稟，催逼知縣拿人。誰想這官人貪圖賄賂，回出骨殖並銀子來，說道：「武松，你休聽外人挑撥你和西門慶做對頭……獄吏便道：「都頭，但凡人命之事，須要屍、傷、病、物、蹤五件事全，方可推問得。」武松道：「既然相公不准所告，且卻又理會。」（第二十六回）

結果就是「武松殺嫂」、「鬥殺西門慶」以至更多的血雨腥風。試想如果這位陽谷知縣能夠爲武松主持公道，還會有後來武松的種種殺戮嗎？由其必訴於官來看，武松非不守法，非一定要殺人，但書中寫「武松道：『既然相公不准所告，且卻又理會。』」也已說得明白，是在上者統治的社會無序、無法，才使得武松「且卻又理會」，即官府不就害人者給我一個說法，我就要給害人者一個說法！或曰何不也給那不主持公道的官府個說法？答曰非不該也，但那就不是「忠義水滸傳」了！

　　總之，武松爲兄長報仇的私刑擅殺非出武松本意，而是兄弟手足，大冤不容不報，而官吏貪贓枉法，故不作爲、法紀蕩然所致，乃是與高俅父子把林沖「逼上梁山」不同的另一種「亂自上作」的典型！在這個意義上，這位陽谷知縣與高俅父子同罪，甚至有所過之。

　　但是，一旦武松殺死潘金蓮、鬥殺西門慶後前來自首，這位陽谷知縣卻又念及武松「是個義氣烈漢，又想他上京去了這一遭，一心要周全他，又尋思他的好處」（第二十七回），把武松的招狀從新寫過，改作「武松因祭獻亡兄武大，有嫂不容祭祀，因而相爭。婦人將靈床推倒。救護亡兄神主，與嫂鬥毆，一時殺死。次後西門慶因與本婦通姦，前來強護，因而鬥毆。互相不伏，扭打至獅子橋邊，以致鬥殺身死」。（第二十七回）這個做法雖然最終給武松留了一條生路，而順乎人情，但在知縣的用心，卻與前不准爲武大郎之死立案同樣，都是爲了徇自我一己之私，而以權力玩弄法律於股掌之上。而且還應該是由於西門慶已死無從再得其賄賂了，知縣才顯得有了這一線之明；但這對於武松的人格而言，實不過是拿了他對知縣曾有「上京去了這一

遭」的「好處」這等糗事，再作一次侮辱而已。總之，在權大於法的社會裏，空講「依法」云云雖然並不見得把好人全部冤枉了，但是看來看去，多半都不過是一個笑話。

第九章 《水滸傳》中的沂水縣

　　《水滸傳》大約有第十一至十四和第三十八回共五回書中寫及沂水。沂水縣始置於隋開皇十六年（596），歷代沿襲，北宋屬京東東路沂州琅琊郡；元屬益都路莒州，明及清初屬青州府。雍正八年（1730）改屬莒州，十二年改屬沂州府。今屬山東省臨沂市。《水滸傳》介紹朱貴和李逵的籍貫，均稱「沂州沂水縣」，所用是北宋時期的建置。

　　歷史上沂州曾是宋江起義軍所到之處，此前曾在沂州起義的王倫也常被認為是《水滸傳》中「白衣秀士」王倫的原型。《水滸傳》所寫沂水好漢共有四位，黑旋風李逵是全書的主要人物之一，其次是朱貴、朱富和李雲三位好漢。《水滸傳》寫發生在沂水的故事主要是李逵搬取老母的故鄉之行，其中「真假李逵」和「黑旋風沂嶺殺四虎」故事膾炙人口。

第一節　沂州歷史上的《水滸傳》本事

一、「沂州軍賊王倫」

　　學者們論及《水滸傳》中的白衣秀士王倫時，往往會談到北宋仁宗慶曆三年（1043）發生在沂州的王倫起義。《宋史·仁宗本紀》記載：慶曆三年五月，「虎翼卒王倫叛於沂州」；「七月……乙酉，獲王倫。」〔註1〕王倫起義的時間雖然只有兩個月，但聲勢和影響不小，一度使朝廷震動，地方驚慌失措。歐陽修《論沂州軍賊王倫事宜箚子》（慶曆三年）所說最為詳細：

〔註1〕〔元〕脫脫等撰：《宋史》，中華書局，1977年版，第216頁。

臣近聞沂州軍賊王倫等，殺卻忠佐朱進，打劫沂、密、海、楊、
泗、楚等州，邀呼官吏，公取器甲，橫行淮海，如履無人。比至高
郵，軍已及二三百人，皆面刺「天降聖捷指揮」字號，其王倫仍衣
黃衫。據其所爲，豈是常賊！〔註2〕

　　學者們一般認爲，沂州起義的王倫應該就是《水滸傳》中白衣秀士王倫
的原型。但《水滸傳》主要以宋江起義爲因由演繹，爲什麼早了幾十年的王
倫起義的素材躋身其中呢？對此，陸澹安推測說：「或許因爲他是個聚眾起義
的首領，與宋江、晁蓋有些相像，所以《水滸傳》作者不管年代先後，也把
他扯進了梁山泊去了。」〔註3〕然而，北宋中後期起義首領眾多，「與宋江、
晁蓋有些相像」的恐怕不少，所以《水滸傳》作者單取王倫作爲梁山第一任
寨主肯定另有原因。

　　據歐陽修所言，王倫起義波及「沂、密、海、楊、泗、楚等州」。而宋江
起義的波及地域，有「陷淮揚軍，又犯京東、河北，入楚海州」（王偁《東都
事略·徽宗紀》）、「出入青、齊、單、濮間」（方勺《泊宅編》卷五）和「剽
掠山東一路」並到達沂州（詳見下文引張守《毗陵集》卷十三）等記載。可
知王、宋起義均包括了汴京以東「沂」、「泗」、「淮」在內的大片地區。「沂」、
「泗」、「淮」當時是連接八百里梁山水泊的，「沂」、「泗」兩地尤近此處。
蘇轍《欒城集》卷六《和李公擇赴歷下道中雜詠·梁山泊》曾云：「近通沂
泗麻鹽熟，遠控江淮粳稻秋。」〔註4〕這兩次時代不同的起義均以衝州撞府
的游擊作戰爲主，很可能因爲水道交通的便利，義軍都曾來到浩淼的梁山
水泊。或因此之故，《水滸傳》作者在創作中便把王倫和宋江聯繫起來，讓
這兩位歷史上時代不同的義軍首領身處同時，分別作了山寨的第一、第三任
寨主。

　　在《水滸傳》中，王倫本是一個不及第的秀才，失意之時曾投奔到柴進
莊上，不久反上梁山。在此，王倫利用水泊屏障，領著杜遷、宋萬兩個頭領，
聚集七八百小嘍囉，創建了梁山山寨。山寨之外，王倫將朱貴安插在李家道
口，以開酒店爲名，「專一探聽往來客商經過」（第十一回），以爲山寨搜羅財
帛，而且「留下分例酒食」（第十一回），讓他招待過往的好漢。在王倫的領

〔註2〕　〔宋〕歐陽永叔：《歐陽修全集》，北京市中國書店，1986年版，第783頁。
〔註3〕　陸澹安：《說部卮言》，上海錦繡文章出版社，2009年版，第128～129頁。
〔註4〕　朱一玄，劉毓忱編：《水滸傳資料彙編》，南開大學出版社，2002年版，第1
　　　　頁。

導下，山寨一度「好生興旺，官軍捕盜，不敢正眼兒看他」（第十八回）。王倫還是喜歡結交天下好漢的，這從他在朱貴酒店「留下分例酒食」的意圖和安排就可以看得出來。他的問題是因為自己「又沒十分本事，杜遷、宋萬武藝也只平常」（第十一回），所以不想延攬武藝高強的好漢到山寨中來，以免威脅到自己的寨主位子。因此，王倫對落難投奔的林沖極盡刁難，埋下了日後被林沖「火併」的種子。

王倫的形象多遭古今讀者非議。對此，今人馬幼垣先生很為王倫鳴不平，指出：「看準梁山的特殊，把它開拓為一深具發展空間的地盤，這功勞只該王倫才配擁有」；「不管王倫因何而死，他的眼力之佳和開創之功不是一聲狹隘自私便可以抹煞的。」〔註5〕的確，王倫悲劇性的人生結局很大程度上是咎由自取，但轟轟烈烈的梁山事業畢竟是在王倫創建的基業上發展起來的。如果沒有王倫因為「一口鳥氣」而創建水泊梁山寨，恐怕晁蓋等人或者被官軍捕殺，或者自關山寨，卻不一定是「梁山泊好漢」了。

二、宋江「餘眾北走龜蒙間」

王倫起義之後幾十年，宋江的一支起義隊伍又在沂州失利投降。宋人張守《毗陵集》卷十三《左中奉大夫充秘閣修撰蔣公墓誌銘》云：

> 公諱圓，字粹仲，蔣氏。……未幾，徙知沂州。宋江嘯聚亡命，剽掠山東一路，州縣大震，吏多避匿。公獨修戰守之備，以兵扼其衝。賊不得逞，祈哀假道。公嘿然陽應，偵食盡，督兵麾擊，大破之。餘眾北走龜蒙間，卒投戈請降。或請上其狀。公曰：「此郡將職也，何功之有焉？」〔註6〕

這段文字記述了蔣圓和宋江義軍的一次作戰。蔣圓任沂州知州時，宋江義軍橫掃山東一路，各處州縣官吏驚慌失措，多有棄職逃匿之人。惟獨蔣圓處變不驚，做好戰備，派兵扼守要衝。義軍攻擊沂州的意圖實現不了，便想向蔣圓借路通過。蔣圓佯裝答應，偵查到義軍糧食吃盡，於是督兵出擊，大敗義軍。義軍敗走「龜蒙間」即今沂水、蒙陰一帶，最後投降。

而據宋王偁《東都事略》卷一百八《張叔夜傳》的記載，宋江是在海州向張叔夜投降的。所以，在沂州失利投降的應該是宋江義軍中的某一支隊伍。

〔註5〕馬幼垣：《水滸人物之最》，三聯書店，2006年版，第18頁，第21頁。

〔註6〕朱一玄，劉毓忱編：《水滸傳資料彙編》，南開大學出版社，2002年版，第6頁。

但由此可以肯定的是，宋江曾經到沂蒙山區活動，《水滸傳》寫有沂水故事就是很自然的了。

第二節　《水滸傳》中的沂水風貌

《水滸傳》寫在沂水發生的故事主要在第四十三回。本回先後寫到沂水縣的朱富酒店、李鬼剪徑處、李鬼之家、李逵之家（百丈村董店東）、沂嶺、泗州大聖祠堂、沂嶺村曹太公莊等。

一、朱富酒店和李鬼剪徑處

《水滸傳》寫李逵取母，宋江安排李逵的同鄉朱貴陪同，朱貴答道：「小弟是沂州沂水縣人，見在一個兄弟，喚做朱富，在本縣西門外開著個酒店」。李逵在朱富酒店吃過酒食，再趕往百丈村董店東的老家。「約行了數十里」，到了一片「五十來株大樹叢雜」，遇到李鬼假借「黑旋風李逵」名頭剪徑。李逵本來就要砍這個「鳥人」，但因信了李鬼說家中有九十歲老母需要養贍的鬼話，饒過了他，並送他十兩銀子，讓他作為改業養母的本錢。

二、李鬼之家和李逵之家

李鬼家獨處於一座山前的山凹中。李逵放了李鬼後，順著山僻小路行走。走到巳牌時分（相當於上午九點到十一點之間），又饑又渴，遠遠看到山前凹中的兩間草屋，便投奔前來。裏面走出一個婦人，李逵付給她一貫足錢，要她做三升米飯來吃。婦人去山溪中淘了米，做上米飯。李逵去屋後山邊淨手，不料窺見瘸腿走來的李鬼，和正要上山討菜的婦人說話；細聽之後，知道這夫妻兩人密謀要麻翻他，劫他的金銀。李逵大怒，殺了李鬼，卻不防那婦人早逃得無影無蹤。李逵回身屋內，搜出一些舊衣服、碎銀兩並幾件釵環，又去李鬼身上搜出先前送他的那十兩銀子，一塊打縛在包裹裏。那三升米飯正好熟了，李逵吃罷，放火燒了草屋，投山路趕往家中。

李逵的家在沂嶺後面的百丈村董店東。李逵因為打死人，逃亡在外，家中只有母親和哥哥李達。李逵趕到家中，發現母親雙眼都瞎了，靠做長工生活的哥哥李達只能勉強糊口。李逵對母親謊稱自己做了官，特地回來接她。老人家信以為真。李逵正要帶她走時，恰好李達回家來，見此情景，告訴母親：李逵與人在江州劫了法場，到梁山做了強盜，現在是官府懸賞三千貫捉

拿的要犯。李逵要帶哥哥一同去梁山「快活」，但早已被李逵官司牽累得極爲惱火的李達大怒，轉身跑去報官。李逵見狀，給哥哥留下一錠五十兩的大銀，背起母親就抄小路往沂嶺跑去。等到李達帶人趕來，李逵和母親早已不見蹤影。因爲懼怕李逵有梁山同夥接應，又見了留下的這錠大銀，無力養娘的李達也只好作罷。

三、沂嶺和泗州大聖祠堂

《水滸傳》第四十三回寫沂嶺是黑旋風李逵殺四虎處。這一故事的緣由是第四十二回寫宋江的父親宋太公被搬上了梁山，山寨中一連三天「做筵席，慶賀宋江父子完聚。忽然感動公孫勝」回鄉探母。眾人餞行於關下，公孫勝走後，李逵卻「就關下放聲大哭」道：「我只有一個老娘在家裏。我的哥哥又在別人家做長工，如何養得我娘快樂？我要去取他來這裏，快樂幾時也好。」於是晁蓋、宋江與李逵約定三件事，准其下山取母。第四十三回寫李逵下山取母，回程路經沂嶺，李逵背著母親，「看看捱得到嶺上，松樹邊一塊大青石上，把娘放下」，自己便「扒過了兩三處山腳」，尋見「一溪好水」：

> 李逵扒到溪邊，捧起水來，自吃了幾口。尋思道：「怎地能勾得這水，去把與娘吃？」立起身來，東觀西望。遠遠地山頂上見個庵兒。李逵道：「好了。」攀藤攬葛，上到庵前。推開門看時，卻是個泗州大聖祠堂。面前有個石香爐。李逵用手去掇，原來卻是和座子鑿成的。李逵拔了一回，那裏拔得動。一時性起來，連那座子掇出前面石階上一磕，把那香爐磕將下來。拿了，再到溪邊將這香爐水裏浸了，拔起亂草，洗得乾淨。挽了半香爐水，雙手拿來。自尋舊路，夾七夾八走上嶺來。

又寫力殺四虎之後：

> 李逵也困乏了。走向泗州大聖廟裏，睡到天明。次日早晨，李逵卻來收拾親娘的兩腿，及剩的骨殖，把布衫包裹了。直到泗州大聖庵後，掘土坑葬了。李逵大哭了一場……肚裏又饑又渴，不免收拾包裹，拿了樸刀，尋路慢慢的走過嶺來。

然後是遇到「五七個獵戶」，聽李逵說過前情，只是不信：

> 眾獵戶道：「若端的有時，我們自得重重的謝你，卻是好也！」
> 眾獵戶打起胡哨來，一霎時聚起三五十人。都拿了撓鉤槍棒，跟著

李逵，再上嶺來。此時天大明朗，都到那山頂上。遠遠望見窩邊，果然殺死兩個小虎，一個在窩內，一個在外面，一隻母大蟲死在山岩邊。一隻雄虎，死在泗州大聖廟前。眾獵戶見了，殺死四個大蟲，盡皆歡喜。

上引《水滸傳》所寫「沂嶺」所指，極有可能就是今天沂水與臨朐兩縣交界處的沂山。沂山古稱「海嶽」，又有「東泰山」之稱，是齊魯大地僅次於泰山的名山，以故民間有「泰山爲五嶽之尊，沂山爲五鎮之首」之說。史載宋江等曾經在沂州一帶活動，當《水滸傳》作者注目於「沂州」的時候，沂山應該有資格出現在他的視野之中，從而有了「沂嶺」的描寫。

又由上引諸節文字可知，《水滸傳》寫泗州大聖祠堂，又名泗州大聖庵、泗州大聖廟，位置在沂嶺之「山頂上」，廟的「面前有個石香爐……卻是和座子鑿成的」。李逵爲母取水，「連那座子掇出前面石階上一磕，把那香爐磕將下來」。所以，李逵經過之後，沂嶺泗州大聖廟的石香爐已是沒有了座，並應該是被扔到了李逵母親曾坐過的「松樹邊的一塊大青石」旁邊去了。而從天明以後，眾獵戶見「一隻雄虎，死在泗州大聖廟前」看，李逵所殺四虎藏身的老虎洞就應該在泗州大聖廟附近，而李逵老母的墳塋則在泗州大聖廟的後面。

泗州即今江蘇盱眙。泗州大聖相傳爲唐高宗時大師僧伽，自長安、洛陽一帶雲遊吳楚，卓錫泗州；唐中宗迎歸京師，但僧伽圓寂後，仍歸葬泗州，漆身成塔。宋太平興國七年（982），太宗下詔翻建泗州僧伽大師塔；雍熙元年（984），又加封僧伽大師「大聖」，「泗州大聖」遂名揚四海，不僅泗州有塔有祠，福建、江浙等地也有供奉，或稱院，或稱廟，或稱庵，或稱祠等，城鄉多有。所以，《水滸傳》寫沂嶺雖不在泗州，卻有泗州大聖祠堂，實是我國唐宋以降泗州大聖信仰廣布的反映。

另外，吳越先生認爲，《水滸傳》作者將泗州大聖的廟立在四野無人煙的沂嶺上，「總有些不倫不類」。〔註7〕其實不然。沂嶺上是否眞的有過泗州大聖廟是另外一回事，但是《水滸傳》寫沂嶺之上有這樣一座泗州大聖廟既是創作的自由，也與自古沂嶺山頂的形勢和曾經有廟的歷史若相符合。首先，歷代以來，高山都是佛、道建立廟宇的首選之地，因遠離塵世，便於靜心修行。其次，在沂水縣地方史志上，筆者雖然沒有查到關於沂嶺泗州大聖祠堂的記

〔註7〕吳越：《吳越品水滸》（品事篇），東方出版社，2008年版，第159頁。

載，但在高聳的沂山主峰玉皇頂東側，從傳說中李逵殺虎的黑風口往南約五百米，有一片古式圈椅型山坳。東漢光武帝建武至明帝永平年間，監院王靜與其徒弟法規，得地方官府支持，於此處建成「發雲寺」。順帝永和年間又增修擴建，改爲「法雲寺」，成爲沂山的鎮山名刹。此寺至元代遭受火災，廟宇盡毀。從而《水滸傳》作者寫沂嶺之上有泗州大聖廟縱然是虛構，也合於嶺上自古就有寺廟的歷史淵源。

四、沂嶺村曹太公莊

沂嶺村曹太公莊就位於沂嶺前面。李逵殺虎葬母后，走下沂嶺，途中遇見沂嶺村中五七個捕虎的獵戶，並帶獵戶們回到嶺上把死虎抬下山來，放到村中曹太公莊上。一時前村後村的人都來曹家圍觀，其中就有李鬼的老婆（原來李逵殺李鬼時，她逃命回娘家來了），認出了李逵，輾轉告訴了曹太公，把李逵灌醉捉了，並報告沂水縣衙。知縣派了都頭李雲奔赴沂嶺村，將李逵押赴沂水縣裏來。朱貴、朱富兄弟聞訊，設計半路上把李逵救了，並說服李雲一起上梁山入夥。

以上是《水滸傳》寫到的沂水鄉村地方。作家筆下，這些地方如同一顆顆珍珠，李逵行蹤則如同一條絲線，串起這些珍珠，從而寫出了李逵回鄉取母的風風雨雨，也成爲李逵在故鄉沂水的一段傳奇。而就小說創作的基本規律來說，這些故事固然出於作家的虛構，但是其反映沂水一帶多山和曾是宋江等人游擊之地的背景，也與歷史的情況多有符合。

第三節 《水滸傳》中的「黑旋風」李逵

一、李逵形象源流考

宋代歷史上確曾有一個李逵。據徐夢莘《三朝北盟會編》卷一百一十四、卷一百三十一和李心傳《建炎以來繫年要錄》卷十、卷二十一的記載，這個李逵原是南宋高宗時密州（舊治即今山東省諸城市）守衙的節級。建炎元年（1127）十一月，金兵逼至，知州趙野攜家棄城而逃，密州守衙節級杜彥與同爲節級的樂將、李逵和小節級吳順趁機作亂，杜彥自爲知州，追回並殺害趙野等人；建炎三年（1129），宋武功大夫忠州刺史知濟南府宮儀與金兵戰於磐石河，杜彥助金兵襲擊宮儀，兵敗爲李逵所殺，李逵又自立爲密州知州，並

與吳順以密州降金，後來李逵又被吳順所殺。這個李逵雖然與《水滸傳》所寫李逵活動時間相去不遠，又都是山東人，但是生平事跡、人品氣節迥然不同，故應該只是同名之另一李逵而已。而《水滸傳》中的黑旋風李逵形象自有其文化源流。

宋人周密《癸辛雜識續集》卷上載龔聖與《宋江三十六贊》，李逵綽號黑旋風，名列宋江等三十六人的第二十位，贊詞云：「風有大小，不辨雌雄。山谷之中，遇爾亦凶。」〔註 8〕宋末元初無名氏《大宋宣和遺事》寫宋江殺閻婆惜和吳偉之後，在九天玄女廟中得到一卷天書，開列三十六將姓名，李逵綽號黑旋風，名列第十四位〔註 9〕。隨後，宋江「帶領得朱仝、雷橫，並李逵、戴宗、李海等九人，直奔梁山濼上，尋那哥哥晁蓋」。後來《水滸傳》中李逵跟宋江上梁山情節大略相類。

在元代水滸戲中，李逵成為劇作家最重視的水滸人物。據傅惜華《元代雜劇全目》，元代水滸戲（包括元末明初）共三十四種，而以李逵為主角的有十四種，占到五分之二。其中存世之作有四種：高文秀《黑旋風雙獻功》，康進之《梁山泊黑旋風負荊》，李致遠《大婦小妻還牢末》（正名標曰：「山兒李逵大報恩，鎮山孔目還牢末」），無名氏《魯智深喜賞黃花峪》（題目標曰：「黑旋風救答李幼奴」或「李山兒打探水南寨」）。〔註 10〕全本已佚、僅存其目的有十種：《黑旋風詩酒麗春園》，《黑旋風大鬧牡丹園》，《黑旋風敷演劉耍和》，《黑旋風鬥雞會》，《黑旋風窮風月》，《黑旋風喬教學》，《黑旋風借屍還魂》（以上七種作者高文秀），《黑旋風喬斷案》（作者楊顯之），《板踏兒黑旋風》（作者紅字李二），《黑旋風老收心》（作者康進之）。〔註 11〕

高文秀對李逵有著特別偏愛，「其全部作品中，搬演水滸故事者有九種，而以黑旋風李逵為主角者乃有八種之多」〔註 12〕。他的《黑旋風雙獻功》和康進之《梁山泊黑旋風負荊》被認為是「元代水滸戲的雙璧」。〔註 13〕在這兩

〔註 8〕 朱一玄、劉毓忱編：《水滸傳資料彙編》，南開大學出版社，2002 年版，第 21 頁。

〔註 9〕 〔元〕無名氏：《大宋宣和遺事》天書名單中三十六將不含宋江，若計宋江，則李逵居第 15 位。

〔註 10〕 參見傅惜華等編：《水滸戲曲集》（第一集），上海古籍出版社，1985 年版。

〔註 11〕 這是據元人鍾嗣成：《錄鬼簿》進行的統計。

〔註 12〕 傅惜華等編：《水滸戲曲集》（第一集），上海古籍出版社，1985 年版，《題記》，第 1 頁。

〔註 13〕 袁行霈主編，莫礪鋒、黃天驥本卷主編：《中國文學史》（第三卷），高等教育

部戲中，李逵粗中有細，不乏機智，而又天真風趣，是一個帶有鮮明喜劇色彩的好漢形象。這些特點後來多為《水滸傳》創作所吸收；《雙獻功》一劇則成為第七十三回「黑旋風喬捉鬼，梁山泊雙獻頭」故事的藍本。

通常認為，《水滸傳》中李逵的形象還吸收了某些文人筆記中的故事。李逵殺虎就取材於宋洪邁《夷堅甲志》卷十四中的「舒民殺四虎」故事：

> 紹興二十五年，吳傅朋除守安豐軍，自番陽遣一卒往呼吏士。行至舒州境，見村民穰穰，十百相聚，因弛擔觀之。其人曰：「吾村有婦人為虎銜去，其夫不勝憤，獨攜刀往探虎穴，移時不反。今謀往救也。」久之，民負死妻歸，云：「初尋跡至穴，虎牝牡皆不在，有兩子戲岩竇下，即殺之，而隱其中以俟。少頃，望牝者銜一人至，倒身入穴，不知人藏其中也。吾急持尾，斷其一足，虎棄所銜人，踉蹌而竄。徐出視之，果吾妻也，死矣。虎曳足行數十步，墜澗中。吾復入竇伺牡者，俄咆哮而至，亦以尾先入，又如前法殺之。妻冤已報，無憾矣。」乃邀鄰里往視，輿四虎以歸，分烹之。〔註14〕

將李逵沂嶺殺虎的情節與該故事比較，兩者細節都有驚人的相似。因此，魯迅先生在《華蓋集續編·馬上支日記》中說：

> 案《水滸》敘李逵沂嶺殺四虎事，情狀極相類，疑即本如此等傳說作之。《夷堅甲志》成書於乾道初（1165），此條題云《舒民殺四虎》。〔註15〕

另外，孫楷第《滄州後集》卷一《水滸傳人物考》附一《夷堅志與水滸傳》還考得：《夷堅支丁》卷四《朱四客》條是《水滸傳》第四十三回李逵遇李鬼等故事的本事依據；《夷堅支丁》卷九《陳靖寶》條是《水滸傳》第五十三回寫李逵「斧劈羅真人」被懲罰從空中跌下故事的本事。〔註16〕

二、「黑旋風」的含義

關於李逵綽號「黑旋風」的含義，歷來有兩種解釋。

一種解釋認為「旋風」就是惡風、狂風。《水滸傳》中綽號稱「旋風」

出版社，1999年版，第314頁。
〔註14〕〔宋〕洪邁撰，何卓點校：《夷堅志》，中華書局，1981年版，第122頁。
〔註15〕魯迅：《華蓋集續編》，人民文學出版社，2006年第2版，第149頁。
〔註16〕孫楷第：《滄州後集》，中華書局，2009年版，第16～17頁。

的有小旋風柴進和黑旋風李逵。金聖歎最早從「風」的角度解釋兩人綽號，說：

> 旋風者，惡風也。其勢盤旋，自地而起，初則揚灰聚土，漸至奔沙走石，天地爲昏，人獸駭竄，故謂之旋。旋音去聲，言其能旋惡物聚於一處故也。水泊之有眾人也，則自林沖始也。而旋林沖入水泊，則柴進之力也。名柴進曰旋風者，惡之之辭也。然而又係之以小，何也？夫柴進之於水泊，其猶青萍之末矣。積而至於李逵，亦入水泊，而上下尚有定位，日月尚有光明乎耶？故甚惡之而加之以黑焉。夫視黑則柴進爲小矣，此小旋風之所以名也。」〔註17〕

此論雖未必可以全信，但「旋風者，惡風也」，合乎生活的常識，值得參考。

另一種解釋認爲「旋風」是一種炮名。王利器《〈水滸〉英雄的綽號》一文將梁山泊好漢的綽號來源歸爲四類，即「從形體來起的綽號」、「從性情來起的綽號」、「從才能來起的綽號」和「從軍器來起的綽號」，「黑旋風」、「小旋風」屬於「從軍器來起的綽號」。他引證《三朝北盟會編》卷六十六、宋石茂良《避戎夜話》卷上、宋佚名《兩朝綱目備要》卷十五以及明茅元儀《武備志》卷一百一十一的有關記載，指出「旋風」是金國的一種炮名，明代此炮猶名旋風。至於李逵、柴進綽號中的「黑」和「小」，王利器認爲：「所謂黑，是就其形象而言；所謂小，是就其威力而言；這樣，就把李逵和柴進的綽號統一起來了。」〔註18〕但是，「小旋風」和「黑旋風」的綽號起於民間，以與宋朝敵對的金國的火炮命名宋朝的好漢，情理上恐怕說不過去。

所以，比較之下金聖歎的解釋更爲通俗和近乎情理。其淵源則自宋龔聖與《宋江三十六贊》中李逵贊詞曰：「風有大小，不辨雌雄。山谷之中，遇爾亦凶。」和柴進贊詞曰：「風有大小，黑惡則懼。一噫之微，香滿太虛。」都是從「風」著眼。其各自的意思，李逵贊詞蓋謂李逵猶如深山大谷中驟起的黑惡狂風，飛沙走石，讓人懼怕；柴進則如《莊子·齊物論》的「大塊噫氣，其名爲風。是唯無作，作則萬竅怒號」，是起於天地之間由小而大的狂風。《水滸傳》應是在惡風、狂風的意義上沿用了《宋江三十六贊》中柴進、李逵的綽號。

〔註17〕《水滸傳》金聖歎評語。朱一玄、劉毓忱編：《水滸傳資料彙編》，南開大學出版社，2002年版，第238頁。

〔註18〕王利器：《耐雪堂集》，中國社會科學出版社，1986年版，第137～159頁。

三、李逵的形象

《水滸傳》中李逵故事自第三十八回開始後幾乎持續不斷，在第三十八、四十、四十三、五十、五十二、五十三、五十四、七十二、七十三、七十四、七十五回，幾乎就是故事的主角。像潯陽江中鬥張順、大鬧江州劫法場、回鄉取母殺四虎、血洗扈家莊、高唐州打死殷天錫、薊州斧劈羅真人、勇探地穴救柴進、元夜鬧東京、四柳村喬捉鬼、梁山泊雙獻頭、壽張縣喬坐衙、梁山泊扯詔謗徽宗等，都是膾炙人口的精彩情節。

李逵是主動反上梁山的好漢。李逵早年在家鄉打死了人，逃亡在外，流落到江州地面，十餘年不曾回家。因為「能使兩把板斧，及會拳棍」（第三十八回），李逵便在江州兩院押牢節級戴宗手下做了一個小牢子，並在江州結識了被發配於此的宋江。後來宋江因潯陽樓誤題所謂「反詩」被捕入獄，戴宗也因為營救宋江而給蔡九知府傳假信不慎被捕，兩人被判同日處斬。李逵與潛入江州的晁蓋等梁山泊好漢一起劫法場，救出宋江和戴宗，大鬧了江州城和無為軍，隨後同赴梁山聚義。

李逵擅長步戰，位列梁山步軍頭領第五名，作戰奮勇當先，有時「手搭板斧，直奔軍前。不問事由，搶出垓心對陣」，而且「但是上陣，便要脫膊」（第六十八回）。他是一百零八人中反對招安的第一人，但礙於對宋江的義，最後還是隨順受了招安。此後征遼、征方臘，他是少數活下來的主要好漢之一，功封忠武郎，授鎮江潤州都統制。宣和六年（1124）首夏初旬，李逵從潤州到楚州與宋江相見。已經服了御賜藥酒的宋江擔心自己死後李逵會再次造反，壞了梁山泊「替天行道」的「忠義」之名，便在酒內下了慢藥，讓李逵飲用。次日，宋江告知因由。李逵聽罷，垂淚而言：「罷，罷，罷！生時伏侍哥哥，死了也只是哥哥部下一個小鬼。」回潤州後，李逵藥發身死。據其遺囑，李逵的親隨從人扶柩前往楚州，把他葬在蓼兒窪宋江墓側。

《水滸傳》中的李逵有鮮明突出的個性，大略表現為以下四個方面：

一是形貌如兇神惡煞。早在高文秀《黑旋風雙獻功》就寫孫孔目見到李逵即吃驚道：「是人也？那是鬼！」宋江眼中的李逵則「恰便似那煙燻的子路，墨灑的金剛」，其黑、惡形貌即已初定。《水滸傳》繼而並有所發揚。第三十八回寫李逵首次出場云：

> 黑熊般一身粗肉，鐵牛似遍體頑皮。交加一字赤黃眉，雙眼赤
> 絲亂繫。怒髮渾如鐵刷，猙獰好似狻猊。天蓬惡殺下雲梯。李逵真

勇悍，人號鐵牛兒。

接下又於寫李逵與張順江中打鬥作如「黑白分明」的對比，凸顯李逵「如炭屑湊成皮肉」、「是趙元帥黑虎投胎」、「如千千火煉成鐵漢」、「如布漆羅漢」、「像黑煞天神……黑鬼掀開水底天」等，用繁複的比喻誇張把李逵黑、大、猛、蠻之兇神惡煞般「肌肉男」的形貌，寫得如畫如見。他如第四十回寫李逵是「一個虎形黑大漢，……大吼一聲，卻似半天起個霹靂」，第四十三回寫李逵殺虎時「赤黃鬚豎立起來」，第六十八回寫他中箭後「身如泰山倒在地下」，乃至第七十四回寫他竟然嚇得學堂先生驚跑和學生哭叫等等，都繁複皴染加強了李逵兇神惡煞般的形貌特徵。

二是天性粗豪兇猛。《水滸傳》寫李逵有「水牛般氣力」（第三十八回），每戰奮勇爭先，生死不顧，「但是上陣，便要脫膊，全得項充、李袞蠻牌掩護」。但有時就掩護不及，如打曾頭市時就被曾升射傷（第六十八回）。

三是力大而有「短板」。李逵力大，但工夫不全。他長於陸戰而不擅水鬥，如在潯陽江中被張順淹得「喘作一團，口裏只吐白水」（第三十八回）；長於械鬥而不擅擒搏，如「李逵多曾著他（燕青）手腳，以此怕他」（第七十三回）。

四是循義至死之忠。李逵的忠義是對宋江的循義至死的忠，實質是儒家「士為知己者死」的江湖表現，而與趙官家、朝廷沒有直接關係，要不然他也不會「扯詔謗徽宗」。李逵對於宋江的這種「忠義」始於江州初見，一直持續到楚州死別和遺囑死葬宋江之墓側。期間與宋江多次衝突，李逵或說：「哥哥剮我也不怨，殺我也不恨。除了他，天也不怕！」或說：「我夢裏也不敢罵他。他要殺我時，便由他殺了罷。」（第七十一回）李逵把自己的一切都交給宋江了！宋江自然也明白：「他與我身上情分最重，如骨肉一般。」（第七十一回）直到最後，李逵將死而雖心有不甘，但也不過「垂淚道：『罷，罷，罷！生時伏侍哥哥，死了也只是哥哥部下一個小鬼。』」是古代「結義」兄弟一個極端的典型。

五是天性嗜殺。《水滸傳》寫「梁山泊好漢」都是龍虎山「誤走」的「妖魔」，實際是「天罡星合當出世」（第一回），所以多所殺戮。如宋江、武松、楊雄、石秀等，都有非戰爭時態下的殺戮行為。但是，與他人或因客觀形勢逼迫，或為親人、朋友復仇的殺戮不同，李逵有明顯的濫殺、嗜殺行為，如江州劫法場，他「第一個出力，殺人最多」，不管官軍還是百姓，只顧「一

斧一個，排頭兒砍將去」（第四十回）。在沂水縣被救出後，他拿著樸刀把隨行獵戶「排頭兒一昧價摠將去」。最爲讀者詬病的是爲了逼朱全上梁山，李逵斧劈了年僅四歲「生得端嚴美貌」的小衙內（第五十一回）。而「三打祝家莊」，李逵殺了已經歸順梁山的扈太公一家，還慶幸自己「雖然沒了功勞，也吃我殺得快活！」（第五十回）甚至在四柳村狄太公莊上，李逵殺死姦夫淫婦倒也罷了，卻又將他們的屍首「一上一下，恰似發擂的亂剁了一陣」，理由竟然是「吃得飽，正沒消食處」（第七十三回）！李逵這種異乎常人、毫無原則的冷血嗜殺行爲情理難容，卻是他作爲「替天行道」之「天殺星」的「天命」職責。羅眞人曾揭謎說：「爲是下土眾生作業太重，故罰他下來殺戮。」這也就是說，不論李逵殺什麼人，怎麼殺人，都是上天的安排，源於天意。在《水滸傳》作者的那個時代，這個解釋是能爲大多數人所相信的，並無不妥。但今天看來，不免文過飾非，有意掩飾李逵身上的原始暴力本能了。

　　李逵身上的冷血嗜殺，其實是整個社會的黑暗混亂反覆刺激的惡果。對於社會的黑暗混亂，李逵有著比較清楚的認識，所以他對企圖仗著丹書鐵券去和殷天錫打官司的柴進說：「條例，條例！若還依得，天下不亂了！我只是前打後商量。」（第五十二回）正是表明李逵的看似無法無天，根源在於統治者的有法不依，恣意妄爲，逼使民眾或含冤受屈，或自行反抗，或寄望於豪俠義士「替天行道」。李逵正是這樣一位無私無畏的豪俠，任性而爲「替天行道」者，他那「跟著感覺走」的魯莽眞率，從來受到歷代讀者的喜愛。明無名氏《梁山泊一百單八人優劣》贊曰：「李逵者，梁山泊第一尊活佛也，爲善爲惡，彼俱無意。宋江用之便知有宋江而已，無成心也，無執念也。」〔註19〕金聖歎《讀第五才子書法》更推崇備至說：「李逵是上上人物，寫得眞是一片天眞爛漫到底。看他意思，便是山泊中一百七人，無一個入得他眼。《孟子》『富貴不能淫，貧賤不能移，威武不能屈』，正是他好批語。」〔註20〕又「曰：『李逵何如人也？』曰：『眞人也。』」除了對待他的母親與兄長有負親情之外（詳後），這幾乎也是對他很恰當的批語了。

〔註19〕朱一玄、劉毓忱編：《水滸傳資料彙編》，南開大學出版社，2002 年版，第 185 頁。

〔註20〕朱一玄、劉毓忱編：《水滸傳資料彙編》，南開大學出版社，2002 年版，第 221 頁。

第四節　《水滸傳》中的其他沂水人物

一、梁山的耳目和眼線——朱貴

　　朱貴是王倫時代落草梁山的好漢，老家在沂水縣西門外，是山寨上元老級人物之一。他「身材長大，相貌魁宏，雙拳骨臉，三丫黃髯」（第十一回），「臂闊腿長腰細」（第三十九回），「因在江湖上做客，消折了本錢，就於梁山泊落草」（第四十三回）。朱貴不以武功見長，卻是山寨中能獨擋一面的人物。

　　朱貴在「石碣天文」稱「地囚星旱地忽律朱貴」。「旱地忽律」是他的綽號。「旱地」指陸地，不必說；「忽律」不好懂，其實指鱷魚，一名「忽雷」。《太平廣記》卷四百六十四引《洽聞記》云：

> 　　扶南國出鱷魚，大者二三丈，四足，似守宮狀，常生吞人。……
> 鱷魚別號忽雷，……一名骨雷，秋化爲虎，三爪，出南海思、雷二
> 州。臨海英潘村多有之。〔註21〕

鱷魚生性兇猛，水陸兩棲，可以在水中，也可以上岸在水邊覓食。由此可見，朱貴綽號「旱地忽律」，實是把他比作岸上的鱷魚。《水滸傳》寫朱貴一直負責在梁山水泊附近的李家道口開酒店，「專一探聽往來客商經過。但有財帛者，便去山寨裏報知。但是孤單客人到此，無財帛的放他過去；有財帛的來到這裏，輕則蒙汗藥麻翻，重則登時結果，將精肉片爲靶子，肥肉煎油點燈」（第十一回）。這樣的身份做派與兇猛的鱷魚伏在水邊或上岸覓食就很相似了。故寧稼雨在《水滸閒譚》中說：「他扮演了連接梁山與外界的地下交通站的角色。他的綽號已經暗示了他的能量與作用。」〔註22〕

　　朱貴承擔著山寨耳目和眼線的工作職責，這養成了他精細、機警、謹愼和沈穩的性格。第十一回朱貴第一次亮相便表現出這一特點。經由柴進推薦，林沖投奔梁山而來。在一個彤雲密佈、漫天風雪的傍晚，林沖到了梁山泊附近，落腳朱貴酒店。當林沖獨自喝著悶酒時，一個人背叉著手從店內走到門前看雪，他便是朱貴。明明看到林沖在吃酒，他還是問酒保：「甚麼人吃酒？」這句看似漫不經心、明知故問的話，其實是他藉以刺探林沖。此後他便「只把頭來摸著看雪」，實際卻暗地觀察林沖。林沖打探上梁山的路徑不成，種種

〔註21〕〔宋〕李昉等編：《太平廣記》第十冊，中華書局，1961年版，第3822頁。
〔註22〕寧稼雨：《水滸閒譚》，中國文史出版社，2009年版，第30頁。

遭際湧上心頭，不覺心潮澎湃，題詩於壁，不慎暴露了自己的姓名。這時朱貴突然將林沖「劈腰揪住」，喝問林沖在滄州做下彌天大罪後來到這裏「卻是要怎的」。當林沖無奈地問「你真個要拿我」時，他卻笑了，將林沖讓到酒店後面的水亭上，詳細詢問了林沖的來歷根由。當知道林沖是經柴進推薦時，他才自報姓名，亮明身份，給林沖以熱情接待，整個過程顯示了朱貴作為梁山耳目的機警與幹練。

上已述及朱貴與李逵是沂水老鄉，他在梁山除了開酒店之外，唯一被派單獨下山執行任務，就是第四十三回寫宋江道：「今有李逵兄弟，前往家鄉，搬取老母。因他酒性不好，為此不肯差人與他同去。誠恐路上有失，我們難得知道。今知賢弟是他鄉中人，你可去他那裏探聽走一遭。」恰好朱貴有個兄弟朱富在老家開酒店，也想去看看。於是「朱貴領了這言語，相辭了眾頭領下山來」，並先一日在回鄉取母的李逵之前趕到了沂水縣城，並在西門外見到了正在聽人讀捉拿宋江、戴宗和他本人的榜文、「正待指手畫腳」（第四十三回）的李逵，攔腰抱住，帶到了朱富的酒店，保護他沒有暴露身份。

但是，李逵因為「沂嶺殺四虎」被眾人簇擁請到曹太公莊上，卻被來看熱鬧的李鬼的老婆識破，由曹太公設計把李逵灌醉捉了報官，沂水知縣派都頭李雲前來押解回縣。朱貴聞訊，忙與朱富商議，設計半路上用蒙汗藥酒麻翻李雲及其隨行，救下李逵，並勸說李雲一起上梁山。這次李逵回鄉取母，非但把母親被老虎吃了，如果不是朱貴一再救護，恐怕李逵自己也難得回山。而朱貴麻翻李雲等救李逵用的竟然是朱貴「如今包裹內帶得一包蒙汗藥」，雖在意料之外，實亦意料之中。因為這藥正是他梁山下開酒店的常用之物，偶爾「出差」下山，掇一包隨身備用，等於帶了一件暗器，可謂是朱貴的「職業」特點。

在梁山一百○八位好漢中，朱貴落草梁山的時間僅次於杜遷、宋萬，歷經王倫、晁蓋和宋江三代寨主，是山寨的元老級人物之一。他長期在山下開店，為梁山迎來送往，打探訊息，搜羅錢帛，貢獻不小。但是，他在山寨的位次卻與時俱下：王倫主政的前期，山寨四名頭領中朱貴坐第四把交椅。林沖入夥後，他便被排到第五位，是王倫對他引薦林沖有所不滿？後來，晁蓋奪泊做了寨主，再排位次時，竟然全不理會先前朱貴的引薦之功，做法一如王倫，把他排到第十一位即最末一把交椅。等到宋江主政，天降石碣，朱貴身在地煞組，列眾好漢第九十二位。對比盧俊義上梁山最晚並沒有任何貢獻，

就還算是委屈了似地居第二把交椅，朱貴「老一代」資格與「苦勞」在「排座次」上幾乎就沒有起任何作用，豈非咄咄怪事！然而在《水滸傳》來說，這就是「天數」，沒有什麼人間道理好講，也就不必追究了。征方臘時，「杭州城內瘟疫盛行」，朱貴染病卒於杭州。

二、酒醋釀造專家——朱富

朱富是朱貴的胞弟，綽號笑面虎，原是一個安分守己的小生意人，在沂水縣城西門外開了一家小酒店，過著平靜的生活。他本來能夠終老於鄉，卻因為李逵回鄉取母惹出的禍事牽累，不得已而隨兄長投奔了梁山。

李逵「沂嶺殺四虎」之後，被曹太公等灌醉捉了，交由都頭李雲押赴縣衙。朱貴當時聞訊著急，是朱富出主意，並靠了自己與都頭李雲的師徒關係施蒙汗藥酒計救了李逵，並說服朱貴請李雲一起上梁山入夥。上梁山之後，朱富先是和穆春「管收山寨錢糧」（第四十四回）；三打祝家莊之後，梁山再次安排職務，他和宋清「提調筵宴」（第五十一回），屬於「後勤」工作。「梁山泊英雄排座次」，他緊隨哥哥朱貴列名第九十三位，並改掌管監造供應一切酒醋，是梁山上唯一的釀造專家。後來征方臘時，他與穆春留杭州看護朱貴等病員，也染病死於杭州。

三、梁山「四大都頭」之一的李雲

《水滸傳》寫梁山有「四大都頭」，即鄆城縣都頭朱仝與雷橫，陽谷縣都頭武松，以及這位沂水縣都頭李雲。《水滸傳》第四十三回末和第四十四回的前半較為集中地寫沂水縣都頭李雲，生得「面闊眉濃鬚鬢赤，雙睛碧綠似番人」，故綽號青眼虎。據朱富說「這李都頭一身好本事，有三五十人近他不得」，常常教朱富一些器械，朱富以此稱李雲為「師父」。李逵在曹太公莊被捉和報案至縣衙以後，「知縣喚李雲上廳來分付道：『……你可多帶人去，密地解來。休要哄動村坊，被他走了。』李都頭領了臺旨，下廳來，點起三十個老郎土兵，各帶了器械，便奔沂嶺村中來」，押解李逵連夜趕回縣城，卻在半路被朱貴、朱富兄弟劫了；李雲的部下均在被蒙汗藥麻醉中殺死，唯朱富因想「師父日常恩念」，阻止李逵殺害被蒙汗藥麻醉中的李雲，並待他醒來追趕時勸說一起上了梁山，被安排「監造梁山泊一應房舍廳堂」（第四十四回）。後來排座次，李雲名列第九十七位，仍前「掌管專一起造修緝房舍」（第七十一回），是梁山基建方面的頭領。李雲最後隨征方臘，攻打歙州失利，被

方臘手下的王尚書馬踏而死。

四、其他沂水縣小人物

（一）李鬼夫妻

《水滸傳》第四十三回寫到了李鬼及其老婆。李鬼「帶一頂紅絹抓角兒頭巾，穿一領粗布衲襖，手裏拿著兩把板斧，把黑墨搽在臉上」，自稱黑旋風。他冒名李逵在沂水縣一處山地樹林中幹剪徑的勾當，卻撞上了回鄉取母的真李逵，被李逵搦翻在地。他謊稱不得已剪徑是「家中因有個九十歲的老母，無人養贍……如今爺爺殺了小人，家中老母必是餓殺」，打動李逵不僅沒有殺他，還贈銀十兩。李鬼因禍得財，逃回家中，正好遇上李逵在他家，出了一貫足錢，央請了他的老婆打火做飯。李鬼不知悔改，更不知感恩，與老婆密謀殺李逵劫財，被李逵暗中聽到，怒殺李鬼，火燒其草屋。但李鬼的老婆僥倖逃脫，回到沂嶺村她的娘家。後來，正是她認出因殺四虎而被鄉民簇擁的李逵是正被官府緝捕的逃犯，還剛剛殺死了她的丈夫，於是報告里正等使李逵被捉。她因此在作為人證跟隨沂水縣衙一干人等去縣城的途中，被獲救的李逵殺死。李鬼夫婦無信無義，圖財害命，其先後死於李逵之手，實屬罪有應得。

（二）李逵之兄李達

《水滸傳》寫百零八好漢中有不少同胞兄弟都志同道合，一起上了梁山，如阮氏三雄，解珍、解寶，宋江、宋清，穆春、穆弘等等。或至少是兄弟同根同氣，如武大之與武松。唯李逵的哥哥李達在他們的老家沂水縣百丈村，是一個比武大郎還更老實巴交的人，又是一個農民，卻沒有自己的土地，「只是在人家做長工，止博得些飯食吃，養娘全不濟事」。早曾因為李逵打死了人逃往江湖，官司逮不到正身，就將李達抓去，「披枷帶鎖，受了萬千的苦」（第四十三回）。後來又因為李逵大鬧江州，劫法場，反上梁山等，官府加緊緝捕，李達差點又被「到官比捕」，多虧東家財主替他「官司分理」，才得幸免。總之，因為有李逵這位屢屢惹禍被通緝中的弟弟，李達在家被「負累」吃盡了苦頭。但是，因此而在李逵回家後即跑出去報官，也只有他才做得出來！儘管如此，李逵也還是原諒了他的哥哥，在負母離家時給李達「留下一錠五十兩的銀子」，李達因此也沒有再帶人追趕背母逃走的李逵，後竟不知所終。

（三）李達之母

李達、李逵和他們的母親一家三口當年相依爲命，卻因爲李逵打死人逃亡，母親思念不置，「眼淚流乾，因此瞎了雙目」（第四十三回）。李達做長工爲生，勉強糊口，養娘全不濟事，李母的晚景很是淒慘。更不幸是李逵回家要接她上梁山去「快樂幾時」（第四十二回），卻在沂嶺頂上慘遭老虎吃了。毫無疑問，李母的這些不幸根本上由於社會的不公。但是，也包括李達在內，她母子二人之不幸到如此地步，直接原因卻是李逵出於無心或全無顧及的「負累」，特別是他沂嶺取水置其母於全無保護的疏忽。此後雖「殺四虎」，卻母親死不能復生，半點無濟於事。而李逵雖爲兄留銀，因母親被害而「大哭了一場」，卻全無反躬自問的愧疚之心，乃爲大不可解。這是《水滸傳》描寫中不爭的事實，而李母之死於虎患，正同其哭瞎了雙眼，其直接的責任，就都在綽號黑旋風的天殺星李逵一人。因此，前引所論李逵「眞人」云云，應不是說他是一個好人，更不是一個好兒子。

（四）曹太公

《水滸傳》第四十三回寫「黑旋風沂嶺殺四虎」，「眾人扛抬下嶺，……抬到一個大戶人家，喚做曹太公莊上」。曹太公莊就在沂水縣沂嶺村。上引接下又寫這曹太公「原是閒吏，專一在鄉放刁把濫，近來暴有幾貫浮財，只是爲人行短」。也就是由他在得知謊稱「張大膽」的殺虎勇士就是被官府通緝的要犯李逵之後，設計並親自把李逵灌醉捉了，報官請賞。李逵獲救以後，殺仇出氣，「先搠死曹太公，並李鬼的老婆。續後里正也殺了。性起來，把獵戶排頭兒一味價搠將去。那三十來個土兵都被搠死了。這看的人和眾莊客，只恨爹娘少生兩隻腳，卻望深村野路逃命去了。」應當說，除了李鬼的老婆、里正之外，曹太公本人與「獵戶」、「看的人和眾莊客」，乃至來押解李逵的「那三十來個士兵」的死於李逵的殺戮，就都是由於他主張並在自己莊上捉了李逵，即書中所說他的「行短」所致。

但是，如果這位曹太公也是「但有人來投奔他的，不論好歹，便留在莊上住」（第十四回），豈不是又有了一個晁蓋？其實，雖然書中說曹太公「原是閒吏」云云品行不端，但是若論其接待李逵之初，並無惡意。而當李鬼的老婆認出殺她丈夫的李逵是正被官府通緝的要犯，並使曹太公知道之後，曹太公設計捉拿李逵報官也只是盡了一個居鄉「閒吏」的義務與責任。而小說描寫表明作者顯然站在李逵一邊，而以曹太公與李鬼的老婆同爲「行短」該

死，所以由李逵一樸刀一個搠殺了。由此似乎可見，《水滸傳》這部書只是一味與官府作對，其實不然。《水滸傳》既然肯定了李逵所屬「梁山泊好漢」集團「替天行道」，又李逵殺李鬼、殺四虎都屬爲地方除害，是正義的行爲，則曹太公與李逵爲敵自然就屬於不義。至於曹太公捉拿李逵根據的是官府法令，但那正是李逵所鄙視的「條例，條例，若還依得，一下不亂了！」（第五十二回）已經無法遵行的了。

第十章 《水滸傳》中的高唐州

　　作爲地名的「高唐」最早見於《左傳・襄公十九年》載夙沙衛「奔高唐以叛」〔註1〕。當時高唐屬齊國西界，稱高唐邑。高唐置縣始於西漢，歷代相沿設置。《水滸傳》講的是北宋徽宗宣和年間的故事，但宋代無高唐州，有高唐縣，屬河北東路博州。高唐置州始於元世祖（忽必烈）至元七年（1270）。《元史・地理志一》載：「高唐州，唐爲縣，屬博州。宋、金因之。元初隸東平，至元七年升州。……領縣三：高唐，夏津，武城。」〔註2〕

　　《水滸傳》第四十六、五十一、五十二、五十三、五十四、七十三、八十五、九十四等八回共三十八次提到「高唐」，而發生在高唐的故事主要見於第五十二和第五十四回。

第一節　《水滸傳》中的高唐州風貌

　　《水滸傳》第五十二回寫「柴進、李逵並從人」等自滄州柴進莊上，「都上了馬，離了莊院，望高唐州來。在路不免饑食渴飲，夜宿曉行，來到高唐州入城」，可見高唐州距離滄州路途較遠，與實際大體相合。但是書中於高唐州城鮮有具體描寫，著墨較多的是柴家花園。

一、高唐州城

　　《水滸傳》寫高唐州城的位置，第五十四回有高廉「修書二封，教去東

〔註1〕 楊伯峻編著：《春秋左傳注》，中華書局，1990年第2版，第1049頁。
〔註2〕 〔明〕宋濂等撰：《元史》，中華書局，1976年版，第1369頁。

昌、寇州」求救兵，說「二處離此不遠」，「差了兩個帳前統制官，齎擎書信，放開西門，殺將出來，投西奪路去了」，可知《水滸傳》所寫高唐州城在東昌、寇州的東面不遠，與今山東省聊城市高唐縣位置相合。至於州城的規模與實力，梁山泊商議救柴進時吳用曾說「高唐州城池雖小，人物稠穰，軍廣糧多」；又從高唐知州高廉迎戰梁山人馬攻城，「軍職一應官員，各各部領軍馬，就教場裏點視」，可見州城有軍士演練的「教場」；又第五十四回寫高廉引兵出城、回城都經過城門，並「放下弔橋」。又城內有「大牢」，其中「一處監房內，卻監著柴皇城一家老小。又一座牢內，監著滄州提捉到柴進一家老小，同監在彼」。又「專一牢固監守柴進」。但是「當牢節級藺仁」為了保護柴進，把他放在了監守柴進牢房後面的一口枯井裏，有「八九丈深」。李逵救柴進，「去井底下摸時，摸著一堆，卻是骸骨……又去這邊摸時，底下濕漉漉的，沒下腳處……兩手去摸，底下四邊卻寬。一摸，摸著一個人，做一堆兒墩在水坑裏」。這口深井是《水滸傳》寫高唐州城最有特點的地方。而高唐州城也必然有府衙門，但《水滸傳》境隨事出，事不在彼處發生，也就不會有相關描寫，但是可以想像得到。

二、柴皇城和他的花園

柴皇城是前朝大周皇帝的子孫。柴進曾對李逵說：「我有個叔叔柴皇城，見在高唐州居住。」在古代，作為小輩不可能也不敢直呼長輩名諱，故「皇城」不可能是柴進叔叔的名字。按宋代職官中有皇城使，以官寄祿，表示資歷待遇，號為正官，實際上一般不治本司之事；宋徽宗時重定武職官階，改皇城使為武功大夫。〔註3〕因此，「柴皇城」這一稱謂中的「皇城」應是「皇城使」的簡稱，是此人的官職名稱。柴皇城居住在遠離京城的高唐州，顯然並不治其本職之事，只是享受待遇的虛職。

柴皇城因家中「花園水亭蓋造的好」，被高唐州知府高廉的內弟惡霸殷天錫看中，就要強行霸佔。柴皇城拒不同意，反被殷天錫毆打，因此受氣臥病，奄奄一息。他無兒無女，只有柴進是至親。當柴進從滄州橫海郡趕來，他已到彌留之際，「閣著兩眼淚，對柴進說道：『賢姪志氣軒昂，不辱祖宗。我今日被殷天錫毆死，你可看骨肉之面，親齎書往京師攔駕告狀，與我報仇。九泉之下，也感賢姪親意。保重，保重！再不多囑！』言罷，便放了

〔註3〕安作璋主編：《簡明中國歷代官製詞典》，齊魯書社，1990年版，第210頁。

命。」（第五十二回）

歷史上，高唐縣曾有據說爲柴皇城私宅的柴府。但據《新五代史》卷二十《周世宗家人傳・世宗七子》載：「世宗子七人：長曰宜哥，次二皆未名，次曰恭皇帝，次曰熙讓，次曰熙謹，次熙誨，……宜哥與其二，皆爲漢誅……皇朝乾德二年十月，熙謹卒。熙讓、熙誨，不知其所終。」〔註4〕柴家後世既零落不名，則不知高唐縣的柴皇城、柴府從何而出。

第五十二回寫到柴皇城的住宅。柴進接到柴皇城被氣病重的書信，從滄州橫海郡急赴高唐州，「入城直至柴皇城宅前下馬」。這裏寫的是「宅前」而不是「府前」，就是說柴皇城的住處是「柴宅」而非「柴府」。這個稱謂和古代社會的禮法規定有關，當時私人住所根據主人身份的不同稱謂各異。如《宋史・輿服志六》載：「私居，執政、親王曰府，餘官曰宅，庶民曰家。」〔註5〕大約因爲柴皇城只是個虛職的皇城使，所以他的住處只能稱「宅」，是「柴宅」而非「柴府」。

從建築格局來看，柴宅的最外層當是門屋。當殷天錫喝打柴進時，「黑旋風李逵在門縫裏都看見，聽得喝打柴進，便拽開房門」。當時殷天錫帶人在宅前，李逵開的不會是堂屋的門。按宋代普通官員的宅第外部建有烏頭門或門屋，故這個「房門」只能是門屋的房門。

第二層當是外廳房，接待賓客所用。柴進從滄州趕來柴宅，就先「留李逵和從人在外面廳房內」等候。

第三層是後堂，有日常起居的臥房，一般不准外人入內。小說寫道：「柴進自徑入臥房裏來，看視那叔叔柴皇城」；柴進到外廳房來找李逵說事的時候，傳出柴皇城垂危，便馬上「入到裏面臥榻前」看視；柴皇城一死，「李逵在外面聽得堂裏哭泣」。但李逵打死惡霸殷天錫後，「柴進只叫得苦，便教李逵且去後堂商議。」這是由於事在危急，只好把李逵請進後堂來。而殷天錫也曾「帶將許多詐奸不及的三二十人」強闖後堂，去看宅後花園，就極爲無禮和橫行霸道。

第四層是宅後花園。柴皇城繼室告訴柴進：「有那等獻勤的賣科，對他（按：殷天錫）說我家宅後有個花園水亭，蓋造的好。那廝帶將許多詐奸不

〔註4〕〔宋〕歐陽修撰，徐無黨注：《新五代史》，中華書局，1974 年版，第 204～205 頁。

〔註5〕〔元〕脫脫等撰：《宋史》，中華書局，1977 年版，第 3600 頁。

及的三二十人，徑入家裏，來宅子後看了，便要發遣我們出去，他要來住。」柴皇城拒不同意，被殷天錫推搶毆打，不久氣死了。柴皇城死後第三天，殷天錫率人又要來強佔花園，正在胡鬧的興頭上，被李逵一頓拳腳打死。

柴宅後花園佈局如何，如何之好，小說沒有具體描寫，只以「蓋造的好」一句帶過。不過有宋一代私家園林非常盛行，以都城東京而言，「除皇家與官府的苑囿外，富商巨賈、寺觀祠廟都有園林，就連金明池畔的小酒店也有『花竹扶疏』的小花園。人工造景在宋代私家園林中有了進一步的大發展，堆土為丘，鑿土成池，疊石造山極為普遍」〔註6〕。《水滸傳》說柴家花園水亭「蓋造的好」，反映的正是這一歷史背景。

柴宅還有一處後門。李逵打死殷天錫後，在柴進安排下，由此後門逃回梁山。

第二節　《水滸傳》中的高唐州故事

一、「李逵打死殷天錫，柴進失陷高唐州」

這是宋江等梁山人馬大鬧高唐州的起因。《水滸傳》寫柴進雖然後來上了梁山，但其原本非尋常官民，「他是大周柴世宗嫡派子孫。自陳橋讓位有德，太祖武德皇帝敕賜與他誓書鐵券在家中，誰敢欺負他」（第九回）。但是事有不然，第五十二回寫柴進忽一日接到書信，說他遠在高唐州的叔叔柴皇城，因家中「有個花園水亭蓋造的好」，被本州知府高廉的小舅子殷天錫看中，要霸為己有。柴皇城不從，竟被毆打，生命危在旦夕。柴皇城無兒無女，只有一個至親的侄兒便是柴進。此時李逵正因為劈死小衙內為朱仝不容，暫居柴進莊上，也隨柴進並幾個莊客趕往高唐州探望。

柴進趕到高唐州的時候，柴皇城已是奄奄一息，遺囑柴進憑「丹書鐵券」「往京師攔駕告狀，與我報仇」。但是正當柴家「一門重孝，大小舉哀」之際，殷天錫卻又引領了二三十個閒漢來逼迫柴家，限三日內「便要出屋，三日外不搬，先把你這廝枷號起，先吃我一百訊棍」。柴進據有「丹書鐵券」力爭，「殷天錫大怒道：『……便有誓書鐵券，我也不怕。左右與我打這廝。』眾人卻待動手」，被躲在門裏的李逵看見衝了出來，把殷天錫從馬上揪下，一頓拳

〔註6〕陳平：《居所的匠心：中國居住文化》，濟南出版社，2004 年第 1 版，第 133 頁。

腳「打死在地」。爲此，柴進安排李逵連夜回梁山，自己留在高唐州應付後事。高唐州知府高廉爲小舅子殷天錫報仇，派人拘捕柴進到案，棍棒交加，打得「皮開肉綻，鮮血迸流」，用「二十五斤死囚枷釘了，發下牢裏監收」。高廉還分付監牢節級藺仁道：「但有凶吉，你可便下手。」隨時結果柴進性命。殷天錫的姐姐殷夫人又「教丈夫高廉抄紮了柴皇城家私，監禁下人口，占住了房屋園院。柴進自在牢中受苦」。宋江等攻破高唐州城的「三日之前，知府高廉要取柴進出來施刑」，幸虧藺仁明於大義，把柴進藏到深井中掩護了起來，直到梁山泊好漢打下高唐州之後，才把柴進救了。

這件以爭奪柴皇城花園而起的命案，因強佔而被打死的一方是本州知府高廉的小舅子，而高廉「是東京高太尉的叔伯兄弟」；被強佔而全家入獄的一方是原本「金枝玉葉」的柴皇城繼室和柴進；前者是當今的權貴，後者是沒落的貴族。二者之間的利益分際如柴皇城的花園的不得侵佔，其實是既有一般的法律規範，又有「丹書鐵券」那「明明的條例」保護，不應該因此而發生衝突的。但是，「知府高廉，兼管本州兵馬，是東京高太尉的叔伯兄弟。倚仗他哥哥勢要，在這裏無所不爲。帶將一個妻舅殷天錫來……倚仗他姐夫高廉的權勢」，聲言柴家「便有誓書鐵券，我也不怕」。於是事情便變得如李逵所說：「條例，條例，若還依得，一下不亂了！」所以，李逵的「先打後商量」絕不僅僅是他個人的魯莽與好勇鬥狠，而是世亂無道、法制失效時對正義的救濟，是李逵作爲「梁山泊好漢」的「替天行道」。而且在殷天錫喝令「左右，與我打這廝」和「眾人卻待動手」之際，李逵才衝出屋門出手相助，從而並非李逵主動的攻擊，而是代柴進一方所作的自衛，所以正義完全在柴宅與李逵一方。至於以刑事論殷天錫或罪不至死，但是作爲小說家筆下李逵「替天行道」打擊的對象，他踐踏「條例」，逼佔柴皇城莊園，率眾打人的惡霸行爲，其實已經死有餘辜！讀者只是不把《水滸傳》作歷史看，而作爲一代作者思想情緒的抒發，就不難認識到，李逵所介入的雖然是一場統治集團內部的利益爭奪，但他站在柴進一方打死殷天錫的行爲，仍然是「替天行道」伸張正義的英雄行爲。

二、梁山泊「三打高唐州」

《水滸傳》第五十二回寫「李逵打死殷天錫，柴進失陷高唐州」、「性命早晚不保」以後，宋江率部攻打高唐州。第一次是林沖、花榮、秦明等前部二十二位頭領先到出戰，被高廉作法敗了；第二次宋江觀看天書學了「回風

返火破陣之法」，雖然箭傷了高廉，但仍然無法破城。於是插入第五十三回寫「戴宗智取公孫勝，李逵斧劈羅真人」隔斷，至第五十四回「入雲龍鬥法破高廉」，也就是第三次進攻，才最後打破高唐州，殺了高廉。由此可見，《水滸傳》寫打高唐州一如「三打祝家莊」，也是一個「三復情節」〔註7〕，並且都是中間插入一回隔斷了。這種敘事模式的直接來源應該是對《三國志通俗演義》「三顧草廬」、「三氣周瑜」情節的模仿。

三、「黑旋風探穴救柴進」

宋江率梁山人馬打高唐州本是為了救柴進，但是破城以後大牢內卻遍尋不見柴進。後來才知道是當牢節級藺仁把他藏在了大牢後面的枯井中。井有八九丈深，裏面黑洞洞的，上面叫時，下面也沒有回應，柴進生死未卜，要有人下井探個究竟。這時雖然是李逵自告奮勇，大叫道：「等我下去。」但宋江的答應也正是把話說到了實處，曰：「正好。當初也是你送了他，今日正宜報本。」由此可以看出，高唐州故事雖然因柴進的家難而起，但故事真正的主角不是柴進，更非柴皇城，而是李逵。甚至接下來寫從井中救柴進，雖然救上來的是柴進，宋江等眾人也幾乎只是關注柴進，但是第一次下井之前，先寫了「李逵笑道：『我下去不怕，你們莫要割斷了繩索。』吳學究道：『你卻也忒奸滑！』」第二次下井之前，又寫了「李逵道：『哥哥，不知我去薊州，著了兩道兒。今番休撞第三遍。』宋江笑道：『我如何肯弄你！你快下去。』」卻至柴進被救上井之後宋江等只顧照料柴進，還是把李逵忘了。急得「李逵卻在井底下發喊大叫。宋江聽得，急叫把籮放將下去，取他上來。李逵到得上面，發作道：『你們也不是好人！便不把籮放下去救我。』宋江道：『我們只顧看顧柴大官人，因此忘了你，休怪！』」雖然如此，但是仍不能不使人懷疑宋江對李逵的看重大不如柴進，而「石碣天文」中「梁山泊英雄排座次」，正是柴進在第十位、李逵在第二十二位，高出許多呢！進而想到李逵對宋江生死不泯的「忠義」，是否就有些「剃頭挑子一頭熱」了呢？但這是一個很複雜的問題，還不能就此得出最後的結論。

四、高唐州故事的意義與傳播

《水滸傳》中的高唐州故事以宋江等「三打高唐州」為中心，是百零八

〔註7〕 杜貴晨：《古代數字「三」的觀念與小說的「三復」情節》，《文學遺產》，1997年第1期。

人「大聚義」過程中重要一環，對梁山事業的發展有三個促進的作用：首先，通過高唐州之戰，幾欲同梁山脫離關係的公孫勝重回山寨聚義，一直游離於山寨之外的柴進也上山落草。李逵引領來的金錢豹子湯隆，不僅參加了高唐州之戰，而且是日後「大破連環馬」的人才儲備，促進了梁山泊好漢群體進一步壯大。其次，高唐州之戰是梁山在「三打祝家莊」之後的又一次主動出擊，宋江作爲主帥的第一次下山征戰，鍛鍊了他作爲統帥的能力，形成了他與吳用的「搭檔」關係。最後，梁山繳獲了大量的戰利品。吳用曾說，「高唐州城地雖小，人物稠穰，軍廣糧多」。所以戰後宋江等把高廉的「應有家私並府庫財帛、倉廒糧米，盡數裝載上山」，應是壯大了山寨的實力。

《水滸傳》中高唐州故事不見於元代水滸戲，在今見《水滸傳》成書以前的其它文獻資料中也未見記載，因此高唐州故事很可能是《水滸傳》作者的原創。這一故事在後世廣爲傳播，有不少以此爲藍本的作品問世，而以清初戲曲家洪昇的傳奇劇《鬧高唐》最爲著名。

《鬧高唐》原本久佚。據《曲海總目提要》第二十三卷載敍，此劇情節與《水滸傳》中大同小異，只在一些人物形象上做了一定改動。如《水滸傳》中李逵出場後不是賭博就是耍無賴，蠻橫無理，給讀者第一印象不佳。而該劇在李逵出場時，先交代李逵是「沂州沂水縣人，曾路見不平，拳勇傷人，避難柴進莊」，「進特敬愛，李後投梁山泊」，是一個白璧無瑕的江湖好漢。又如劇寫柴進事後也沒有上梁山落草，而是「往汴京叩閽待罪」，天子授以統制官職；柴進利用他的特殊身份，促成了梁山泊好漢的招安。這與《水滸傳》中柴進上山入夥的情節有根本性質的不同。此外，該劇更加重視女性形象的塑造。除了《水滸傳》原有的皇城繼室和公孫勝之母外，還塑造了一位知書達理、貞慧賢淑的柴大娘子形象。這些人物形象都較豐滿，有個性，就像作者在《鬧高唐序》中所道：「寫皇城夫人之烈；柴大娘子之貞；公孫勝母之節，則以巾幗愧鬚眉。」

此劇的另一個亮點是加入了時遷的戲分。「鼓上蚤」時遷早在《水滸傳》第四十六回就已出現，他「祖籍是高唐州人氏」，善於「飛檐走壁，跳籬騙馬」，後和楊雄、石秀一起投奔了梁山。但是《水滸傳》寫高唐州故事卻沒有時遷的參與，就有些不合常理。洪昇《鬧高唐》大約看到了《水滸傳》寫此一段故事而沒有時遷的遺憾，增加了他「入城探事，通散帖子救柴進」的戲分，使故事更加圓滿和精彩熱鬧。

第三節 《水滸傳》中的柴氏家族

一、柴氏家族的護身符——「丹書鐵券」

《水滸傳》寫柴進，多次提到他家持有「丹書鐵券」，或稱「誓書鐵券」。第五十一回朱全道：「黑旋風那廝如何卻敢徑入貴莊躲避？」柴進道：「容復。小可平生專愛結識江湖上好漢，爲是家間祖上有陳橋讓位之功，先朝曾敕賜丹書鐵券，但有做下不是的人，停藏在家，無人敢搜。」第五十二回殷天錫要霸佔柴宅後花園，柴皇城也說：「我家是金枝玉葉，有先朝丹書鐵券在門，諸人不許欺侮。你如何敢奪占我的住宅？」柴進曾安慰柴皇城繼室，說：「但有門戶，小侄自使人回滄州家裏去取丹書鐵券來，和他理會。便告到官府、今上御前，也不怕他。」面對飛揚跋扈的殷天錫，柴進道：「直閣休恁相欺！我家也是龍子龍孫，放著先朝丹書鐵券，誰敢不敬？」李逵打死殷天錫後，柴進道：「我自有誓書鐵券護身，你便快走，事不宜遲。」面對知府高廉，柴進道：「小人是柴世宗嫡派子孫，家門有先朝太祖誓書鐵券，見在滄州居住。」被高廉當堂拷打，柴進叫道：「放著先朝太祖誓書，如何便下刑法打我？」如此等等。那麼，這個被柴家人視爲護身符的「丹書鐵券」到底是什麼寶貝？

歷史上的「丹書鐵券」又稱「丹書鐵契」，是我國古代符契文書的一種，帝王頒賜諸侯和功臣世代享受優遇及免罪特權的一種憑證。[註8]「丹書鐵契」的明確記載始見於《漢書・高帝紀下》：「與功臣剖符作誓，丹書鐵契，金匱石寶，藏之宗廟。」當是因鐵契上的誓詞係用丹砂作字，故合稱「丹書鐵契」。南朝梁用銀作字，故又稱「銀券」。隋時用金作字，則稱「金券」、「金書」。因此後世又有稱「鐵券」爲「金書鐵券」者。因「鐵券」可以世代相傳，故又稱爲「世券」。

「丹書鐵券」形制如瓦狀。清人錢泳《履園叢話》卷二《閱古・鐵券》記有唐代鐵券形制云：「鐵券之制，其形如瓦，高今裁尺九寸，闊一尺四寸六分，厚一分五釐，重一百三十二兩，蓋熔鐵而成，鏤金其上者。」[註9] 明代鐵券形制略如唐制，形如覆瓦，面刻誥文，文字嵌金。明沈德符《萬曆野獲

〔註 8〕 張克復：《古代的符契檔案——丹書鐵券》，《檔案學通訊》，1990 年第 2 期。

〔註 9〕 〔清〕錢泳撰，孟斐校點：《履園叢話》，上海古籍出版社，2012 年版，第 35 頁。

編》卷六《勳戚・左右券內外黃》載曰：「公、侯、伯封拜、俱給鐵券。形如覆瓦，面刻製詞，底刻身及子孫免死次數。質如綠玉，不類凡鐵，其字皆用金塡。券左右兩通，一付本爵收貯，一藏內府印綬監備照。」〔註10〕

鐵券的最大功用是保證其持有者免於死罪的特權。《萬曆野獲編》卷六《勳戚・左右券內外黃》云：「所謂免死者，除謀反大逆，一切死刑皆免。然後即革爵革祿，不許仍故封，蓋但貸其命耳。」〔註11〕也就是說，鐵券對持有者可以免除的罪責不包括謀反罪，其它死罪都在豁免之列，但須對犯人革職革祿，以爲懲戒，故對鐵券持有者而言，其實際效果僅爲免於一死，並非完全不受王法的管制。

宋初北周柴氏家族並無享受「丹書鐵券」之說。據《宋史・太祖本紀》記載，趙匡胤在陳橋驛起兵後，遷周恭帝柴宗訓及符后於西宮，易其帝號爲鄭王，尊符后爲周太后。〔註12〕《宋史・禮二十二・賓禮四》載太祖建隆元年（960）正月四日詔曰：「其封周帝爲鄭王，以奉周嗣。」〔註13〕詔書中沒有提及有「丹書鐵券」的事。又仁宗嘉祐四年（1059）四月詔曰：「宜令有司取柴氏譜系，於諸房中推最長一人……仍封崇義公。」〔註14〕徽宗政和八年（1118）詔曰：「除崇義公依舊外，擇柴氏最長見在者以其祖父爲周恭帝後，以其孫世世爲宣義郎，……永爲定制。」〔註15〕以上詔書只談到蔭襲崇義公、宣義郎的事，並沒提及有「丹書鐵券」。

不但《宋史》，《舊五代史》、《新五代史》、《太宗實錄》等史書也均無頒賜「丹書鐵券」給柴家的記載。因此，且不說柴進史無其人，即便柴氏家族眞有此一脈嫡派的子孫，手裏握有「丹書鐵券」的可能性也不大。但是，《水滸傳》寫柴家有「丹書鐵券」，既很好地解釋了柴進爲什麼敢於和能夠成功幫助了許多落難的英雄，並送他們上梁山，又以顯示了在高太尉卵翼之下的高廉、殷天錫之輩，已經到了完全不顧宋朝祖宗的「條例」，而一依弱肉強食的叢林法則，仗勢欺人，橫行霸道。那麼天下又怎麼可能不至於大亂？所以李

〔註10〕 〔明〕沈德符撰，楊萬里校點：《萬曆野獲編》，上海古籍出版社，2012年版，第137頁。

〔註11〕 〔明〕沈德符撰，楊萬里校點：《萬曆野獲編》，上海古籍出版社，2012年版，第137頁。

〔註12〕 〔元〕脫脫等撰：《宋史》，中華書局，1977年版，第4頁。

〔註13〕 〔元〕脫脫等撰：《宋史》，中華書局，1977年版，第2796頁。

〔註14〕 〔元〕脫脫等撰：《宋史》，中華書局，1977年版，第2797頁。

〔註15〕 〔元〕脫脫等撰：《宋史》，中華書局，1977年版，第2798頁。

逹當時就對指望告狀能贏的柴進說:「條例,條例,若還依得,天下不亂了!我只是前打後商量。那廝若還去告,和那鳥官一發都砍了。」所謂《水滸傳》主題「官逼民反」之說,就主要是在這種場合體現了出來的。

二、「小旋風柴進」的人生

《水滸傳》寫柴進,又稱「柴大官人」,江湖喚做「小旋風」。滄州橫海郡人。北宋時滄州屬河北東路,治在今河北省滄州市東南。《新唐書》卷三九《志第二九·地理三·河東道》:「滄州:景城郡,上。本渤海郡,治清池,武德元年徙治饒安,六年徙治胡蘇,貞觀元年復治清池。……縣七:西南有橫海軍,開元十四年置,天寶後廢,大曆元年復置。」宋朝因之,《宋史》卷八六《志第三九·地理二·河北路》:「滄州,上,景城郡,橫海軍節度。」所以歷代無橫海郡,而唐宋有橫海軍。但《水滸傳》屢稱「橫海郡」所指也應該是清楚的,即「滄州景城郡」的「西南」某地。

《水滸傳》寫柴進因祖上「禪位」有德,受賜「丹書鐵券」,世代相傳,雖情理可通,但並非事實,而是根據於「陳橋兵變」後宋太祖優待周恭帝史蹟的生發敷衍。但其敷衍至於寫柴進對宋江「笑道:『兄長放心!遮莫做下十惡大罪。既到弊莊,但不用憂心。不是柴進誇口,任他捕盜官軍,不敢正眼兒覷著小莊。』宋江便把殺了閻婆惜的事,一一告訴了一遍。柴進又笑將起來,說道:『兄長放心!便殺了朝廷的命官,劫了府庫的財物,柴進也敢藏在莊裏。』」這就未免吹噓太過。因為「殺了朝廷的命官,劫了府庫的財物」實等於造反,宋朝對柴家的優待絕不會到任其危害自己統治的地步。

《水滸傳》寫柴進名頭很大,本領平平。唯一的長處即金聖歎所說:「柴進無他長,只有好客一節。」〔註16〕所以綽號「旋風」也屬「小」焉者也!但是,作為他自己也得意便炫稱的「龍子龍孫」、「柴世宗嫡派子孫」,他的「好客」卻不是面向皇親國戚、達官貴人,而是「專一招接天下往來的好漢,……流配來的犯人」,甘與俠盜之徒為伍。因此他贏得天下好漢仰慕,有「見世的孟嘗君」之美名。

《水滸傳》寫柴進正是以其「好客」之「見世的孟嘗君」身份成為「梁山泊好漢」的一員,是對梁山事業發展做出了特殊貢獻的第十位英雄好漢。

〔註16〕金聖歎批評:《第五才子書施耐庵水滸傳》,中華書局,1975年版,第81頁。

　　首先，梁山上多人受過柴進的恩惠。王倫是梁山山寨創始人，「當初不得地之時，與杜遷投奔柴進，多得柴進留在莊子上住了幾時，臨起身又齎發盤纏銀兩，因此有恩」（第十一回）。王倫落草後，「柴大官人與山寨中大王頭領交厚，常有書信往來」（第十一回），山寨頭領們對柴進之恩念念不忘。宋江是梁山第三任寨主，怒殺閻婆惜後，首選的逃亡之地就是滄州柴進莊上。宋江在此避難一住半年有餘，柴進對他的照顧可說無微不至。武松早在家鄉打傷人後，也曾逃到柴進莊上，雖然後來受到冷遇，但那主要與他好耍酒瘋有關。

　　林沖更應對柴進感激不盡。他當時尚在發配途中，柴進就對之禮遇有加；「風雪山神廟」之後，林沖殺人逃命，又是藏在柴進莊上。柴進不僅給林沖指出投奔梁山的生路，還親自「作書一封」舉薦，並幫他逃過官府設卡盤查到達梁山。林沖初至梁山，在朱貴酒店能受到熱情款待，正是看了柴進書信的臉面；儘管王倫嫉賢妒能，欲置柴進的舉薦於不顧，企圖拒林沖於山寨之外，但朱貴等其他頭領反對的主要理由仍是「這位是柴大官人力舉薦來的人，如何教他別處去？抑且柴大官人自來與山上有恩。日後得知，不納此人，須不好看」。所以，林沖能夠上得梁山，柴進的指路與引薦仍是起了關鍵作用。而正是先有林沖上梁山，才有後來的「火併王倫」，成就晁蓋——宋江等「替天行道」的大業。總之，柴進是為晁蓋——宋江之梁山奠定基業立有大功的一個人，所以儘管其本人並無絕技異能，但是後來能位列梁山百零八名好漢之第十位，也是當之無愧。

　　其次，柴進在上梁山之前還直接為梁山泊好漢提供過其它幫助。如宋江在梁山落草後，和柴進的關係更為密切，柴進的莊園甚至一度成了梁山人馬執行任務的落腳點。第五十一回寫梁山泊好漢拉朱全入夥，來人就住在柴進莊上。當朱全追到此處，柴進告訴他事情原委：「目今見在梁山泊做頭領，名喚及時雨宋公明，寫一封密書，令吳學究、雷橫、黑旋風俱在弊莊安歇，禮請足下上山，同聚大義。」

　　第三，柴進落草後為山寨貢獻良多。盧俊義身陷大名府時，柴進「身穿鴉翅青團領，腰繫羊脂玉鬧妝」（第六十二回），打扮成豪門公子，大模大樣進入重兵把守的北京打探消息。宋江到東京去看燈時，柴進隻身深入內廷，出入睿思殿，將御書四大寇中的「山東宋江」四字剷了下來。其能在皇宮內苑出入自如且讓人不疑的做派，應是得自於其家世「龍子龍孫」、「金枝玉葉」

的傳承。這在梁山上其他好漢恐怕都是做不到的。所以為求招安而去東京打通李師師關節時,宋江也是帶了柴進前往:

> 但是李師師說些街市俊俏的話,皆是柴進回答,燕青立在邊頭,
> 和哄取笑。酒行數巡,宋江口滑,揎拳裸袖,點點指指,把出梁山
> 泊手段來。柴進笑道:「表兄從來酒後如此,娘子勿笑。」李師師道:
> 「酒以合歡,何拘於禮。」(第七十二回)

可見即使宋江應對不謹的場合,柴進也能夠從容為之圓場。乃至招安後征方臘,柴進靠了自己「一表非俗,有龍子龍孫氣象」,扮作賢士柯引,得到方臘的「盡心喜愛。卻令左丞相婁敏中做媒,把金芝公主招贅柴進為駙馬,封官主爵都尉」,成為梁山在方臘身邊最大的「臥底」,與宋江裏應外合,對攻破方臘巢穴起了重大作用。

《水滸傳》寫柴進終以軍功授武節將軍,橫海軍滄州都統制。因「見戴宗納官誥求閒去了,又見說朝廷追奪了阮小七官誥,……罰為庶民」(第一百回),柴進想起自己曾經「臥底」做過方臘的駙馬,一旦奸臣找事兒,那豈能說得清楚?因此推稱風疾病患,納還官誥,復回滄州「橫海郡」為民,後得善終。

柴進在高唐州的故事不見於《水滸傳》之前的文學作品。宋人龔聖與《宋江三十六人畫贊》中雖有「小旋風柴進」的名字,但在三十六人中排第二十一位,不是很重要的人物。《大宋宣和遺事》中柴進和楊志、李進義等人一樣,都是押運花石綱的指揮使,並沒有「柴世宗嫡派子孫」身份,更說不上有「丹書鐵券」的護身;他的落草也不是被逼無奈,而是出於兄弟義氣相隨。在現存元代水滸戲文本與存目中,未見有關柴進的故事;明初朱有燉《豹子和尚自還俗》中,宋江道白的弟兄三十六人中提到「小旋風柴俊」,列第十六名。由此看來,柴進這個人物形象能夠變得豐滿生動,應該主要是《水滸傳》的功勞。

三、柴皇城的繼室

柴皇城繼室是柴進的嬸母。第五十二回寫到她總共不過三百來字,卻塑造了一個冷靜、理智、不同尋常的女子形象。當時風塵僕僕的柴進看到柴皇城命在旦夕,不禁在其臥榻前放聲慟哭,此時皇城的繼室出來勸柴進道:「大官人鞍馬風塵不易,初到此間,且省煩惱。」按常理說,作為一位丈夫瀕死

而又無兒無女的主婦，此時應是悲痛萬分，自己哭都哭不完，哪還有心情來勸慰別人節哀？可是這裏確實是柴進情不自禁哭叔叔，而眞正的苦主柴皇城繼室還能冷靜地來勸慰他，可見其臨危不懼、遇事不亂的心理素質。

柴皇城繼室講說丈夫被殷天錫欺侮，「此間新任知府高廉……一個妻舅殷天錫來，……說我家宅後有個花園水亭，蓋造的好。那廝帶將許多詐奸不及的三二十人，徑人家裏，來宅子後看了，便要發遣我們出去，他要來住。……定要我們出屋。皇城去扯他，反被這廝推搶毆打，因此受這口氣，一臥不起，飲食不吃，服藥無效，眼見得上天遠，入地近。今日得大官人來家做個主張，便有些山高水低，也更不憂」云云，這一段話清清楚楚，要言不煩，又回答柴進安慰說：「皇城幹事全不濟事，還是大官人理論得是。」（第五十二回）此說既是實情，也十分得體，體現了她處事的機敏與幹練。柴皇城含恨而死，柴進痛哭一場。繼室恐怕他哭得昏暈，便勸說道：「大官人煩惱有日，且請商量後事。」丈夫已死，繼室沒有哭天搶地悲痛欲絕，反而勸慰柴進不要哭壞身子，提醒當前要緊的是處理柴皇城後事。在屋宇被人企圖霸佔、丈夫又命歸西天的接連變故中，這位皇城繼室竟然如此沉著冷靜，甚至有高過見多識廣的柴進之處，在《水滸傳》所寫女性人物中絕無僅有！

第四節　功高位卑的「鼓上蚤」時遷

梁山泊好漢在武功之外另有特長的不乏其人，然佼佼者卻只有公孫勝、戴宗和時遷三人。這三人的本領，不像聖手書生蕭讓和玉臂匠金大堅，只在營救宋江時展現過一次，而是不時爲梁山所需。其中又有所區別的，是公孫勝「能呼風喚雨，駕霧騰雲」（第十五回），戴宗「有道術，一日能行八百里，人都喚他做神行太保」（第三十六回），會的都是神術。唯時遷「飛檐走壁，跳籬騙馬」（第四十六回），是人世間的絕活。他這套本事雖爲晁蓋等所不齒，但是後來卻先後爲梁山和朝廷屢建大功，成爲《水滸傳》和中國古典小說中最具特色的人物之一。

一、「鼓上蚤」的來歷

《水滸傳》寫時遷是高唐州人，練就一身好工夫，能夠飛檐走壁，江湖上人稱「鼓上蚤」。因在薊州翠屏山盜墓而結識楊雄、石秀，隨二人投奔梁山。卻在路過祝家店時偷雞吃，被祝家莊人馬捉住，引出梁山泊好漢「三打祝家

莊」一段故事。時遷上梁山後，爲走報機密步軍頭領第二名，「石碣天書」中名列「地煞星」倒數第二名，號「地賊星」。征方臘勝利後，時遷隨宋江進駐杭州，等候班師回京，不想卻患絞腸沙，死於杭州。

時遷綽號「鼓上蚤」，古今學者對這個綽號的含義做出了不同解釋。清人程穆衡《水滸傳注略》卷四十五認爲，「鼓上蚤」原本作「鼓上卓」，「蚤」古通「卓」，所謂鼓上卓就是鼓上鞔皮處的銅釘，取其小而易入之意。〔註17〕程穆衡之意蓋謂時遷身材瘦小剛健，像鼓上鞔皮處的銅釘一樣，哪裏都能鑽得進去。曲家源《〈水滸〉一百單八將綽號考釋》一文則認爲，這個綽號「是說時遷飛檐走壁的技巧非常高超，能夠像蚤在鼓面上起跳而不出聲響一樣，在幹跳籬騙馬勾當的時候，身體輕捷，不易被人知覺」〔註18〕。當然還有更爲直白的解釋。汪曾祺在《〈水滸〉人物的綽號》一文中就說，跳蚤本來跳得就高，在鼓上跳，鼓有彈性，會使他跳得更高。〔註19〕以上諸說固然有分歧，但也有相通的一點，就是都圍繞著時遷善於飛檐走壁、跳籬騙馬的特點而予以考察，這一點應是理解「鼓上蚤」含義的根本所在。

時遷不見於《水滸傳》成書前的有關文獻資料。宋人龔聖與《宋江三十六贊》和明人郎瑛《七修類稿》卷二十五《辯證類·宋江原數》，均開列《水滸傳》成書前的宋江三十六人名單，卻都沒有時遷其人。《大宋宣和遺事》所敘「天罡院三十六員猛將」中也沒有時遷的名字。今存元代水滸戲裏也沒有時遷這個角色。綜合這些情況看，時遷這一人物形象很可能出於《水滸傳》作者的創造。

當然，時遷也不是《水滸傳》作者完全的面壁虛構，而一定程度上受有古代文史傳統的滋養。《史記·孟嘗君列傳》寫孟嘗君門客即有「狗盜」之徒，夜間潛入秦宮偷出狐白裘，獻給秦昭王寵姬，從而救了孟嘗君一命。《史記》「狗盜」之徒的故事實可視爲《水滸傳》第五十六回寫「時遷盜甲」祖本。但是，其寫時遷盜甲時伏梁、學鼠叫廝打的情節，與宋元話本《宋四公大鬧禁魂張》寫神偷宋四公和趙正師徒兩個賭賽偷盜技藝，趙正伏在屋梁上學老鼠叫和兩隻貓兒撕咬叫喚，以此迷惑警覺的宋四公的情節極爲相似，很像是對後者的模擬與借鑒。

〔註17〕 朱一玄、劉毓忱編：《水滸傳資料彙編》，南開大學出版社，2002年版，第415頁。
〔註18〕 沈伯俊編：《水滸研究論文集》，中華書局，1994年版，第518頁。
〔註19〕 汪曾祺：《汪曾祺文集·散文卷》，江蘇文藝出版社，1993年版，第234頁。

二、時遷上山及其七大功勞

《水滸傳》第四十六回寫時遷在楊雄和石秀殺死潘巧雲及使女迎兒後打算到梁山落草時突然出現，求「二位哥哥……帶挈」一同上梁山。三人路宿鄆州祝家店，時遷偷雞，惹起與店家吵鬧，結果石秀放火燒了祝家店，而時遷被祝家莊所捉，引出「三打祝家莊」之役，救出時遷，時遷才得與眾共上梁山。

按諸好漢上梁山之路，大略為逼上梁山、賺上梁山和主動投奔三種情況。而主動投奔之類卻又原因各異：有的是殺人逃命（如楊雄、石秀），有的是被人邀約（如湯隆），有的是慕名而來（如段景住）。唯時遷也是主動投奔梁山的，卻為的是改變自己當下的生活方式，他說：「小人如今在此，只做得些偷雞盜狗的勾當，幾時是了。跟隨二位哥哥上山去，卻不好！」由此可見時遷雖操賤業，卻有從良上進之心，因此後來能夠成為「梁山泊好漢」中的一員。

《水滸傳》寫時遷入夥梁山和招安以後多建功勞，主要做了七件大事，即：盜甲，火燒翠雲樓，曾頭市探路，火燒造船廠，火燒寶嚴寺，活捉衛亨，火燒昱嶺關等，是他作為「特殊人才」的突出造詣。其中又以盜甲、火燒翠雲樓和曾頭市探路三大功勞最為卓著。

（一）盜甲

《水滸傳》第四十七回寫時遷作為「攘雞」之徒，差點帶累楊雄、石秀投梁山入夥時被晁蓋斬了。所以他初上梁山，根本不可能受到山寨的重用，被安排去山下「幫助石勇」開酒店。但是，很快讓他大顯身手的機會就到了。第五十六回寫高唐州之戰，宋江欲破呼延灼的連環馬，湯隆獻計把他的姑舅表哥徐寧賺上山來教授鈎鐮槍法。為此要去盜徐寧家祖傳四代的雁翎鎖子甲，吳用當即想到「放著有高手弟兄在此，今次卻用著鼓上蚤時遷去走一遭」，而時遷也信心十足地痛快答道：「只怕無此物在彼，若端的有時，好歹定要取了來。」

於是時遷下山來到東京城外先找客店住了。第二天進城尋問金槍班教師徐寧的家，在「班門裏，靠東第五家黑角子門便是」。又去街上訪問徐寧的情況，知他五更便去內裏隨班，直到晚上方才回來，便回客店和小二打了個招呼，再到徐寧家來。當晚沒有月色，「時遷看見土地廟後有一株大柏樹，便把兩腿夾定，一節節爬將上去樹頭頂，騎在枝柯上」，看到徐寧回了家。過了初

更，時遷從樹上溜下來，趄到後門邊仔細觀察徐家動靜，看到臥房梁上拴著一個大皮匣，便知裏面藏的一定是雁翎甲。徐寧一家直到二更以後方才就寢，時遷便等到五更時下手。他先用蘆管吹滅了徐寧房裏的燈。等到四更天丫鬟開門取火點燈時，他潛入廚房，貼身在廚桌下。後又趁兩個丫鬟起床點燈送徐寧出去，時遷從廚桌下出來，溜到樓上，「從桷子邊直趄到梁上，卻把身軀伏了」。趁兩個丫鬟睡回籠覺時，他在梁上又用蘆管把燈吹滅。在黑暗中，時遷從梁上輕輕解了皮匣。正要下來，沒想到徐寧的妻子聽到動靜，時遷趕忙學老鼠叫喚廝打，打消了她的警覺。時遷趁機從梁上溜下，悄悄開了樓門，背著皮匣，一路開門出去。

時遷回到城外客店，算還了店家房錢，出店東行，走到四十里外遇見戴宗。由戴宗先把雁翎甲帶回梁山，時遷卻把空皮匣子明明拴在擔子上，在路上慢慢遊走。又走到二十里上，撞見接應的湯隆。湯隆告訴時遷，一路上只要看見門上畫有白粉圈兒的酒店、飯店、客店，就在那裏吃飯、投宿。分手後，湯隆徑投東京徐家拜訪，說起曾見個鮮眼睛黑瘦漢子擔兒上挑著皮匣子，引誘徐寧前去追趕。等到趕上，卻只見一個空匣。時遷假說泰安州有個財主要結識老種經略相公，特派他盜了此甲，先讓人來把甲拿走了，只留了個空匣子在此，並且說：「你若要奈何我時，便到官司，只是拼著命，便打死我也不招，休想我指出別人來；若還肯饒我官司時，我和你去討這副甲來。」徐寧經不住湯隆在旁攛掇，找甲心切，一步步受騙上當，終於被賺上梁山。

徐寧在梁山揀選軍士，教授鉤鐮槍法，「不到半月之間，教成山寨五七百人」。隨即出戰，大破呼延灼的「連環馬」，成功保衛了山寨的安全，並在戰勝之後，「把呼延灼寨柵，盡數拆來，水邊泊內，搭蓋小寨。再造兩處做眼酒店房屋等項」，山寨因此得到壯大。所以，「大破連環馬」之役，時遷無疑是有大功勞的。但是，也許在晁蓋、宋江等首領看來，這至多是時遷作為「攘雞」者上山的「投名狀」。所以，打了勝仗之後，並沒有特別表彰時遷盜甲的功勞，而是「仍前著孫新、顧大嫂、石勇、時遷兩處開店」。

（二）火燒翠雲樓

《水滸傳》第六十六回寫盧俊義、石秀身陷大名府（北京），宋江欲攻城以救二人。吳用道：「即今多盡春初，早晚元宵節近，北京年例大張燈火。我欲乘此機會，先令城中埋伏，外面驅兵大進，裏應外合，可以救難破城。」

又道：「為頭最要緊的是城中放火為號。你眾弟兄中誰敢與我先去城中放火？」此時時遷自報奮勇道：「小弟願往。」並陳破城劫牢之策。吳用道：「我心正待如此。你明日天曉，先下山去。只在元宵夜一更時候，樓上放起火來，便是你的功勞。」於是時遷領命潛入城中，白日上街閒走打探地形，晚來在東嶽廟神座底下安身。至元宵節夜的二更天，時遷挾著一個籃子，裏面都是硫黃、焰硝等放火的藥頭，籃子上插了幾朵鬧鵝兒，走到翠雲樓上，只裝作是賣鬧鵝兒的。聽到街上喊「梁山泊賊寇引軍都趕到城下」，便在翠雲樓上放起一把火來，烈焰衝天，給梁山人馬發出了進攻信號，為攻下大名府、解救盧俊義、石秀立下了大功。

（三）曾頭市探路

《水滸傳》第六十八回寫曾頭市史文恭射殺了晁蓋，又劫奪段景住等從北地買來良馬二百多匹，惹得宋江大怒，起兵下山征討，道：「此仇深入骨髓，不報得誓不還山。」此時又是吳用道：「且教時遷，他會飛檐走壁，可去探聽消息一遭，回來卻作商量。」時遷領命去了。次日時遷回寨，報說「小弟直到曾頭市裏面，探知備細」云云，比前此諸人報說情況格外具體細緻，為梁山攻下曾頭市的決策提供了最重要的依據。此後時遷又被派扮作伏路小軍，去曾頭市寨中探聽消息。時遷去了一日，不僅探知備細軍情，而且在曾頭市設下的陷坑上都暗地做了記號。幾天後，吳用特意安排時遷帶著李逵等四人，作為梁山與曾頭市互相交換的講和人質，去法華寺內關押。當夜，乘曾頭市人馬盡數起動去劫宋江寨柵，時遷爬上寺內鐘樓，撞起鐘來，給梁山伏兵發出進攻信號，為打破曾頭市又一次立下功勞。

作為梁山泊「走報機密步軍頭領」之一，時遷最擅長深入敵穴，刺探訊息，為他人所不能為。如除了盜甲、火燒翠雲樓和曾頭市探路之外，時遷還曾和段景住火燒官軍造船廠（第八十回）。征遼攻打薊州城時，也是時遷與石秀潛入城內，與宋江攻城的部隊裏應外合，大獲全勝（第八十四回）。征方臘破獨松關、昱嶺關，也是時遷憑他飛檐走壁的本領，獨上關頭，放火策應大隊人馬進攻取得勝利，可謂戰功累累。

三、時遷為何功高而位卑

《水滸傳》寫時遷立有如許大功，在梁山泊好漢的排名中就應該有較高的地位了吧！然而不然，時遷在「石碣天文」中的座次僅在北地盜得名馬

欲獻給宋江的段景住之前，爲倒數第二名的第一百零七位。這顯然是一件極不合理令讀者不平的事。且不說盜甲、火燒翠雲樓和曾頭市探路三事，時遷都獨當一面，功勞夠大。僅盜甲一事，就是時遷「以一人之力挽救整個山寨的特級功勳」〔註20〕，其對梁山的貢獻就遠遠超過位居天罡星的盧俊義和李應！再看由時遷盜甲而賺上山來的徐寧，教授鈎鐮槍法，破了官軍連環馬，挽救了山寨危局，這是徐寧在梁山的最大事功。對解救山寨危局而言，這與時遷盜甲應該是同等的功勞。徐寧此後隨班浮游，並無如時遷又有火燒翠雲樓和曾頭市探路那樣的功勞，卻能高居天罡星第十八位的座次，就令人莫名其妙了。

這裏就透露《水滸傳》作者爲「梁山泊英雄排座次」的標準，實際並非宋江落草梁山之初曾經說過的「休分功勞高下，……待日後出力多寡，那時另行定奪」（第四十一回）。而是由「石碣天文」開列星宿位次所示「上蒼分定位數」（第七十一回）的「天意」。這「天意」自然也包括了「功勞高下」、「出力多寡」的「定奪」，卻不僅如此，還包括了上梁山之前諸好漢出身從業的高下良賤。如盧俊義能排在吳用、公孫勝之上，關勝能在林冲之前，恐怕就分別有前者名氣或家世高於後者的原因。而時遷雖屢建大功，卻還是被置於一百零八人的倒數第二，則原因無他，乃在於他「狗盜」之徒的出身。這從晁蓋因時遷在祝家店偷雞之事遷怒於楊雄、石秀，大怒喝叫「這廝兩個把梁山泊好漢的名目，去偷雞吃，因此連累我等受辱。今日先斬了這兩個，將這廝首級去那裏號令」（第四十七回）云云，就可以知道了。因爲連宋江也說「那個鼓上蚤時遷，他原是此等人」（第四十七回），一樣是瞧不起時遷出身「狗盜」之徒的意思。從而雖然每到急難處，吳用總不免想到「高手兄弟」時遷，但是每次事成之後，得不到宋江、吳用半句讚揚的話，照舊回去做石勇酒店的幫手，並且最終只掙到排在落草前「只靠去北邊地面盜馬」（第六十回）的段景住的前面一位，爲一百零八人位之倒數第二，也是一件可能令讀者感到不平的事。

第五節　高唐州的其它人物

《水滸傳》寫高唐州故事以參與營救柴進的梁山泊好漢爲主，兼及高唐

〔註20〕馬幼垣：《水滸人物之最》，三聯書社，2006年版，第106頁。

州知府高廉及其妻弟殷天錫，以及獄吏藺仁和公孫勝的師傅羅眞人等。

一、現身高唐的「梁山泊好漢」

　　《水滸傳》寫「梁山泊好漢」共有二十四位參加了營救柴進的高唐州之戰。他們是從梁山而來的宋江、吳用、林沖、花榮、秦明、李俊、呂方、郭盛、孫立、歐鵬、楊林、鄧飛、馬麟、白勝、朱全、雷橫、戴宗、李逵、張橫、張順、楊雄、石秀等二十二人，以及從薊州來的公孫勝和從武岡鎭來的湯隆。其中有幾位好漢在高唐州的故事特別值得一說。

（一）李逵

　　李逵因劈死滄州知府的小衙內而不爲朱全原諒，只得暫不回梁山，避居柴進莊上，後隨柴進來高唐州探望病危的柴皇城，遇上知府高廉的小舅子殷天錫仗勢欺人霸佔柴皇城的花園，並毆打柴進。李逵一怒之下打死殷天錫，逃回梁山。柴進因李逵打死殷天錫命案牽連，被知府高廉打入死牢。爲了營救柴進，宋江率梁山泊好漢進攻高唐州，卻被高廉的妖術和神兵挫敗。吳用遂派戴宗由李逵作伴赴薊州請公孫勝。李逵隨公孫勝見羅眞人，爲使羅眞人放公孫勝回梁山，李逵斧劈羅眞人，被羅眞人以法術戲耍懲戒，並說破李逵爲「天殺星」的因果。戴宗、李逵二人請得公孫勝下山同歸，途中李逵又在武岡鎭結識了好漢湯隆，邀他同往高唐州入夥梁山人馬。攻破高唐州城後，李逵在宋江的安排下，入深井救出奄奄一息的柴進。柴進因李逵而瀕死，也因李逵而重生。這正如宋江評李逵下井救柴進說：「正好。當初也是你送了他，今日正宜報本。」

（二）宋江

　　晁蓋、宋江之所以出兵高唐州，一是爲了報柴進之恩，二是柴進身陷囹圄，宋江也負有很大責任。先是柴進落難的消息傳來，晁蓋要帶兵出征，宋江勸道：「哥哥是山寨之主，如何使得輕動。小可和柴大官人舊來有恩，情願替哥哥下山。」宋江所說「和柴大官人舊來有恩」，指的是當年他殺死閻婆惜後投奔柴進避難之事。其次，柴進失陷高唐州的直接原因是李逵打死了殷天錫，而李逵恰是晁蓋、宋江安排暫住到柴進那裏的。因此，於情於理，於公於私，宋江親率人馬營救柴進都責無旁貸，更義不容辭。

　　另外，高唐州之戰，高廉使動妖風，大敗梁山泊林沖的先鋒部隊。次日，

宋江用九天玄女所授天書第三卷的「回風返火破陣之法」，挫敗了高廉的妖風。但至高廉又作法驅遣「一群怪獸毒蟲，直衝過來」，宋江乃無計可施，只好請來公孫勝助戰，才大獲全勝。這是《水滸傳》寫宋江第一次用「天書」之陣法神術作戰，但最後還是要公孫勝來才能破敵。由此可見九天玄女「天書」的作用有限，似乎還不如羅真人的徒弟法力廣大！

（三）吳用、公孫勝等

吳用在高唐州之戰中輔佐宋江，識破了高廉的妖法和「神師計」，挫敗了高廉的第一次劫營，並派人請來久離山寨的公孫勝助戰。高廉被圍，派人出城求援的時候，吳用將計就計：「且放他去，我這裏可使兩支人馬，詐作救應軍兵，於路混戰，高廉必然開門助戰。乘勢一面取城，把高廉引入小路，必然擒獲。」高廉果然中計，梁山人馬乘機取城。高唐州之戰的勝利一如他處，也多得力於「智多星吳用」用計的功勞。

公孫勝是「梁山泊掌握行兵布陣副軍師」，他從薊州的到來扭轉了高唐州的戰局。此前，梁山人馬不敵高廉的妖法和飛天神兵，已兩番大敗。後從薊州羅真人處請得公孫勝下山，臨行羅真人授以五雷天罡正法，公孫勝與高廉鬥法用之，才大獲全勝。公孫勝又料高廉夜間必將劫寨，因此預設伏兵，殺敗高廉劫寨的飛天神兵。隨後打破高唐州，殺死高廉，公孫勝都起了極為關鍵的作用。

二、藺仁和羅真人

藺仁是高唐州的當牢節級，在高唐州故事中只有一次出場，說了一段話。但是這個身份低微的小人物，卻在柴進最危急的時候成了他的救命恩人。藺仁是知府高廉委任的專一監守柴進的人。高廉要求他不得有失，而且對他授權：「但有凶吉，你可便下手。」在高唐州被梁山攻下的三天前，高廉要從牢中提出柴進施刑，藺仁看柴進「是個好男子，不忍下手，只推道本人病至八分，不必下手。後又催並得緊……回稱：柴進已死」。高廉不信，派人查看，藺仁「恐見罪責……引柴進去後面枯井邊，開了枷鎖，推放裏面躲避」。後來藺仁引宋江等找到那眼枯井，救了柴進。正是藺仁千方百計周全，才使柴進能夠活命下來。但高唐州戰後，藺仁再不被提起，也應該是《水滸傳》敘事一個小小的疏漏。

三、高廉、殷天錫與「飛天神兵」

（一）高廉

高廉是高唐州的新任知府,「上馬管軍,下馬管民,文武兩全」。就他「文武兩全」的才能,在《水滸傳》寫到的多位知府中是唯一的。但是此人有才無德,仗著自己「是東京高太尉的叔伯兄弟」,又大權在握,在高唐州無所不爲。他的小舅子殷天錫則又倚了高廉的勢要,在高唐州橫行霸道,結果因強佔柴皇城的花園被李逵打死。高廉爲殷天錫報仇,把柴皇城繼室和柴進一家老小都打入死牢,以致梁山泊好漢爲救柴進攻打高唐州。高廉擅妖法,手下有三百名飛天神兵,兩番戰敗宋江率領的梁山人馬。宋江等只好請來公孫勝助戰,公孫勝用羅眞人所授「五雷天心正法」將高廉從空中打落於地,雷橫趕上,「一樸刀把高廉揮做兩段」。

（二）殷天錫

高唐州遭受官府與梁山交戰的兵火之厄,惡霸殷天錫是直接的肇事者。他是本州知府高廉的小舅子,仗著姐夫高廉的權勢,平日「將引閒漢三二十人,手執彈弓、川弩、吹筒、氣球、拈杆、樂器」,在城內外遊玩。聽說柴皇城「宅後有個花園水亭,盡造的好。那廝帶將許多詐奸不及的三二十人,逕入家裏,來宅子後看了,便要發遣我們（著者按指柴皇城家人）出去,他要來住」,並不管柴皇城家「是金枝玉葉,有先朝丹書鐵券在門,諸人不許欺侮」。柴皇城與柴進先後不依,皆遭毒打。直到他惡貫滿盈,被李逵打死,殷天錫這個與知府有「裙帶關係」的地痞惡棍才最後退場。但是因此引發梁山進攻高唐州之戰,使一城官民慘遭兵燹,又可謂死有餘辜。

（三）「飛天神兵」

《水滸傳》寫高廉手下有一支類似今天外國「特種兵」的隊伍,即「三百梯己軍士,號爲飛天神兵,一個個都是山東、河北、江西、湖南、兩淮、兩浙選來的精壯好漢」。第五十二回有一段文字敘寫他們的裝束、裝備:

> 頭披亂髮,腦後撒一把煙雲;身掛葫蘆,背上藏千條火焰。黃抹額齊分八卦,豹皮裩盡按四方。熟銅面具似金裝,鑌鐵滾刀如掃帚。掩心鎧甲,前後豎兩面青銅;照眼旌旗,左右列千層黑霧。疑是天蓬離斗府,正如月孛下雲衢。

兩軍陣前,高廉總「把部下軍官周回列成陣勢,卻將三百神兵列在中軍」;交

戰中，高廉先施妖法呼風喚雨，然後「把劍一揮，指點那三百神兵從陣裏殺將出來，背後官軍協助，一掩過來」。總之，自己先作妖法，隨即出神兵，最後出官軍，這是高廉使用「飛天神兵」的作戰套路。

高廉「飛天神兵」的主要兵器是噴火的鐵葫蘆。第五十四回寫高廉引「飛天神兵」來劫宋江寨，「點起三百神兵，背上各帶鐵葫蘆，於內藏著硫黃焰硝、煙火藥料，各人俱執鈎刀鐵掃帚，口內都銜蘆哨。……離寨漸近，高廉在馬上作起妖法，……三百神兵各取火種，去那葫蘆口上點著，一聲蘆哨齊響，黑氣中間，火光罩身，大刀闊斧滾入寨裏來」。在主要依靠冷兵器近身格鬥的時代，高廉的「飛天神兵」能夠裝備噴火的武器鐵葫蘆，造成戰場黑煙彌漫、火光罩身，確實能夠對敵方產生巨大威懾和殺傷之力。梁山泊好漢兩敗於高廉就主要是抵擋不住他的「飛天神兵」。但至最後，「飛天神兵」被高廉驅使劫寨中計，「公孫勝仗劍做法……四面伏兵齊趕，圍定寨柵，黑處偏見，三百神兵不曾走得一個，都被殺在寨裏」（第五十四回），成為古典小說中最早被全殲的一支「特種部隊」。

第十一章　《水滸傳》中的泰安州

　　《水滸傳》也寫及「泰安州」。古代泰安州約當今山東泰安市，北括泰山
毗連濟南，東鄰萊蕪，西接菏澤，南依濟寧。轄新泰、肥城兩市，泰山、岱
嶽兩區，與寧陽、東平兩縣。〔註1〕其具體沿革見於《康熙泰安州志》云：

> 州在周春秋時爲魯地，後屬齊，爲博邑。秦爲奉高、博二縣，
> 屬齊郡。漢爲奉高、博二縣，屬泰山郡。東漢、晉因之。南北朝劉
> 宋因之。元魏改博爲博平，與奉高仍屬泰山郡。隋開皇六年，改奉
> 高曰岱山。十六年，改博平曰汶陽，尋改曰博城。大業，仍以岱山
> 屬魯郡。唐武德五年，於縣置東泰州。貞觀元年，州廢，省梁父、
> 嬴、肥城、岱西四縣入博城。乾封元年，更名乾封。總章元年，又
> 曰博城。神龍元年，復曰乾封，屬兗州魯郡。宋開寶元年，移乾封
> 於岱嶽鎮，即今治城南。大中祥符元年，改曰奉符，屬襲慶。金初，
> 爲泰安軍。大定二十三年，升爲州，領奉符、萊蕪、新泰三縣。元
> 屬東平路。至元五年，析隸省部，領縣四，視金增長清。皇明洪武
> 元年，省奉符入州，割長清，與州並隸濟南府。〔註2〕

由此可知，自上古以迄於金代，兩千年間此地建置稱名屢變，至金大定二十
三年（1183）始有「泰安州」建置，並延續至清代。這也就是說，作爲《水滸
傳》故事背景的北宋末年尚無「泰安州」之說；《水滸傳》敘事稱「泰安州」

〔註1〕　田川流：《齊魯特色文化叢書・名勝》，山東友誼出版社，2004年版，第256
　　　　頁。

〔註2〕　任弘烈等：《康熙泰安州志》，《中國地方志集成》本，鳳凰出版社，2004年
　　　　版，第8頁。

是金大定末年以後才可能出現的文辭。

　　《水滸傳》中有六回書即第三十九、五十六、六十一、七十三、七十四回共十七次提及「泰安州」，具體描寫涉及泰安東嶽廟和泰山。泰安雖不是《水滸傳》故事的核心發生地，但是泰山因素的加入給《水滸傳》增添了異彩。

第一節　《水滸傳》與泰山文化

一、「九天玄女」與「天書」

　　《水滸傳》寫九天玄女，只在第四十二回的「還道村受三卷天書，宋公明遇九天玄女」和第八十八回的「顏統軍陣列混天象，宋公明夢授玄女法」有玄女在宋江夢中現象的具體描寫。雖然前者在鄆城縣還道村，後者在征遼的前線幽州，但「九天玄女」作為女神的形象及其授「天書」的故事卻都與泰山乃至與宋眞宗的泰山封禪相關。

　　宋初李昉等編《太平廣記》卷五六《西王母》載：

　　　黃帝討蚩尤之暴，威所未禁，而蚩尤幻變多方，徵風召雨，吹煙噴霧，師眾大迷。帝歸息太山之阿，昏然憂寢。王母遣使者，被玄狐之裘，以符授帝曰：「太一在前，天一在後，得之者勝，戰則克矣。」符廣三寸，長一尺，青瑩如玉，丹血為文。佩符既畢，王母乃命一婦人，人首鳥身，謂帝曰：「我九天玄女也。」授帝以三宮五意陰陽之略，太一遁甲六壬步斗之術，陰符之機，靈寶五符五勝之文。遂克蚩尤於中冀，剪神農之後；誅榆罔於阪泉，天下大定，都於上谷之涿鹿。

　　《西王母》注出《集仙錄》。《集仙錄》，一名《墉城集仙錄》，唐杜光庭集。道教神仙傳記。原十卷，錄女仙一百零九人，久已散佚。後人輯有《道藏》本六卷、《雲笈七籤》卷一一四至一一六收錄本三卷。據上引九天玄女是西王母的使者。黃帝戰蚩尤於「太山之阿」，九天玄女奉王母之命「授帝以三宮五意陰陽之略，太一遁甲六壬步斗之術，陰符之機，靈寶五符五勝之文」，也就是「天書」，指導黃帝戰勝了蚩尤而「天下大定」。所以，九天玄女是天命輔助黃帝的戰神。她以在「太山之阿」授予「天書」形式助黃帝逐鹿中原、安定天下的故事大略，早在唐代應當已經形成。這個傳說至宋眞宗時

人張君房輯《雲笈七籤》卷一百一十四經傳部《九天玄女》得有最詳細的記載云：

> 九天玄女者，黃帝之師聖母元君弟子也。黃帝在昔，……戰蚩尤於涿鹿。帝師不勝，蚩尤作大霧三日，內外皆迷。風后法斗機作大車，以杓指南，以正四方。帝用憂憤，齋於太山之下。王母遣使，披玄狐之裘，以符授帝曰：精思告天，必有太上之應。居數日，大霧，冥冥晝晦。玄女降焉，乘丹鳳，御景雲，服九色彩翠之衣，集於帝前。帝再拜受命，玄女曰：吾以太上之教，有疑可問也。帝稽首曰：蚩尤暴橫，毒害蒸黎，四海嗷嗷，莫保性命。欲萬戰萬勝之術，與人除害，可乎？玄女即授帝六甲、六壬兵信之符，《靈寶五符》策使鬼神之書，制禓、通靈五明之印，五陰、五陽遁甲之式，太一、十精、四神勝負握機之圖，五嶽、河圖策精之訣，九光、玉節、十絕、靈幡命魔之劍，霞冠火珮，龍戟霓旗，翠輦綠絳，虯驂虎騎，千花之蓋，八鸞之輿，羽龠、玄竿、虹旌、玉鉞神仙之物，五龍之印，九明之珠。九天之節以為兵信，五色之幡以辨五方。帝遂復率諸侯再戰。蚩尤驅魑魅雜禓以為陣，雨師風伯以為衛，應龍蓄水以攻於帝。帝盡制之，遂滅蚩尤於絕轡之野、中冀之鄉，冢分其四肢以葬之。由是榆岡拒命，反誅之於版泉之野。北逐獯鬻，大定四方。步四極，凡二萬八千里。乃鑄鼎立九州，置九行九德之臣，以觀天地，祠萬靈，無法設教。然後採首山之銅，鑄鼎於荊山之下，黃龍下迎，帝乘龍昇天。皆由玄女之所授符策圖局也。〔註3〕

應是根據於這個傳說，由宋代「說三分」形成的話本《三國志平話》開篇，和由宋江三十六人故事傳說形成的《大宋宣和遺事》有關宋江部分，就都寫有九天玄女這個人物及其授「天書」的情節。但是，《三國志平話》開篇有關「天書」的情節，在後來《三國志通俗演義》中即被棄用；《大宋宣和遺事》中有關宋江在玄女廟得「天書」故事，在後來《水滸傳》中不僅仍被保留，而且得到了加強性的描寫。

比較《大宋宣和遺事》，《水滸傳》中有十三回共二十八次提及「天書」，成為寫宋江等百零八人「妖魔」下世歷劫故事背景的一條暗線。尤其第四十二回寫「天書」授受的過程，實為全書最重要的點題文字：

〔註3〕〔宋〕張君房：《雲笈七籤》，中華書局，2003年版，第2538～2539頁。

> 殿上法旨道：「既是星主不能飲，酒可止。教取那三卷天書，賜
> 與星主。」青衣去屏風背後玉盤中，托出黃羅袱子，包著三卷天書，
> 度與宋江。宋江拜受看時，可長五寸，闊三寸，厚三寸。不敢開看，
> 再拜祗受，藏於袖中。娘娘法旨道：「宋星主，傳汝三卷天書，汝可
> 替天行道，為主全忠仗義，為臣輔國安民。去邪歸正，他日功成果
> 滿，作為上卿。吾有四句天言，汝當記取，終身佩受，勿忘於心，
> 勿泄於世。」宋江再拜：「願受天言，臣不敢輕泄於世人。」娘娘法
> 旨道：「遇宿重重喜，逢高不是凶。北幽南至睦，兩處見奇功。」宋
> 江聽畢，再拜謹受。娘娘法旨道：「玉帝因為星主魔心未斷，道行未
> 完，暫罰下方，不久重登紫府。切不可分毫失忘。若是他日罪下酆
> 都，吾亦不能救汝。此三卷之書，可以善觀熟視。只可與天機星同
> 觀，其它皆不可見。功成之後，便可焚之，勿留在世。所囑之言，
> 汝當記取。目今天凡相隔，難以久留。汝當速回」。

這一節描寫通過「天書」的授受，點明宋江為天罡、地煞一百零八星宿之主，指示宋江同時是其所統領諸星宿下世歷劫的原因、任務、過程、結局等，可說是《水滸傳》一書敘事寫人的綱領。而「天書」本身，後來宋江不時「與吳學究看習天書」，危難之際更是從中得到救濟之策，儼然成了《三國演義》中諸葛亮授人以危難之際拆開問計的「錦囊」。

《水滸傳》中「天書」情節溯源雖為上引《集仙錄・西王母》等文本，但由《大宋宣和遺事》到《水滸傳》描寫的加強，卻應該與《水滸傳》是寫宋江故事，而宋江故事發生之前宋真宗造假炒作「天書」之說，以行封禪泰山的歷史事件密切相關。

按泰山封禪是自上古帝王就已經形成的彰顯自身統治合法性的悠久傳統。《史記・封禪書》云：「自古受命帝王，曷嘗不封禪？蓋有無其應而用事者矣，未有睹符瑞見而不臻乎泰山者也。」又云：「古者封泰山、禪梁父者七十二家。」但至秦漢以後，歷代帝王能行封禪者漸稀，至宋真宗封禪泰山，乃成絕響。而宋真宗所以要行封禪，則是由於王欽若的蠱惑。《宋史・王旦傳》載：

> 契丹既受盟，寇準以為功，有自得之色，真宗亦自得也。王欽
> 若忌準，欲傾之，從容言曰：「此《春秋》城下之盟也，諸侯猶恥
> 之，而陛下以為功，臣竊不取。」帝愀然曰：「為之奈何？」欽若度

帝厭兵，即謬曰：「陛下以兵取幽燕，乃可滌恥。」帝曰：「河朔生
靈始免兵革，朕安能爲此？可思其次。」欽若曰：「唯有封禪泰
山，可以鎮服四海，誇示外國。然自古封禪，當得天瑞希世絕倫之
事，然後可爾。」既而又曰：「天瑞安可必得，前代蓋有以人力爲之
者，惟人主深信而崇之，以明示天下，則與天端無異也。」帝思久
之，乃可。而心憚旦，曰：「王旦得無不可乎？」欽若曰：「臣得以
聖意喻之，宜無不可。」乘間爲旦言，旦黽勉而從。帝猶尤豫，莫
與籌之者。會幸秘閣，驟問杜鎬曰：「古所謂河出圖、洛出書，果何
事耶？」鎬老儒，不測其旨，漫應之曰：「此聖人以神道設教爾。」
帝由此意決，遂召旦飲，歡甚，賜以尊酒，曰：「此酒極佳，歸與妻
孥共之。」既歸發之，皆珠也。由是凡天書、封禪等事，旦不復異
議。

這時的王旦官居「工部尚書，同中書門下平章事、集賢殿大學士，監修
《兩朝國史》」，在朝最有聲望。宋眞宗買通王旦這樣的大臣都不再反對了，
封禪之事的籌備便正式開始了。看來很難，但皇帝要面子，大臣得好處，上
下一心，便沒有什麼是做不到的。先是泰山所屬州縣官民接二連三的請封
禪，後是一連三次的「天瑞」即降下「天書」（《宋史・眞宗本紀》），成爲宋
眞宗玩弄封禪把戲最重要的道具。對此，日本漢學家大塚秀高在《天書與泰
山──從〈宣和遺事〉看〈水滸傳〉成書之謎》一文中認爲：

> 眞宗假借天尊神諭，在吹噓自己是黃帝的子孫，而且從黃帝那
> 裏得了天書。關於這一點，車錫倫認爲，黃帝在泰山從玄女那兒得
> 過天書，眞宗的泰山得天書是想把自己比作黃帝，那麼，宋江（眞
> 宗）得到九天玄女授予的天書，該是必然的過程了。〔註4〕

這個判斷應該是正確的。

二、岱嶽廟

《水滸傳》有十二回書共二十二次寫及「嶽廟」即「岱嶽廟」，又稱「東
嶽廟」。如第二回寫王進還願、第七回寫林沖與妻子還願的東京（今河南開
封）「酸棗門外嶽廟」，第四十六回寫楊雄妻子潘巧雲還願的薊州府「東門外

〔註4〕〔日本〕大塚秀高：《天書與泰山──從〈宣和遺事〉看〈水滸傳〉成書之謎》，
《保定師範專科學校學報》，2003 年第 1 期。

嶽廟」，第六十六回寫時遷在大名府（北京）夜間安身的「東嶽廟」，就都是泰山神東嶽大帝在各地的行宮，也都叫做東嶽廟，或簡稱「嶽廟」。但是，《水滸傳》用筆最多寫得最爲具體的嶽廟還是第七十四回寫「燕青智撲擎天柱」的泰安州城內的東嶽廟，書中稱「岱嶽廟」，即今泰安市岱嶽區泰山之下的岱廟。

> 燕青卻隨了眾人，來到岱嶽廟裏看時，果然是天下第一。但見：
> 廟居岱嶽，山鎮乾坤。爲山嶽之至尊，乃萬神之領袖。山頭伏檻，直望見弱水蓬萊。絕頂攀松，盡都是密雲薄霧。樓臺森聳，疑是金烏展翅飛來。殿角棱層，定覺玉兔騰身走到。雕梁畫棟，碧瓦朱簷。鳳扉亮槅映黃紗，龜背繡簾垂錦帶。遙觀聖像，九旒冕舜目堯眉。近睹神顏，袞龍袍湯肩禹背。九天司命，芙蓉冠掩映絳綃衣。炳靈聖公，赭黃袍偏稱藍田帶。左侍下玉簪珠履，右侍下紫綬金章。闔殿威嚴，護駕三千金甲將。兩廊猛勇，勤王十萬鐵衣兵。五嶽樓相接東宮，仁安殿緊連北闕。蒿里山下，判官分七十二司。白騾廟中，土神按二十四氣。管火池鐵面太尉，月月通靈。掌生死五道將軍，年年顯聖。御香不斷，天神飛馬報丹書。祭祀依時，老幼望風皆獲福。嘉寧殿祥雲杳靄，正陽門瑞氣盤旋。萬民朝拜碧霞君，四遠歸依仁聖帝。

這一篇賦後來又出現於《金瓶梅詞話》中，可見其亦爲蘭陵笑笑生所重。據泰山學院周郢先生考證，賦中寫及的嘉寧殿、仁安殿、壁畫、五嶽樓、東宮、蒿里山、白騾廟、嘉寧殿、正陽門以及供設、祭祀風俗，隨後寫「當時燕青遊玩了一遭，卻出草參亭，參拜了四拜」的「草參亭」等，均宋金時代泰安東嶽廟內外州城所實有或有所根據〔註 5〕，是泰山文化相關研究的重要資料。

三、「泰安州燒香」與「東嶽廟會」

我國自古有敬信神佛的傳統，燒香則是向神佛致敬的最重要手段，所以古典小說包括《水滸傳》中就都多寫到燒香的事體。而《水滸傳》故事的中心梁山泊地連泰安，距泰山不遠；又中國人至晚從漢代就迷信泰山主人生

〔註 5〕 周郢：《〈水滸傳〉與泰山文化》，《泰山學院學報》，2007 年第 1 期。本節下引本文不另出注者。

死，所以很早就有泰山燒香之俗，並影響到水滸故事的演變。早在《水滸傳》成書的重要文獻基礎之一的成書於宋元的《大宋宣和遺事》中有關晁蓋、宋江故事的部分，有三次提到去泰山（嶽廟）燒香：一是晁蓋、吳用等八人在「酒海花家」吃酒後去「智取生辰綱」，假託的是到嶽廟燒香。花約道：「三日前日午時分，有八個大漢，來我家裏吃酒；道是往嶽廟燒香，問我借一對酒桶，就買些個酒去燒香。」〔註6〕二是晁蓋在正（案當作政）和年間確曾去嶽廟燒香。吳用對宋江說：「是哥哥晁蓋臨終時分道與我：『從正和年間，朝東嶽燒香，得一夢，見寨上會中合得三十六數。若果應數，須是助行忠義，衛護國家』。」〔註7〕三是宋江代晁蓋去東嶽燒香還願。「宋江統率三十六將，往朝東嶽，賽取金爐心願。」〔註8〕可知泰山燒香與《水滸傳》故事自始即密切相關。

但值得注意的是，雖然《水滸傳》幾乎全部沿用了《大宋宣和遺事》中的水滸人物與故事框架，但是上述晁蓋、宋江「東嶽燒香」的情節，卻沒有被直接採用，而是把其中「宋江統率三十六將，往朝東嶽，賽取金爐心願」的部分，改造成爲了「吳用賺金鈴弔掛，宋江鬧西嶽華山」（第五十九回）〔註9〕。《水滸傳》這樣處理前代水滸文獻中的泰山因素，應當由於自古發生而至宋代更加強化的泰安避諱所致〔註10〕。但是，今本《水滸傳》中仍有不少關於「泰安州燒香」的描寫，如時遷盜甲時，湯隆答道：「我去年在泰安州燒香，結識得這個兄弟，姓李，名榮。」（第五十六回）盧俊義在受到吳用的蠱惑以後說，「我想東南方有個去處是泰安州，那裏有東嶽泰山天齊仁聖帝金殿，管天下人民生死災厄。我一者去那裏燒炷香消災滅罪……」（第六十一回）。梁山小嘍羅拿到的一夥到泰安州燒香的人說「小人等幾個，直從鳳翔府來，今上泰安州燒香。」（第七十三回）泰安燒香最集中的日子是「三月二十

〔註6〕 〔元〕無名氏：《新刊大宋宣和遺事》，中國古典文學出版社，1954年版，第38頁。
〔註7〕 〔元〕無名氏：《新刊大宋宣和遺事》，中國古典文學出版社，1954年版，第43頁。
〔註8〕 〔元〕無名氏：《新刊大宋宣和遺事》，中國古典文學出版社，1954年版，第44頁。
〔註9〕 〔日本〕大塚秀高：《天書與泰山——從〈宣和遺事〉看〈水滸傳〉成書之謎》，《保定師範專科學校學報》，2003年第1期。
〔註10〕杜貴晨：《試說泰山別稱「太行山」——兼及若干小說戲曲之讀誤》，《文學遺產》，2010年第6期。

八日天齊聖帝降誕之辰」（第七十四回）。

泰安州「三月二十八日天齊聖帝降誕之辰」燒香的盛況，主要見於《水滸傳》第七十四回的描寫，大略有以下特點：一是進香的人多：「原來廟上好生熱鬧！不算一百二十行經商買賣，只客店也有一千四五百家，延接天下香官，到菩薩聖節之時，也沒安著人處。許多客店都歇滿了。燕青、李逵只得就市梢頭賃一所客店安下。」「那日燒香的人，真乃亞肩疊背。偌大一個東嶽廟，一湧便滿了。屋脊梁上，都是看的人。」「數萬香官，兩邊排得似魚鱗一般，廊廡屋脊上也都坐滿」；二是進香的人來自全國各地：「那裏聖帝生日，都是四山五嶽的人聚會。」任原則誇說「四百座軍州，七千餘縣治，好事香官恭敬聖帝，都助將利物來」。其實任原自己就是山西太原人，第七十三回寫梁山上小嘍羅拿住的幾個客人就是「直從鳳翔府來，今上泰安州燒香」。從而《水滸傳》寫「泰安州燒香」一方面證實其為當時全國性的文化集會，另一方面也給泰山文化增加了英雄傳奇的因素。

上述《水滸傳》所寫泰安州「三月二十八日天齊聖帝降誕之辰」燒香的集會俗稱「東嶽廟會」。對此，今學者周郢《〈水滸傳〉與泰山文化》一文曾有考論：

> 以三月二十八日為東嶽大帝聖誕，其俗始於北宋，舊題宋王暐撰《道山清話》云：「每歲三月二十八日，四方之人集於泰山東嶽祠下。」從中可覘宋人之俗。這一源起泰山的風俗，由於兩宋之際各地東嶽行祠的興建，遂遍行於全國。《水滸傳》第五回中便寫到汴京東嶽廟會。廟會延至元初，達到又一個高潮。據元趙天麟《太平金鏡策》卷四《停淫祀》所記：「倡優戲謔之流（戲曲曲藝藝人），貨殖屠沽之子（商賈），每年春季，四方雲聚，有不遠千里而來者，有提挈全家而至者。」元雜劇《劉千病打獨角牛》、《黑旋風雙獻功》、《小張屠焚兒救母》、《看錢奴買冤家債主》等都寫到泰山廟會盛景。

> 入元，由於元廷是以少數民族入主中原，基於民族壓迫之考慮，對漢人集會深懷戒心，不斷下令對東嶽廟會加以限制。皇慶二年（1313），因泰安東嶽廟會期間發生香客劉信在火池焚死其幼子事件，元廷遂藉此下令將廟會全面禁絕（《元典章》卷五七《刑部》十九《禁投醮捨身燒死賽願》）在元廷的嚴厲措施下，盛極一時的東嶽

廟會漸次停息。明代因碧霞元君信仰興起，泰山香火主要集中於四
月，東嶽廟會雖仍延續，但已無復宋元之盛。

因此，正如周郢所說：「《水滸傳》中對廟會場面極盡鋪排……雖不無誇
張，但與宋元人的記錄較爲吻合，不失爲當日廟會的眞實反映。」

四、「泰嶽爭交」

因「泰安州燒香」而形成的「東嶽廟會」中，自然也少不了各種祭祀娛
神、書會說唱、雜技異能的展演，而最大看點是「泰嶽爭交」。《水滸傳》中
不止一處提起，如第二十九回寫「武松醉打蔣門神」，施恩向武松介紹「蔣門
神。那廝不說長大，原來有一身好本事，使得好槍棒，拽拳飛腳，相撲爲最。
自誇大言道：『三年上泰嶽爭交，不曾有對。普天之下，沒我一般的了。』」
又或曰「岱嶽爭交」，第八十回寫「宋江三敗高太尉」，盧俊義卻也醉了，怪
高太尉自誇相撲天下無對，便指著燕青道：「我這個小兄弟，也會相撲。三番
上岱嶽爭交，天下無對。」可見「爭交」又叫做「相撲」，是「東嶽廟會」的
常設比賽娛樂項目。另外，「爭交」的「交」或作「跤」，「爭跤」也就是「摔
跤」。有組織的摔跤比賽或又稱作「打擂」。《水滸傳》第七十四回寫「燕青智
撲擎天柱」，就是難得的古代有關「爭交」的具體描寫。如今中國古代的「爭
交」作爲一種體育競賽項目以「相撲」的名義流行世界，就愈顯得《水滸傳》
的這一節描寫有重要歷史與美學的價值和意義。

《水滸傳》寫「泰嶽爭交」有曰：「知州禁住燒香的人，看這當年相撲獻
聖。一個年老的部署，拿著竹批，上得獻臺，恭神已罷，便請今年相撲的對
手出馬爭交。」又寫任原道：『四百座軍州，七千餘縣治，好事香官，恭敬聖
帝，都助將利物來。』」因此可知這項比賽的旗號是「獻聖」、「恭神」、「恭敬
聖帝」，是「泰山燒香」宗教活動的組成部分，當然潛藏了「爭交」組織者招
徠香客的目的。

「泰嶽爭交」的實際組織與主持者是當地官府。雖然《水滸傳》寫「泰
嶽爭交」的緣起不詳，觀眾與挑應戰相撲手都是自主的參與，具有一般競技
賽事的性質，但是實際不僅與如今競技比賽不同，即與《水滸傳》所寫梁中
書主持下的軍中比武，「恐有傷損」，設有「將兩根槍去了槍頭，各用氈片包
裹，地下蘸了石灰，再各上馬，都與皁衫穿著。但是槍尖廝搠，如白點多者
當輸」（第十三回）規則的比賽也不同，而是可以直接使用器械的生死之搏，

失敗的往往送了性命。加以有如任原所說「四百座軍州，七千餘縣治，好事香官，恭敬聖帝，都助將利物來」，賽場上「朝著嘉寧殿紮縛起山棚。棚上都是金銀器皿，錦繡段匹。門外拴著五頭駿馬，全付鞍轡」等「利物」即巨量獎賞的誘惑，「爭交」的慘烈性質便不言而喻，更不用說大規模集會可能發生的其它危險，從而亟需強力的主持和嚴格的管理。這就非官府莫辦，再說那些「千里做官只爲財」的長官們，也不會放過可能撈取這樣那樣好處的任何機會吧！

應是因此，《水滸傳》寫「泰嶽爭交」看客的組織，有「知州禁住燒香的人，看這當年相撲獻聖」；「爭交」即將開始，「殿門外月臺上，本州太守坐在那裏彈壓，前後皂衣公吏環列七八十對」，又寫知州一片好心不願燕青送了性命，對燕青道：「前面那疋全副鞍馬，是我出的利物，把與任原。山棚上應有利物，我主張分一半與你。你兩個分了罷。我自抬舉你在我身邊。」到任原被打敗以後，他的「二三十徒弟搶入獻臺來。知州那裏治押得住」；又待「香官數內，有人認得李逵的，說將出名姓來。外面做公的人，齊入廟裏，大叫道：『休教走了梁山泊黑旋風！』那知州聽得這話，從頂門上不見了三魂，腳底下疏失了七魄，便投後殿走了」；後來還有「這府裏整點得官軍來」。如此等等，可以看出泰安知州對「泰嶽爭交」不僅負有「治押」之責，而且是主要讚助人之一和實際的現場總主持，並爲了維持彈壓秩序，而早就安排「外面做公的人」，一旦有事，即「齊入廟裏」。總之，「泰嶽爭交」或始自民間，但實際的組織與主持是泰安知州代表的官方。

第二節　《水滸傳》中的泰安州故事

雖然梁山泊與泰安州山水毗連，但是《水滸傳》中既無泰安州籍或從泰安州起家的梁山泊好漢，也不曾寫及泰山〔註 11〕，卻寫有若干在泰安州發生或涉及泰安州的故事，而頗具該地文化特點。

一、岱嶽廟戴宗歸神

《水滸傳》寫時遷盜甲賺徐寧上山時謊稱爲泰安人：「你聽我說。小人姓張，排行第一，泰安州人氏。」（第五十六回）但是實際上他「祖貫是高唐

〔註11〕杜貴晨：《試說泰山別稱「太行山」——兼及若干小說戲曲之讀誤》，《文學遺產》，2010 年第 6 期。

州人氏」（第四十六回）。戴宗賺蕭讓上山時自稱「小可是泰安州嶽廟裏打供太保」（第三十九回），當時他卻在江州任兩院押牢節級。不過，與一生都未到過泰安的時遷不同，戴宗與泰安州卻有著密切的聯繫，並最後眞的做了泰安州嶽廟的打供太保，並於岱廟歸神。

「神行太保」戴宗首見於第三十六回，寫宋江被發配江州，路過梁山而執意不肯入夥，吳用便介紹他去江州後請戴宗給予照顧。戴宗是江州「兩院押牢節級」。押牢節級是宋代管理監獄的小官，書中解釋說「那時故宋時金陵一路，節級都稱呼家長；湖南一路，節級都稱呼做院長」；又說：「原來這戴院長有一等驚人的道術，但出路時，齎書飛報緊急軍情事，把兩個甲馬拴在兩隻腿上，作起神行法來，一日能行五百里。把四個甲馬拴在腿上，便一日能行八百里。因此人都稱做神行太保戴宗。」（第三十八回）

戴宗不如宋江有九天玄女所授「天書」可以經常參考，也不如公孫勝有羅眞人隨時傳授因而法術多樣，他那並無來歷的唯一「道術」就是「神行法」。此法除了要在「兩隻腿上」拴兩個或四個「甲馬」之外，還要念「咒語」才能啓行或停止。「甲馬」解下之後還要「燒送」。第三十九回寫戴宗送信，「身邊取出四個甲馬，去兩隻腿上，每只各拴兩個，肩上挑上兩個信籠，口裏念起神行法咒語來」，便如飛爾行了。住店後即「解下甲馬，取數陌金紙燒送了」。

戴宗的「神行法」既能自行，又可以帶挈同伴。第五十三回寫他對李逵說：「若是同伴的人，我也把甲馬拴在他腿上，教他也走得許多路程。」李逵因此好奇，請戴宗帶他一起去薊州請公孫勝，於路就是由「戴宗取四個甲馬，去李逵兩雙腿上也縛了……念念有詞，吹口氣在李逵腿上。李逵拽開腳步，渾如駕雲的一般，飛也似去了」。

戴宗的「神行法」既是「道術」，就不免有忌諱。第五十三回寫戴宗對李逵道：「你要跟我作神行法，須要只吃素酒。」想必戴宗作「神行法」時自己也是「只吃素酒」的了。然而李逵以爲「便吃些肉也打什麼緊」，便「眞個偷買幾斤牛肉吃了」，結果第二天用上「神行法」啓行以後，自己想停時，卻停不下來了，不得不央求戴宗解救。戴宗使李逵停下來的辦法也挺簡單——「把衣袖去李逵腿上只一拂，喝聲：『住！』李逵卻似釘住了的一般，兩隻腿立定地下，挪移不動。其法甚是靈」。因此，梁山之上所有需要急行趕路之事都非戴宗莫辦，包括去江南建康府接來安道全救了宋江性命這樣關乎梁山根本安

危的大事在內（第五十六回），都是倚仗能作「神行法」的戴宗。

另外，《水滸傳》寫吳用稱戴宗是自己的「至愛相識」，贊「此人十分仗義疏財」（第三十六回）。但同時也寫他的「財」來路不正，第三十八回「及時雨會神行太保」，寫宋江為了等戴宗自來與他相見，故意拖延「發來的配軍，常例送銀五兩」的「常例錢」，然後遇到了戴宗：

> 話說當時宋江別了差撥，出抄事房來，到點視廳上看時，見那節級，撥條凳子，坐在廳前，高聲喝道：「那個是新配到囚徒？」牌頭指著宋江道：「這個便是。」那節級便罵道：「你這矮黑殺才！倚仗誰的勢要，不送常例錢來與我？」宋江道：「人情，人情，在人情願。你如何逼取人財，好小哉相！」兩邊看的人聽了，倒捏兩把汗。那人大怒，喝罵：「賊配軍，安敢如此無禮，顛倒說我小哉！那兜駄的，與我背起來，且打這廝一百訊棍。」兩邊營裏眾人，都是和宋江好的。見說要打他，一哄都走了。只剩得那節級和宋江。那人見眾人都散了，肚裏越怒，拿起訊棍，便奔來打宋江。宋江說道：「節級，你要打我，我得何罪？」那人大喝道：「你這賊配軍是我手裏行貨，輕咳嗽便是罪過！」宋江道：「你便尋我過失，也不計利害，便不到的該死。」那人怒道：「你說不該死，我要結果你也不難，只似打殺一個蒼蠅。」宋江冷笑道：「我因不送得常例錢便該死時，結識梁山泊吳學究的，卻該怎地？」那人聽了這聲，慌忙丟了手中訊棍，便問道：「你說什麼？」

宋江與戴宗就這樣認識了。由此可見，這位院長雖然夠不上是一個貪官，但肯定是一個真正的「污吏」。而且從他喝罵的內容，和以為「只似打殺一個蒼蠅」般的恐嚇宋江看，還是一個肆意妄為的酷吏。也由此可知，戴宗的「財」，其實是黑道上得來的黑心錢；他的「仗義疏財」，最好不過是劫富濟貧，而一般也就是黑道交易與普通樂善好施完全不同。

《水滸傳》還寫戴宗頗有心機，處事甚有謀略，為梁山幹成不少大事。這表現在僅《水滸傳》回目中提到戴宗的就有第三十六回「梁山泊吳用舉戴宗」、第三十八回「及時雨會神行太保」、第三十九回「梁山泊戴宗傳假信」、第五十三回「戴宗智取公孫勝」、第八十一回「戴宗定計賺蕭讓」等五次。而且《水滸傳》回目中即突出能「智取」和「定計」者，戴宗是除吳用之外最引人注目的一個人物。因此，第八十一回寫吳用把戴宗與燕青一併稱為「兩

個乖覺的人」，點出戴宗性格「乖覺」即處事有方的一面。

綜上所述，無論以身份、道術、能力與貢獻論，戴宗都是梁山泊好漢中最具特色的一員，並因此成為唯一「山泊總探聲息頭領」，得有「石碣天文」中列名天罡星第二十的高位，稱「天速星神行太保戴宗」。即使有如清初著名小說評點家金聖歎說：「戴宗是中下人物。除卻神行，一件不足取。」〔註12〕但是也誠如民國著名作家張恨水雖然認可金聖歎所論「神行」是戴宗的最大特點，但更是強調：「使梁山而無戴宗之人，則所有大舉而不克成者，將十去其五六矣。一身而繫全山事業之半，焉得而不為人所重乎？」〔註13〕

戴宗是《水滸傳》成書之前早期水滸故事中即已經出現的人物。宋末周密《癸辛雜識續集》卷上載南宋龔聖與《宋江三十六贊》〔註14〕以及無名氏《大宋宣和遺事》中都有「神行太保戴宗」〔註15〕。宋羅燁《醉翁談錄》甲集卷一《舌耕序引·小說開闢》所記公案類小說有《戴嗣宗》〔註16〕，應該就是講戴宗故事的話本，證明《水滸傳》寫戴宗這個人物淵源有自。唯是文獻有闕，其繼承與創新的具體情況，已無法考證了。

至於戴宗綽號中所稱「太保」，本是周官三公之一，位次太傅。後世多為恩寵所加的頭銜，並無實職。至宋代世俗以官職稱百姓各類人等，這個作為古代天子以下最尊貴稱號之一的「太保」，就逐漸成為廟祝、巫者、僕役、綠林人物、不良少年等等的尊稱。從第三十九回寫晁蓋「次日，早飯罷，煩請戴院長打扮做太保模樣」，去濟州賺蕭、金二人，對蕭讓自稱「小可是泰安州嶽廟裏打供太保」來看，戴宗這位「太保」實是指主管廟內香火事務的廟祝。《水滸傳》第二回寫王進對張牌稱自己要去嶽廟燒頭炷香說：「你可今晚先去，分付廟祝，教他來日早些開廟門。」最後戴宗辭官不做，去岱嶽廟「陪堂出家，在彼每日殷勤奉祀聖帝香火」，就真的是一位廟祝，也就是「太保」了。加以戴宗又會「神行法」，自然也就是「神行太保」了。

〔註12〕 金聖歎：《讀第五才子書法》，轉引自朱一玄、劉毓忱編：《水滸傳資料彙編》，南開大學出版社，2002年版，第222頁。

〔註13〕 張恨水：《水滸人物論贊》，遼寧教育出版社，1998年版，第20頁。

〔註14〕 周密：《癸辛雜識續集》，轉引自朱一玄、劉毓忱編：《水滸傳資料彙編》，南開大學出版社，2002年版，第21頁。

〔註15〕 〔元〕無名氏：《新刊大宋宣和遺事》，中國古典文學出版社，1954年版，第42頁。

〔註16〕 羅燁：《醉翁談錄》，轉引自朱一玄、劉毓忱編：《水滸傳資料彙編》，南開大學出版社，2002年版，第19頁。

《水滸傳》未著戴宗籍貫，也沒有寫他「神行法」授受來歷。但是，作為一位「道術」之士，他在一生馳騁江湖又勤於王事的盡頭，是得到了冥君的眷顧。第一百回寫他辭別宋江道：

> 戴宗起身道：「小弟已蒙聖恩，除授兗州都統制。今情願納下官誥，要去泰安州嶽廟裏，陪堂求閒，過了此生，實爲萬幸。」宋江道：「賢弟何故行此念頭？」戴宗道：「兄弟夜夢崔府君勾喚，因此發了這片善心。」宋江道：「賢弟生身既爲神行太保，他日必作嶽府靈聰。」自此相別之後，戴宗納還了官誥，去到泰安州嶽廟裏，陪堂出家，在彼每日殷勤奉祀聖帝香火，虔誠無忽。後數月，一夕無恙，請眾道伴相辭作別，大笑而終。後來在嶽廟裏累次顯靈，州人廟祝，隨塑戴宗神像於廟裏，胎骨是他眞身。

「大笑而終」是徹悟人生即「悟道」的表現。《水滸傳》寫梁山泊好漢「大笑而終」的另有魯智深。這是否顯示魯智深有與戴宗爲一僧一道的映襯關係？就不得而知了。但是，以「戴宗」之「戴」與「岱宗」之「岱」諧音的聯繫看，「戴宗」之終於「岱宗」的泰山歸神，乃死得其所，是這一人物結局最佳的安排。

二、「燕青智撲擎天柱」

《水滸傳》第七十四回寫「燕青智撲擎天柱」，是全書有關泰安州最重要的故事。燕青「這人是北京土居人氏，自小父母雙亡，盧員外家中養的他大」，是「盧俊義家心腹人」，「一身本事，無人比的」，「若賽錦標社，那裏利物，管取都是他的」（第六十一回）。「小廝撲天下第一，……李逵多曾著他手腳，以此怕他」（第七十三回）。又「自幼跟著盧員外，學得這身相撲，江湖上不曾逢著對手」（第七十四回），盧俊義也曾稱讚燕青道：『我這個小兄弟，也會相撲。三番上岱嶽爭交，天下無對。』」（第八十回）這「三番上岱嶽爭交」應該就包括了第七十四回的「智撲擎天柱」，並且是最近的一次。

《水滸傳》第七十三、七十四回寫燕青在山寨，「禁煙才過，正當三月韶華」，偶然從陝西來被捉上山的幾個香客得知，「今年有個撲手好漢，是太原府人氏，姓任名原，身長一丈，自號擎天柱，……廟上爭交，不曾有對手……單搠天下人相撲」，便稟宋江「自去獻臺上，好歹攀他擷一交。若是輸了擷死，永無怨心。倘或贏時，也與哥哥增些光彩」。加以盧俊義支持，宋江便放他一

個人去了。宣和三年三月二十五日〔註17〕，燕青「打扮得村村樸樸……一個山東貨郎」下山，取路往泰安州來。第二天即二十五日途中，住店時有李逵趕來，說答謝他「相伴我去荊門鎮走了兩遭，……偷走下山，特來幫你」；第三天即三月二十六日，燕青與李逵一前一後來泰安州，「將近廟上傍邊，……只見兩條紅標柱，恰似坊巷牌額一般相似。上立一面粉牌，寫道：『太原相撲擎天柱任原。』傍邊兩行小字道：『拳打南山猛虎，腳踢北海蒼龍。』燕青看了，便扯匾擔，將牌打得粉碎，也不說什麼」。這個叫做「劈牌放對」，又叫做「劈牌定對」。第四天即三月二十七日，燕青安排李逵在店裏睡覺，一人來岱嶽廟前「遊玩了一遭，卻出草參亭，參拜了四拜」。又經人指引，閃入迎恩橋下客店，與任原打了個照面。第五天即三月二十八日「天齊聖帝降誕之辰」，燕青來獻臺與任原放對。

《水滸傳》寫「燕青智撲擎天柱」實為千古寫相撲無對之文。其始曰：

> 那日燒香的人，真乃亞肩疊背。偌大一個東嶽廟，一湧便滿了。屋脊梁上，都是看的人。朝著嘉寧殿紮縛起山棚。棚上都是金銀器皿，錦繡段匹。門外拴著五頭駿馬，全付鞍轡。知州禁住燒香的人，看這當年相撲獻聖。一個年老的部署，拿著竹批，上得獻臺，恭神已罷，便請今年相撲的對手出馬爭交。說言未了，只見人如潮湧，卻早十數對哨棒過來。前面列著四把繡旗，那任原坐在轎上。這轎前轎後，三二十對花胳膊的好漢，前遮後擁，來到獻臺上。部署請下轎來，開了幾句溫暖的呵會。任原道：「我兩年到岱嶽，奪了頭籌，白白拿了若干利物。今年必用脫膊。」說罷，見一個拿水桶的上來。任原的徒弟，都在獻臺邊，一周遭都密密地立著。且說任原先解了胳膊，除了巾幘，虛籠著蜀錦襖子，喝了一聲參神喏，受了兩口神水，脫下錦襖。百十萬人齊喝一聲采！

接下一篇贊詞之後，任原遵照部署要求「安復天下從香官」，結末挑戰「東至日出，西至日沒，兩輪日月，一合乾坤，南及南蠻，北濟幽燕，敢有出來和我爭利物的麼」：

> 說猶未了，燕青捺著兩邊人的肩臂，口中叫道：「有，有！」從

〔註17〕 此時間可參看本書《〈水滸傳〉中的壽張縣》一節。又，《水滸傳》寫朝廷第一次招安的詔書時間為「宣和三年孟夏四月」，而這一次招安與燕青打擂時間為同一年。

人背上,直飛搶到獻臺上來。眾人齊發聲喊。那部署接著……道:
「漢子,性命只在眼前,你省得麼?你有保人也無?」燕青道:「我
就是保人,死了要誰償命?」部署道:「你且脫膊下來看。」燕青除
了頭巾,光光的梳著個角兒,脫下草鞋,赤了雙腳,蹲在獻臺一邊。
解了腿繃護膝,跳將起來,把布衫脫將下來,吐個架子。則見廟裏
的看官,如攪海翻江相似,疊頭價喝采。眾人都呆了。

　　因為利益不菲,更是性命攸關,所以「岱嶽爭交」程序嚴謹,規則明確,
有現場約定的「文書」:

　　　　部署問他先要了文書。懷中取出相撲社條,讀了一遍。對燕青
　　道:「你省得麼?不許暗算。」燕青冷笑道:「他身上都有準備,我
　　單單只這個水裩兒,暗算他什麼?」

可見任原是藏了暗器的,部署縱然先前不知,經燕青當面揭發,也應該要搜
查的,卻如沒有聽見一般,豈不是這位臺上的「裁判」與任原有什麼私下的
交易,是相撲獻臺上的「黑哨」?然而書中接下又寫知州仍不忍燕青冒險放
對:

　　　　知州又叫部署來分付道:「這般一個漢子,俊俏後生,可惜了。
　　你去與他分了這撲。」部署隨即上獻臺,又對燕青道:「漢子,你留
　　了性命還鄉去。我與你分了這撲。」燕青道:「你好不曉事!知是我
　　贏我輸?」眾人都和起來。……部署道:「既然你兩個要相撲,今年
　　且賽這對獻聖,都要小心著,各各在意。」

　　《水滸傳》寫「燕青智撲擎天柱」的「爭交」過程與其說十分生動,不
如說很是專業,是為中國古代相撲的精細留影。既是寫了先時「任原看了他
這花繡急健身材,心裏到有五分怯他」,又寫了臨戰之際任原「此時有心恨不
得把燕青丟去九霄雲外,跌死了他」等等急燥複雜的心理,更寫場面與動作
如畫如見:

　　　　淨淨地獻臺上只三個人。此時宿霧盡收,旭日初起。部署拿著
　　竹批,兩邊分付已了,叫聲:「看撲!」這個相撲,一來一往,最要
　　說得分明。說時遲,那時疾,正如空中星移電掣相似,些兒遲慢不
　　得。當時燕青做一塊兒蹲在右邊。任原先在左邊,立個門戶。燕青
　　則不動撣。初時獻臺上各占一半,中間心裏合交。任原見燕青不動
　　撣,看看逼過右邊來。燕青只瞅他下三面。任原暗忖道:「這人必來

算我下三面。你看我不消動手，只一腳踢這廝下獻臺去。」……任
原看看逼將入來，虛將左腳賣個破綻。燕青叫一聲：「不要來！」任
原卻待奔他，被燕青去任原左脅下穿將過去。任原性起，急轉身又
來拿燕青。被燕青虛躍一躍，又在右脅下鑽過去。大漢轉身，終是
不便。三換，換得腳步亂了。燕青卻搶將入去，用右手扭住任原，
探左手插入任原交襠，用肩胛頂住他胸脯，把任原直託將起來，頭
重腳輕，借力便旋五旋。旋到獻臺邊，叫一聲：「下去！」把任原頭
在下，腳在上，直攛下獻臺來。這一撲，名喚做鶻鴿旋。數萬香官
看了，齊聲喝采。

結末「這一撲」云云，是說作爲相撲的工夫，上引所寫燕青「攛翻」任原之
「三換」、「五旋」的「智撲」之法，「名喚做鶻鴿旋」。「鶻鴿旋」是中國古代
相撲唯一見諸小說描寫的經典套路。

三、以「泰安州」爲誘的三個「賺」局

《水滸傳》寫及「泰安州」近二十次，但是除了上述二事爲發生在泰安
州被集中正面描寫者之外，其它都不過有所涉及。孤立看來，泰安州在這類
有所涉及的事體中都不甚重要，但若聯繫起來看就非同尋常，值得審視。如
書中寫晁蓋、宋江、吳用等爲某種目的誘使某些好漢上梁山的「賺」局，就
有三次都與泰安州相關，即第三十九回爲營救宋江而「賺」蕭讓、金大堅；
第五十六回爲破連環甲馬而「賺」徐寧上山；第六十一回爲壯大梁山實力而
「賺」盧俊義上山，都是利用了泰安州或說泰山的地理位置與影響實現的。

（一）戴宗「賺」蕭讓、金大堅

《水滸傳》第三十九回寫「潯陽樓宋江吟反詩」被罪下獄，亟待營救。
蔡九知府差神行太保戴宗去東京給父親蔡太師送家書並生辰禮物。戴宗途
經梁山，在朱貴酒店被蒙汗藥麻翻。朱貴拆讀戴宗寄送的信件，見有關將對
宋江行刑事體，又從宣牌知道了送信人是與吳用「至愛相識」的「江州兩
院押牢節級戴宗」。因此用解藥把戴宗救醒，一起上梁山告請晁蓋、吳用等營
救宋江。吳用設計「寫一封假回書，教院長回去。書上只說教把犯人宋江切
不可施刑，便須密切差的當人員解赴東京，……等他解來此間經過，我這
裏自差人下山奪了」，但是沒有能模擬作書和刻印的人。吳用有兩個在濟州時
的相識聖手書生蕭讓和玉臂匠金大堅，但是二人本非梁山的同夥，實話實

說不可能請動，於是吳用定計由戴宗去濟州「賺」請二位來山。先是見到了蕭讓：

> 戴宗施禮罷，說道：「小可是泰安州嶽廟裏打供太保。今爲本廟重修五嶽樓，本州上戶要刻道碑文，特地教小可齎白銀五十兩作安家之資，請秀才便那尊步，同到廟裏作文則個。選定了日期，不可遲滯。」蕭讓道：「小生只會作文及書丹，別無甚用。如要立碑，還用刊字匠作。」（第三十九回）

然後又見金大堅，「具說泰安州嶽廟裏重修五嶽樓，眾上戶要立道碑文碣石之事」，加以各送了「白銀五十兩」，蕭、金二人歡喜不疑，便爽快答應了。第一天「蕭讓、戴宗，三人同行。離了濟州城裏，行不過十里多路」，戴宗託故先行，蕭、金「兩個背著些包裹，自慢慢而行。看看走到未牌時候，約莫也走過了七八十里路，只見前面一聲胡哨響」，出來由王矮虎率領的四五十人，把二人劫了。這時的蕭讓還懇請告道「小人兩個是上泰安州刻石鐫文的」云云，完全被蒙在鼓裏，直到上梁山後說清才明白根本沒有什麼「泰安州嶽廟……立道碑文碣石之事」。

那麼爲何吳用「賺」蕭、金兩個上梁山而必假「泰安州嶽廟……立道碑文碣石之事」呢？想來原因有二：一是濟州即今之山東濟寧當時治在鉅野（今縣，屬山東省菏澤市），梁山在鉅野通泰安的道路不遠，正便於「劫」請二人上梁山；二是泰安自古號稱「神州」，爲「泰安州嶽廟……立道碑文碣石」撰文刊石是不朽之事，對蕭、金兩人有非同一般的吸引力。大約因此，當遭遇王矮虎等假扮的「劫匪」時，蕭讓還告道「小人兩個是上泰安州刻石鐫文的」云云，大約以爲憑了這事涉「天齊聖帝」的理由即可以順利通關，殊不知連這理由都是「劫匪」的頭領給他編造的，所以並沒有以後來才有的梁山不劫掠「泰山燒香」客人的規矩對待，而是被「請」上山做了晁蓋、宋江等人的同夥。雖然這個過程中並沒有實地寫到泰安州，但是讀者從中不難看到「泰安州嶽廟」的宗教影響對情節的發展，起有不可替代的作用。

（二）「湯隆賺徐寧上山」

《水滸傳》第五十六回寫「吳用使時遷盜甲，湯隆賺徐寧上山」，寫爲了大破呼延灼的「連環馬」，剛上梁山不久的金錢豹子湯隆打造了鉤鐮槍卻不會用，便推薦「賺」其姑舅哥哥東京金槍班教師徐寧上山教練，並獻計盜取徐寧家祖傳的一副雁翎砌就圈金甲，引誘徐寧追討，再設法把他弄上梁山。這

個「盜甲」的任務便落在鼓上蚤時遷身上，而湯隆親赴東京誘徐寧出來，並假意幫助徐寧追上並捉住時遷，但是雁翎甲已不在時遷攜帶的箱子裏了：

> 徐寧道：「你這廝把我這副甲那裏去了？」時遷道：「你聽我説。小人姓張，排行第一，泰安州人氏。本州有個財主，要結識老種經略相公，知道你家有這副雁翎鎖子甲，不肯貨賣，特地使我同一個李三兩人，來你家偷盜。許俺們一萬貫。不想我在你家柱子上跌下來，閃胁了腿，因此走不動。先教李三把甲拿了去，只留得空匣在此。你若要奈何我時，我到官司，只是拼著命，就打死我也不招，休想我指出別人來。若還肯饒我官司時，我和你去討這副甲還你。不知尊意如何？」

徐寧無奈，只好與湯隆一起監了自稱「走不動」的時遷去尋李三討甲，從而「賺」局又有進一步的發展：

> 三人正走之間，只見路傍邊三四個頭口，拽出一輛空車子，背後一個人駕車，傍邊一個客人，看著湯隆，納頭便拜。湯隆問道：「兄弟因何到此？」那人答道：「鄭州作了買賣，要回泰安州去。」湯隆道：「最好。我三個要搭車子，也要到泰安州去走一遭。」那人道：「莫説三個上車，再多些也不計較。」湯隆大喜，叫與徐寧相見。徐寧問道：「此人是誰？」湯隆答道：「我去年在泰安州燒香，結識得這個兄弟，姓李名榮，是個有義氣的人。」徐寧道：「既然如此，這張一又走不動，都上車子坐地。只叫車客駕車了行。」四個人坐在車子上。徐寧問道時遷：「你且説與我那個財主姓名。」時遷乞逼不過，三回五次推託，只得胡亂説道：「他是有名的郭大官人。」徐寧卻問李榮道：「你那泰安州曾有個郭大官人麼？」李榮答道：「我那本州郭大官人，是個上戶財主，專好結識官宦來往。門下養著多少閒人。」徐寧聽罷，心中想道：「既有主坐，必不礙事。」又見李榮一路上説些槍棒，唱幾個曲兒，不覺的又過了一日。

接下來「話休絮繁。看看到梁山泊，只有兩程多路」，徐寧被湯隆等使蒙汗藥麻翻了，送上梁山，才知道是被「賺」來山寨教授鈎鐮槍法，「坐把交椅」，乃對湯隆感歎道：「都是兄弟送了我也！」

上述「賺」局自時遷謊稱「小人姓張，排行第一，泰安州人氏。本州有個財主」云云，就把泰安州説成了「時遷盜甲」的策源地，而主使之人則是

「本州」即泰安州的一個郭姓財主。接下來遇到的竟然又是「鄭州作了買賣，要回泰安州去」的一個人，這人又居然是湯隆「去年在泰安州燒香，結識得這個兄弟，姓李名榮」，並由他圓了時遷「胡亂說道」的為「郭大官人」「盜甲」的謊言。如此等等，雖然並無實寫，但是無疑「泰安州」成為湯隆等「賺」徐寧向梁山進發的一個關鍵。這是因為按照《水滸傳》所寫，湯隆陪同徐寧從東京（今河南開封）出發到泰安的途中，正是要從梁山下經過，從而時遷謊稱主持盜甲的人在泰安州，正是方便了把徐寧「賺」上梁山的情節安排。而「泰安州」以及「泰安州燒香」等又再一次成為「賺」上梁山情節虛幻的背景，是很有意思的現象。

（三）「吳用智賺玉麒麟」

《水滸傳》第六十回寫梁山上晁蓋死後，宋江受吳用、林沖等眾好漢擁戴，「權居主位，坐了第一把交椅」，「依吳學究之言，守住山寨居喪。每日修設好事，只做功果，追薦晁蓋」。一日，請到北京大名府在城龍華寺僧人遊方來濟寧的大圓寨內做道場，說起「河北玉麒麟」，「宋江、吳用聽了，猛然省起，說道：『你看我們未老，卻恁地忘事！北京城裏是有個盧大員外，雙名俊義，綽號玉麒麟，是河北三絕。祖居北京人氏，一身好武藝，棍棒天下無對。梁山泊寨中若得此人時，何怕官軍強捕，豈愁兵馬來臨！』……吳學究道：『吳用也在心多時了，不想一向忘卻。小生略施小計，便教本人上山。』」於是有第六十一回「吳用智賺玉麒麟」以及於泰安州故事。

「吳用智賺玉麒麟」大略說吳用扮作算命先生，來北京盧俊義家說動盧俊義相信自己「目下不出百日之內，必有血光之災，家私不能保守，死於刀劍之下」，只有「去東南方巽地上一千里之外，方可免此大難」。盧俊義便「想東南方有個去處，是泰安州，那裏有東嶽泰山天齊仁聖帝金殿，管天下人民生死災厄。我一者去那裏燒炷香消災滅罪，二者躲過這場災悔，三者做些買賣，觀看外方景致」（第六十一回），於是吩咐管家李固「安排行李。討了十輛太平車子，喚了十個腳夫，四五十拽車頭口」，「次日五更，盧俊義起來，沐浴罷，更換一身新衣服，取出器械，到後堂裏辭別了祖先香火，出門上路出離北京大名府」。盧俊義此行，按說是奔赴泰安州。但是，此後盧俊義再不提起泰安州，而是「自此在路夜宿曉行，已經數日」，來到「不得二十里路，正打梁山泊邊口子前過去」的一處客店，「問小二哥討了四根竹竿，每根縛起一面旗來。每面拷栳大小幾個字，有詩為證：『慷慨北京盧俊義，遠馱貨物離

鄉地，一心只要捉強人，那時方表男兒志。』」原來盧俊義雖有意泰安州燒香消災避難，但更想著趁此機會「發賣」自己的「一身本事」，乃「特地要來捉宋江這廝」來的。當然此次他歷經坎坷，反而最後做了宋江的同夥。

這個故事中盧俊義來泰安州燒香消災弭難，兼做生意，雖然看來是他自己從吳用算命給出的「迴避」之法中悟出來的，但是他悟出的不是濟州或其它地方而是泰安州，卻是由於泰安州符合「迴避」所要求「東南方巽地上一千里之外」的條件，又「那裏有東嶽泰山天齊仁聖帝金殿，管天下人民生死災厄」，天下消災弭難最佳的去處。但是，無論盧俊義需要「迴避」的「血光之災」，還是「迴避」要去的「東南方巽地上一千里之外」的條件，都是吳用「智賺」編造出來的。吳用的編造之「智」雖未明說，但除了同樣基於泰安州「有東嶽泰山天齊仁聖帝金殿，管天下人民生死災厄」之外，還應該是由於自北京大名府去泰安州燒香之路正是要從梁山泊附近經過，便於梁山泊好漢劫盧俊義上山，從而泰安州是「智賺」故事託爲盧俊義最佳的去處。

以上所述《水滸傳》有關泰安州的三大「賺」局佔了全書的相當大篇幅，加以「岱嶽廟戴宗歸神」和「燕青智撲擎天柱」兩大情節，使泰安州實際成爲水滸故事的重要背景地。至於如今宋代鄆州即東平府舊治東平爲泰安市屬縣，泰安與《水滸傳》實際的關係乃合古泰安州與東平府二地爲一，就更加非同尋常，值得學者高度重視。但在本書東平府已列有專章，這裏就不說了。

第十二章　《水滸傳》中的登州府

　　登州作爲地方行政區劃始置於唐代。北宋登州屬京東東路，轄蓬萊、文登、黃縣和牟平四縣，州治爲蓬萊。明洪武九年（1376）置登州府，轄蓬萊、黃縣、福山、棲霞、文登、招遠、萊陽等七縣與寧海州，府治蓬萊。清朝沿襲明制，設登州府，轄蓬萊、黃縣、福山、棲霞、招遠、萊陽、文登、榮成等八縣與寧海州。民國二年（1913）撤銷登州府建置。其舊地今屬山東煙臺蓬萊，蓬萊市設有登州街道辦事處。

　　《水滸傳》中的登州是府級建置。小說首先寫到的登州府地方是沙門島，即今蓬萊北部海上的廟島群島，屬山東省煙臺市長島縣。一是第十七回寫梁中書的心腹威脅濟州府尹，說如果十日內抓不到劫走生辰綱的案犯，「怕不先來請相公去沙門島走一遭」。二是第四十四回寫裴宣原是京兆府六案孔目，「爲因朝廷除將一員貪濫知府到來，把他尋事刺配沙門島」，路過飲馬川，被鄧飛、孟康救上山去落草。三是第六十二回寫盧俊義獲罪刺配沙門島。《宋史·刑法志》載：「罪人貸死者，舊多配沙門島，至者多死。」因此，梁中書的心腹拿發配沙門島來說事，等於拿死刑威脅濟州府尹；薛霸對盧俊義說「便到沙門島也是死」（第六十二回），也不完全是找藉口殺人的話。當然，《水滸傳》對沙門島的情形沒有更多具體描寫，所寫登州人事都發生在離府治不太遠的大陸城鄉。

　　《水滸傳》共二十三次提到「登州」，寫登州人物、故事主要在第四十九回和第五十回，第八十六回、第九十六等回也有所涉及。

第一節　登州山下的豪傑：解氏兄弟

《水滸傳》寫登州人物故事，自第四十九回起，最先出場的是解珍、解寶兄弟。這弟兄倆是登州山下的獵戶，他們的故事與「宋公明初打祝家莊時，一同事發」，所以作者於第四十八回寫過「宋公明兩打祝家莊」不下之後，「權記下這兩打祝家莊的話頭，卻先說那一回來投入夥的人」，就是從解珍、解寶兄弟說起。

一、解氏兄弟的被「逼上梁山」

《水滸傳》中真正被官府逼上梁山的，除林沖之外，最典型的當推解氏兄弟。故事從第四十九回開篇敘登州知府「杖限」登州山前後里正、獵戶捕虎以及於解氏兄弟說起：

> 原來山東海邊有個州郡，喚做登州。登州城外有一座山，山上多有豺狼虎豹出來傷人。因此登州知府拘集獵戶，當廳委了杖限文書，捉捕登州山上大蟲。又仰山前山後里正之家也要捕虎文狀，限外不行解官，痛責枷號不恕。且說登州山下有一家獵戶，弟兄兩個。哥哥喚做解珍，兄弟喚做解寶。弟兄兩個，都使渾鐵點鋼叉，有一身驚人的武藝。當州里的獵戶們都讓他第一。那解珍一個綽號喚做兩頭蛇，這解寶綽號叫做雙尾蠍。二人父母俱亡，不曾婚娶。

如此一來，登州山下現任里正的毛太公一家和包括解氏兄弟在內的登州山下獵戶，就都承擔了官府限三日內捕到老虎的任務。所以，當時解氏兄弟「當官受了甘限文書，回到家中，整頓窩弓……拿了鐵叉，兩個徑奔登州山上，下了窩弓」（第四十九回）。連續守候兩天，不見大蟲蹤影。兩人把窩弓等移到西山邊，「到第三日夜，伏至四更時分……忽聽得窩弓發響。兩個跳將起來，拿了鋼叉，四下裏看時，只見一個大蟲，中了藥箭，在那地上滾……骨淥淥滾將下山去了。」（第四十九回）

孰料山下正是里正毛太公莊的後園，兄弟二人來此莊上討取大蟲，卻遭到毛太公的拒絕。解氏兄弟惱怒，「便在廳前打將起來」，被毛太公誣為「白晝搶劫」。這樣，毛太公不但公然賴了解氏兄弟捕捉到的大蟲自己去官府邀賞，而且向官府誣告使做公的來捉拿解氏兄弟，「剝得赤條條地，背剪綁了，解上州里來」（第四十九回）。加以登州府六案孔目王正是毛太公的女婿，攛掇知府把解氏兄弟問成「混賴大蟲，各執鋼叉，因而搶擄財物」（第四十九回）

的重罪，打入牢獄。毛太公父子又怕兄弟兩人出獄後報復，便勾結當牢節級包吉，要在牢中「做翻」兩人，以便斬草除根。

又孰料獄中看守解氏兄弟的牢子樂和是登州兵馬提轄孫立的內弟，而孫立、孫新兄弟是解氏兄弟的表哥，孫新之妻顧大嫂又是他們的表姐。於是樂和受解氏兄弟之託去尋顧大嫂設法解救。顧大嫂千方百計邀約孫新、孫立、鄒淵和鄒潤一起劫牢，又有樂和作為內應，順利救出了解氏兄弟二人。解氏兄弟深恨毛太公父子陰狠歹毒，引了孫立、鄒淵、鄒潤三人，奔毛太公莊上「把毛太公、毛仲義並一門老小盡皆殺了，不留一個。去臥房裏搜檢得十數包金銀財寶，後院裏牽得七八匹好馬，把四匹捎帶馱載。解珍、解寶揀幾件好的衣服穿了，將莊院一把火齊放起燒了」（第四十九回），然後急行趕上孫新、顧大嫂、樂和等一行人馬，一起投奔梁山。

解氏兄弟被「逼上梁山」的路上，又與孫氏兄弟、顧大嫂、樂和一起參加了「宋公明三打祝家莊」，得勝後同上梁山，被分派「守把山前第一關」。梁山泊全夥受招安之後，解氏兄弟隨軍「征遼」，亦有建樹。但在南征方臘的烏龍嶺之役，兩兄弟請纓「裝作此間獵戶，扒上山去，放起一把火來，教那賊兵大驚，必然棄了關去」。卻不幸失利，「死於非命」（第九十六回）。

二、解氏兄弟與毛太公

宋史上確有解寶其人，姓名見於宋徐夢莘《三朝北盟會編》卷二百一十七引《韓忠武王佐命定國元勳之碑》，碑文記載：「建御營，以王（按指韓世忠）為左軍統制，詔平濟州山口賊解寶、王大力、李顯等，所向剿除，升定國軍承宣使。」據王利器先生考證，「濟州山口賊解寶」當即《水滸傳》中雙尾蠍解寶的原型，並推測解寶在老家登州受土豪壓迫，才去濟州山口作「賊」的。〔註1〕此論未必可信，但可備一說。

野史小說戲曲中解珍、解寶的姓名及其綽號最早見於宋人龔聖與《宋江三十六贊》，是當時街談巷語中參與宋江起義的好漢人物，卻不見於此後的《大宋宣和遺事》。元雜劇和明初朱有燉《豹子和尚自還俗》等水滸題材雜劇中，也沒有這兩個人物。看來解氏兄弟形象的塑造未必不有所本，但主要還是《水滸傳》作者的創造。

《水滸傳》寫解氏兄弟的非同尋常處，是他二人雖然「那解珍一個綽號

喚做兩頭蛇，這解寶綽號叫做雙尾蠍」，好像也是不安分的，但是從其謹遵知府的「杖限」捉虎和追討射死的老虎向官府請賞看，他二人本是老實忠厚之輩；即使被毛太公父子賴奪了大蟲，又強扭做賊，解氏兄弟也還想著能與毛太公去「官司理會」（第四十九回）大蟲的事情。可見其本無反心，對官府一直抱有幻想。直到知府大人聽信孔目王正的讒言，葫蘆斷案，把兩人打入死牢，逼至絕境，才引發二人的求人解救和果斷越獄。越獄後的解寶先是將「得了毛太公銀兩」要「做翻他兩個」的包吉一枷把「腦蓋擗得粉碎」，又由「孫立引著……奔毛太公莊上……把毛太公、毛仲義並一門老小，盡皆殺了……星夜奔上梁山泊去」。

入夥梁山後，解氏兄弟衝鋒陷陣，表現出「士為知己者死」的情懷和獻身朝廷、盡忠國家的精神。請纓去烏龍嶺時，兩人對宋江說：「我弟兄兩個，自登州越獄上梁山泊，託哥哥福蔭，做了許多年好漢，又受了國家誥命，穿了錦襖子。今日為朝廷，便粉骨碎身，報答仁兄，也不為多。」（第九十六回）可見這一對獵戶兄弟雖出身與李逵和阮氏兄弟相彷彿，「逼上梁山」之路與林沖略相似，但是其對朝廷官府的態度，卻與諸人迥相異。金聖歎評曰：「別一部書，看過一遍即休。獨有《水滸傳》，只是看不厭，無非為他把一百八個人性格都寫出來。」〔註2〕此一卓見，於寫解氏兄弟忠君重義的性格也可見一斑。

《水滸傳》崇尚儒家「四海之內皆兄弟」的思想，不僅寫「其人則有帝子神孫，富豪將吏，並三教九流，乃至獵戶漁人，屠兒劊子，都一般兒哥弟稱呼，不分貴賤」，而且「又有同胞手足，捉對夫妻，與叔侄郎舅，以及跟隨主僕，爭鬥冤仇，皆一樣的酒筵歡樂，無問親疏」〔註3〕。所以梁山泊好漢中，除解氏兄弟外，還多有同胞兄弟的組合，如三阮（阮小二，阮小五，阮小七）、宋江和宋清、朱貴與朱富、童威與童猛、穆弘與穆春、張橫與張順、孫立與孫新、孔明與孔亮、蔡福與蔡慶等。其中，解珍和解寶是三家同列天罡星和正將的兄弟〔註4〕之一，卻是唯一同時慘烈陣亡於疆場的一對兄弟，尤為可歌可泣。

毛太公是登州山下有錢有勢的一方大財主，里正之家，又是勾結官府的

〔註2〕陳曦鍾、侯忠義、魯玉川輯校：《水滸傳會評本》，北京大學出版社，1981 年版，第 17 頁。

〔註3〕施耐庵、羅貫中著：《水滸全傳》，嶽麓書社，1988 年版，第 575 頁。

〔註4〕另外兩家是「阮氏三雄」、張橫和張順兄弟。

地方惡霸勢力。小說作者對毛太公之子毛仲義和女婿王正兩個人物的取名，深含譏誚和譴責之意。所謂「仲義」，即以「義」爲「仲」，就是不辨義利，見利忘義。毛太公父子混賴大蟲，正是見利忘義一路貨色。「王正」諧音「亡正」，亦即沒正事、沒正經的意思。這樣一個人物，在登州府做六案孔目，知府竟然對他言聽計從，可知官府的混賬與黑暗。毛太公正是借助女婿勾結官府，夥同兒子橫行鄉里，將解氏兄弟送入牢獄，置於死地。因此，解氏兄弟之所以落草梁山，發端於地方惡霸勢力的迫害，復受害於官府枉法的黑暗。固然，毛太公在全書中是一個並不起眼的人物，但相對於身在朝廷的權奸蔡京、高俅之流，這一形象仍然有其認識價值，說明趙宋王朝的底層社會也是惡人橫行霸道、肆意妄爲的黑暗世界。

毛太公的可恨在於他作爲一鄉里正，雖與解氏兄弟等獵戶同受知府「杖限」捉虎，但是虎死誰手，卻不是一定的。所以，他即使自己未能捉到虎，但只要有人如解氏兄弟捉到了，他也就與眾獵戶一起解除了捉虎的「杖限」，既沒有必要貪他人之功，藏匿並賴奪解氏兄弟的獵獲，更不應該在賴奪解氏兄弟獵殺的老虎之後，還誣陷前來索要死虎的解氏兄弟爲「白晝搶劫」。尤其不應該勾結官府，反把解氏兄弟問成「混賴大蟲，各執鋼叉，因而搶擄財物」的死罪。這就不僅是誣良爲盜，顛倒黑白，而且是假手官府，劫財殺人。所以，以與祝家莊欲「捉梁山泊反賊，掃清山寨」、曾頭市欲「掃蕩梁山清水泊」的祝、曾兩太公相比，這位毛太公並未直接針對梁山，氣焰也並不更囂張，所以從政治的標準看說不上更加可惡，但以其損人利己、變本加厲的歹毒心地與無恥手法而言，卻是比祝、曾二太公更爲可恨。所以第四十九回的結尾，寫解氏兄弟等「一夥好漢吶聲喊，殺將入去。就把毛太公、毛仲義並一門老小，盡皆殺了，不留一個」，也是其罪有應得。

第二節 「孫立孫新大劫牢」

《水滸傳》寫登州故事的中心是第四十九回的「孫立孫新大劫牢」，卻是接上回寫解氏兄弟被毛太公勾結官府打入死牢，顧大嫂組織營救開始的。

一、「孫立孫新大劫牢」的過程

原來解氏兄弟是登州府提轄孫立的姑舅表弟，登州牢中監押解氏兄弟的小牢子樂和是孫立的內弟，孫新是孫立的弟弟，顧大嫂是孫新的老婆，又是

解氏兄弟的「房分姐姐」，「我姑娘的女兒」。因此，解珍請求樂和道：「只有那個姐姐和我弟兄兩個最好。孫新、孫立的姑娘，卻是我母親。以此他兩個又是我姑舅哥哥。央煩的你暗暗地寄個信與他，把我的事說知。姐姐必然自來救我。」這位顧大嫂正在登州城東門外十里牌開著一家酒店，酤酒賣肉，兼營賭場。樂和受了解珍託付，立即去十里牌酒店向顧大嫂報信。顧大嫂聞訊，立即千方百計，脅迫孫立，邀約登雲山寨的鄒淵、鄒潤等，與樂和裏應外合，劫牢成功，救出解氏兄弟。血洗毛太公一家之後，一行人馬星夜投奔梁山。於路參與「三打祝家莊」之役，各建功勞。

「三打祝家莊」後，孫立等八名來自登州的好漢正式落草梁山。梁山泊好漢排座次，解珍第三十四位，解寶第三十五位，孫立第三十九位，樂和第七十七位，鄒淵第九十位，鄒潤第九十一位，孫新第一百位，顧大嫂第一百零一位。「征遼」回京後，駙馬王都尉「自來問宋江求要鐵叫子樂和，聞此人善能歌唱，要他府裏使令」（第九十回）。樂和因得「盡老清閒，終身快樂」（第一百回）。「征方臘」中解珍、解寶和鄒淵先後陣亡，活下來的都得到了朝廷封賞：「孫立帶同兄弟孫新、顧大嫂並妻小，自依舊登州任用。鄒潤不願為官，回登雲山去了。」（第一百回）。計點《水滸傳》中各地投奔梁山的好漢群體，多十損其八九，唯由登州府上梁山的八好漢中，就有樂和、孫立、孫新、顧大嫂、鄒潤五人得以善終，是不同尋常的。

還需一說的是，「征方臘」後顧大嫂封授「東源縣君」。「東源」一本作「東原」，即今山東東平。我國史無「東源縣」和「東原縣」。顧大嫂封爵「東源」或「東原」，當是羅貫中寄其故里之思的虛構之筆。〔註5〕

二、曲見人情的別樣文字

《水滸傳》多寫英雄好漢劫奪官府人犯的壯舉。例如燕順、王英和鄭天壽劫奪押解宋江、花榮的囚車（第三十四回）；晁蓋等人江州劫法場，營救宋江和戴宗（第四十回）；石秀單身劫法場，營救盧俊義（第六十二回），等等。這些故事主要表現了當事好漢義氣相激、肝膽相照的江湖情誼。與此不同，策劃、參加登州劫牢的好漢，首先是有著姻親關係的數位表親，其次才是激於義氣的兩位朋友鄒淵和鄒潤。在此行動中，各位表親與解氏兄弟的親疏心態得到了不同程度的表現，是《水滸傳》寫親友關係一段曲見人情的

〔註5〕杜貴晨：《齊魯文化與明清小說》，齊魯書社，2008年版，第29頁。

文字。

　　由登州府出來的六名好漢參加劫牢營救，起推動作用的其實是兩人，即樂和與顧大嫂。樂和與解氏兄弟原來並不相識，只是聞名，知道與他們是瓜葛親戚而已。「自古獄不通風」（第四十九回），做牢子的樂和卻甘冒風險，通風報信，主要原因就是這一層輾轉連帶的親戚關係。對身陷囹圄的解氏兄弟，他以令人親切的「賢親」相稱；見到顧大嫂時說：「小人路見不平，獨力難救。只想一者占親，二乃義氣為重，特地與他通個消息。」（第四十九回）總之，促使樂和行動起來的，「占親」是第一位的因素，其次才是「義氣」。由此可見，樂和是一位古道熱心、重視親戚關係的好漢，富有人情味。

　　顧大嫂是解氏兄弟「姑娘的女兒」，「房分姐姐」（第四十九回），對待兄弟兩個「最好」（第四十九回）。解珍對樂和說：「央煩的你暗暗地寄個信與他，把我的事說知，姐姐必然自來救我。」（第四十九回）把救命的希望完全寄託在了這位表姐身上。而顧大嫂一旦得知兄弟二人隨時有被「做翻」的危險，即「一片聲叫起苦來，便叫火家：『快去尋得二哥家來說話！』」並備出一包金銀，請樂和到牢內打點；孫新認為唯有劫牢可行，顧大嫂就要「今夜便去」；孫新要請鄒淵、鄒潤共商劫牢對策，顧大嫂立即催促道：「登雲山離這裏不遠，你可連夜去請他叔侄兩個來商議。」鄒淵提出劫牢後投奔梁山落草，顧大嫂說：「最好。有一個不去的我便亂槍戳死他！」請來孫立夫婦後，顧大嫂先以言語相激相勸，次又拔刀相逼，迫使孫立答應營救解氏兄弟。如此等等，顧大嫂恨不得立即救出解氏兄弟的急迫心態都躍然紙上。讀者由此看到的是一位勇敢果決的表姐同解氏兄弟血濃於水的親情和關愛。

　　孫立和孫新是解氏兄弟的姑舅表哥，但是兩對表兄弟間的關係並不十分親密。樂和與解氏兄弟認親後，解珍強調「只有那個姐姐和我弟兄兩個最好」（第四十九回），言外之意與現做軍官的孫立、孫新兩個表哥，尤其是與孫立的關係，就差了一些。然而畢竟是表兄弟，所以孫新在營救解氏兄弟的準備工作中能夠獨當一面，冷靜行事（這得益於他的軍人職業素養）：一是提出劫牢救人、事後落草的可行之策；二是不辭辛苦，奔往登雲山，請來鄒淵、鄒潤相助；三是請來孫立夫婦，迫使孫立參與營救。這既壯大了營救隊伍的力量，更解除了被登州兵馬圍捕的危險。孫新盡其所能去做這一切，雖因顧大嫂的催促，但也並非沒有出於與解氏兄弟的姑表兄弟親情。

　　當然，孫新對營救解氏兄弟盡心盡力仍主要源自顧大嫂的推動。根本在

於孫新雖然「生得身長力壯，……使得幾路好鞭槍」，但「這等本事也輸與」（第四十九回）顧大嫂。顧大嫂更是馭夫有術，「有時怒起，提井欄便打老公頭」（第四十九回）。所以，孫新是個怕老婆的好漢。對於顧大嫂催促要辦的營救解氏兄弟之事，他實不敢消極怠慢。

至於解氏兄弟的大表哥，現任登州兵馬提轄孫立，「綽號病尉遲，射得硬弓，騎得劣馬，使一管長槍，腕上懸一條虎眼竹節鋼鞭，海邊人見了，望風而降」（第四十九回），名震登州府。由於武藝高強，孫立被擁為營救工作的領頭人。但孫立的態度有一個明顯的轉變過程，開始時企圖置身事外，最終才參與事中。個中原因主要在於孫立與解氏兄弟的關係較為淡漠。這從解珍託樂和「寄一個信」只是給顧大嫂，就可以知道解氏兄弟並不敢指望孫立能前來營救。

另一方面，那位登州兵馬提轄孫立的心中原也沒有這兩位解氏姑表兄弟。且看顧大嫂與孫立的對話：

> 孫立道：「嬸子，你正是害甚麼病？」顧大嫂道：「伯伯拜了！我害些救兄弟的病！」孫立道：「卻又作怪！救什麼兄弟？」顧大嫂道：「伯伯，你不要推聾妝啞！你在城中豈不知道他兩個是我兄弟？偏不是你的兄弟？」孫立道：「我並不知因由。是那兩個兄弟？」

孫立壓根就沒想到自己還有兩個表弟。顧大嫂告知原委和情由，要他一起劫牢營救。孫立乃推託說：「我卻是登州的軍官，怎地敢做這等事？」即使顧大嫂等拔刀威逼，他仍然遲疑說：「雖要如此行時，也待我歸家去收拾包裹行李，看個虛實，方可行事。」（第四十九回）這不過是企圖置身事外的緩兵之計。顧大嫂看得明白，並不容他拖延，說：「伯伯，你的樂阿舅透風與我們了！一就去劫牢，一就去取行李不遲。」孫立才知道無法置身事外，說：「你眾人既是如此行了，我怎地推卻得開，不成日後倒要替你們吃官司。罷，罷，罷！都做一處商議了行。」所以，孫立雖然與解氏兄弟是姑表兄弟，卻是不得已才同意參加營救解氏兄弟的劫牢。他的拒絕是由於登州府兵馬提轄的位置決定其頭腦如何思考，他的不得已則是顧大嫂曉之以理並拔刀相逼的結果。所以從孫立的作為，我們看不出他於解氏兄弟間應有的親情。甚至與解氏兄弟和樂和間輾轉連帶的親情相比，也還遠遠不如。

中國傳統上是一個講究人情的社會。「人情」二字的蘊含，親戚情分又是最重要的方面。在困苦和災難中，親戚之間互幫互助，共度難關，從來受到

人們的肯定和讚揚。顧大嫂等人不計後果的劫牢，是在解氏兄弟被冤枉入獄，申訴無門、隨時斃命的危難之際，基於親戚情分而行的大義。當然，在《水滸傳》主要寫英雄好漢闖蕩江湖的題材與內容背景上，好漢崇尚的江湖義氣往往更能引起讀者的注意，加以孫立、孫新、顧大嫂、樂和等後來又都是梁山泊好漢，所以讀者往往對這次營救過程中的親戚情分有所忽略，或者認爲不必深究。但細爲品讀，可知這場營救的行動，客觀上雖屬伸張正義，但實際的緣起卻是顧大嫂對解氏兄弟的親戚情分。從而《水滸傳》就宣揚江湖義氣之外，別增一篇對親戚情分的頌贊，故金聖歎評曰「絕世文情」、「絕世奇文」〔註6〕。

第三節　孫立故事及其源流

　　《水滸傳》自第四十九回起孫立出場，是登州眾好漢的領頭人，也是《水滸傳》一書中少數得到較多描寫的梁山地煞組好漢之一。作爲文學形象的孫立，早在宋人羅燁《醉翁談錄》甲集卷一《舌耕序引‧小說開闢》就有記載題名《石頭孫立》的話本，屬於「公案」一類。話本雖然久已亡佚，但羅燁既將它歸爲「公案」類，它的題材內容和《水滸傳》中的孫立故事，就應該有較多不同。

　　據宋人龔聖與《宋江三十六贊》及序言，孫立位在「宋江三十六」的第九，其在前十的名次表明他是「宋江三十六」中的重要人物。又其贊詞云：「病尉遲孫立：尉遲壯士，以病自名。端能去病，國功可成。」贊詞寫得虛無縹緲，從中我們甚至看不到也猜不出孫立大概的事跡。但《宋史‧侯蒙傳》載侯蒙上書言「（宋）江以三十六人橫行齊、魏」，那麼，歷史上這位孫立當曾在山東大地上留下過足跡。又，《宋江三十六贊》稱他綽號病尉遲，這與話本「石頭孫立」的說法也不同。另外，明人郎瑛《七修類稿》卷二十五《辯證類‧宋江原數》開列宋江三十六人，孫立名列第十四位，無綽號，與《宋江三十六贊》又有所不同。《大宋宣和遺事》寫宋江得玄女娘娘的天書，開列三十六將姓名，其中有「病尉遲孫立」，名列第二十四位，是「天罡院三十六員猛將」之一。但在此前，孫立早已落草「太行山梁山泊」。關於孫立的落草原

〔註6〕陳曦鍾、侯忠義、魯玉川輯校：《水滸傳會評本》，北京大學出版社，1981年版，第904頁。

委,《宣和遺事》敘寫如下:

> 先是,朱勔運花石綱時分,差著楊志、李進義、林沖、王雄、花榮、柴進、張青、徐寧、李應、穆橫、關勝、孫立十二人爲指使,前往太湖等處,押人夫搬運花石。那十二人領了文字,結義爲兄弟,誓有災厄,各相救援。李進義等十名運花石已到京城。只有楊志爲在潁州等候孫立不來,在彼處雪阻。那雪景如何?卻是:亂飄僧舍茶煙濕,密灑歌樓酒力微。

> 那楊志爲等孫立不來,又值雪天,旅途貧困,缺少果足,未免將一口寶刀出市貨賣。終日價無人商量。行至日晡,遇一個惡少後生,要買寶刀,兩個交口廝爭,那後生被楊志揮刀一斫,只見頭隨刀落。楊志上了枷,取了招狀,送獄推勘。結案申奏文字回來,太守判道:「楊志事體雖大,情實可憫。將楊志誥箚出身,盡行燒毀,配衛州軍城。」

> 斷罷,差兩人防送往衛州交管。正行次,撞著一漢,高叫:「楊指使!」楊志抬頭一看覷,卻認得孫立指使。孫立驚怪:「哥怎恁地犯罪?」楊志把那賣刀殺人的事,一一說與孫立。道罷,各人自去。那孫立心中思忖:「楊志因等候我了,犯著這罪。當初結義之時,誓在厄難相救。」只得星夜奔歸京師,報與李進義等知道楊志犯罪因由。這李進義同孫立商議,兄弟十一人,往黃河岸上,等楊志過來,將防送軍人殺了,同往太行山落草爲寇去也。〔註7〕

這段故事主要講了楊志賣刀,是《水滸傳》第十二回「汴京城楊志賣刀」的藍本。故事開頭和結尾對孫立形象有所描寫,雖然是一個次要人物,但看得出他重視兄弟結義之情,是一位講義氣有擔當的好漢。

以上有關孫立異說紛呈的現象表明,《水滸傳》成書之前已有各種關於孫立的故事輾轉流傳,很可能爲《水滸傳》有所採擇,但具體已不能詳。今天我們看到的,就只有《水滸傳》對孫立的描寫。

《水滸傳》中,孫立遲至第四十九回才出場。而且與《宣和遺事》的敘寫不同,孫立在上梁山之前,與楊志等梁山泊好漢了無關係。他在梁山的地位也遠不如在《宋江三十六贊》和《大宋宣和遺事》中,而退居地煞星的第

〔註7〕 〔宋〕無名氏:《宣和遺事》,丁錫根點校:《宋元平話集》,上海古籍出版社,1990年版,第300~301頁。

三位，是全部一百零八條好漢的第三十九名。《水滸傳》中的孫立雖因營救解氏兄弟出場，但他個人形象集中的展現卻在「宋公明三打祝家莊」。「三打祝家莊」之役，孫立為表入夥梁山的誠心，借與祝家莊教師鐵棒欒廷玉「自幼與他同師學藝」的師兄弟關係，假冒「對調……鄆州守把城池，提防梁山泊強寇，便道經過」祝家莊，得到了欒廷玉進而祝氏父子的信任和依靠，從而與宋江的梁山人馬裏應外合，出賣了師兄欒廷玉，打破了祝家莊。由此看來，《水滸傳》寫孫立，除了武藝高強之外，還真的有「病」。他的「病」在不僅於親情上沒有位置，而且在江湖兄弟的義氣上也不曾立腳，是一個只善於抓住和利用機會保全並發展自己，而從不顧念親友，甚至不惜以欺騙手段賣友求榮的人。這在孫立大概也屬於如九天玄女所說宋江「魔心未斷」（第四十二回）的性格特徵之類，是《水滸傳》寫人物好人不完全是好，壞人亦不完全是壞的一個體現。非但不足為異，更是其寫人藝術上趨於成熟的一個標誌。

第十三章 《水滸傳》中的東昌府與壽張縣

第一節 東昌府之戰

古之東昌即今之山東省聊城市。北宋時稱博州，隸屬河北東路，州治聊城，轄聊城、高唐、堂邑、博平四縣。以東昌爲地名，始於元代〔註1〕。作爲行政區劃的東昌府始置於明代。明清時期，得益於京杭大運河漕運的興盛，東昌府成爲運河沿岸重要的商埠，商業繁榮，被譽爲「江北一都會」，因此在明清小說中也多有描寫。

《水滸傳》第六十九回說「梁山泊東有兩個州府，卻有錢糧。一處是東平府，一處是東昌府」，實際上東平在梁山泊東是對的，東昌府的位置卻幾乎在梁山泊的正北，書中所說的方位是錯誤的。

《水滸傳》中有十六次提及「東昌」，相關故事主要是第七十回的東昌府之戰。這次戰事分爲兩個階段，前期由盧俊義指揮，後期是宋江主導，歷時四十天左右，直接涉及六十八名好漢。這是梁山大聚義以前調動好漢人數最多的一次對地方官府的用兵。東昌府之戰後，梁山一百零八員好漢的數目終至圓滿，標誌著梁山事業即將進入新的階段。

一、兩打東昌府

盧俊義活捉史文恭爲晁蓋報仇之後，宋江依晁蓋遺言讓盧俊義居寨主之

〔註1〕齊保柱編著：《東昌古今備覽》，山東友誼出版社，1990年版，第1頁。

位不成，提議和盧俊義分打東平、東昌二府以決之。在抓鬮選取主攻城池時，盧俊義拈著了東昌府的鬮兒。宣和二年（1120）三月初一日〔註2〕，盧俊義、宋江分別帶領人馬同時從梁山大寨出兵，分頭進攻東昌、東平二府。

攻打東昌府的盧俊義所部有馬步軍頭領二十四員：吳用，公孫勝，呼延灼，朱仝，雷橫，索超，關勝，楊志，單廷珪，魏定國，宣贊，郝思文，燕青，楊林，歐鵬，淩振，馬麟，鄧飛，施恩，樊瑞，項充，李袞，時遷，白勝；水軍頭領三員：李俊，童威，童猛；馬步軍兵一萬，另有水手駕船策應，可說軍馬雄壯。孰料盧俊義兵至東昌，卻「連輸了兩陣」，出戰將領多人被東昌守將張清飛石擊傷。後來張清又以逸待勞，「一連十日，不出廝殺」。直至三月二十九日，張清方才出城迎敵。〔註3〕郝思文當先出馬，戰無數合，被張清飛石擊中額角，跌下馬來。燕青眼明手快，一弩箭射中張清戰馬，救回郝思文一條性命。次日再戰，樊瑞引領項充、李袞出陣，張清的副將丁得孫飛出標叉，擊中項充。吳用見連輸兩陣，急忙派白勝到打東平得勝回兵正在安山鎮駐紮的宋江報告軍情，請宋江「哥哥早去救應」：

> 宋江見說了，歎曰：「盧俊義直如此無緣！特地教吳學究、公孫勝幫他，只想要他見陣成功，山寨中也好眉目，誰想又逢敵手！既然如此，我等眾弟兄引兵都去救應。」當時傳令，便起三軍。諸將上馬，跟隨宋江，直到東昌境界。盧俊義等接著，具說前事，權且下寨。

接下來就是宋江主導的梁山泊好漢再打東昌府。時在四月一日。宋江所部馬步軍頭領有林沖、花榮、劉唐、史進、徐寧、燕順、呂方、郭盛、韓滔、彭玘、孔明、孔亮、解珍、解寶、王英、扈三娘、張青、孫二娘、孫新、

〔註2〕 第七十一回寫「宣和二年孟夏四月吉旦，梁山泊大聚會，分調人員告示」，這是梁山人馬攻克東平、東昌兩府後旋即舉行的一項重大活動。宋江、盧俊義出兵兩府的時間，第六十九回寫明是三月初一日。關於這一點，參閱陸澹安：《說部卮言》，上海錦繡文章出版社，2009年第1版，第293頁。

〔註3〕 這是根據宋江攻打東平府的進程和白勝前來安山鎮彙報的東昌府戰事情況推算的。宋江與盧俊義同於三月初一日出兵，「那個三月卻是大盡」（第六十九回）。三月二十九日晚，史進在東平府牢中越獄；守將董平當夜四更出城，殺奔宋江寨來，激戰一天後回城，時為三月三十日。三十日夜間雙方再戰，宋江施計活捉了董平。董平歸降宋江，回兵打破東平城池。宋江人馬收拾好戰利品回到安山鎮，已自是四月一日了。白勝就在這一天前來彙報東昌府戰事，說「前日張清出城交鋒」（第七十回）云云，可知張清出戰時間是三月二十九日。

顧大嫂、石勇、段景住〔註4〕，加上新在東平府收降的雙槍將董平，共二十三人。率領所部馬步軍兵一萬人，與盧俊義合兵一處，就共有五十名梁山泊好漢和馬步軍兵二萬餘人，與東昌正副守將張清、龔旺、丁得孫三人所率的官軍人馬展開決戰。這是一次眾寡懸殊，卻戰況令人意外的對陣：沒羽箭張清大展異能，飛石打將，幾乎百發百中。一天之內，張清以其獨門絕技接連打傷擊敗梁山十三員戰將〔註5〕。這是《水滸傳》寫兩軍對陣最特殊的一次，故分列被張清飛石擊打諸人於次：

1. 徐寧：被張清一石子打中眉心，翻身落馬，幸得呂方、郭盛救回本陣。
2. 燕順：被張清飛石打在後心鎧甲護鏡上，錚然有聲，伏鞍敗走本陣。
3. 韓滔：張清暗藏石子打中鼻凹，鮮血迸流，逃回本陣。
4. 彭玘：被張清飛石擊中面額，丟了三尖兩刃刀，敗回本陣。
5. 宣贊：被張清一石子打中嘴邊，翻身落馬，被人救回。
6. 呼延灼：舉鞭阻擋張清的石子，不料被擊中手腕，使不動鋼鞭，只得回到本陣。
7. 劉唐：砍傷了張清戰馬，卻被馬尾掃了眼，雙眼發花。張清一石子將他打倒在地，成為俘虜。
8. 楊志：張清打出兩顆石子，其中一顆擊中其頭盔，膽喪心寒，伏鞍歸陣。
9. 雷橫：與朱全同出夾攻，張清飛石擊中額頭，撲然倒地。
10. 朱全：搶救雷橫，被張清一石子打中脖項。
11. 關勝：以青龍刀阻隔張清的石子，正打著刀口，迸出火光，無心戀戰，勒馬便回。
12. 董平：躲過張清的兩次飛石，第三顆石子抹耳根上擦過，遂回本陣。
13. 索超：被張清一石子打到臉上，鮮血迸流，敗回本陣。

〔註4〕 宋江所部攻打東平府的好漢本來還有郁保四和王定六，因兩人到東平府下戰書，被董平打得皮開肉綻，宋江安排他們回梁山休養。
〔註5〕 第七十回有三次明確講到張清一天內連打了梁山十五員將領。一是燕青暗忖道：「我這裏被他片時連打了一十五員大將！」二是「太守在城上看見張清前後打了梁山泊一十五員大將」。三是宋江說：「今日張清無一時連打我一十五員大將。」但根據小說的描寫，張清實際只打了十三員梁山將領。不過，如果加上張清先前所打的郝思文與最後劫糧時所打的魯智深，則正好是一十五員將領。

　　但是，畢竟眾寡懸殊，張清一方在這一天的交戰中，被林沖、花榮活捉了龔旺，又被呂方、郭盛在燕青幫助下活捉了丁得孫，從而失去了左膀右臂，陷入孤掌難鳴的困境。後來又中了吳用的棄糧誘敵之計，張清連人帶馬墮於河中，爲三阮兄弟所擒。宋江人馬遂破了東昌府城，「先救了劉唐。次後便開倉庫，就將錢糧一分發送梁山泊，一分給散居民」。與他處不同的是東昌府太守雖然是當朝太尉高俅抬舉的人〔註6〕，但「平日清廉，饒了不殺」。張清感於宋江以誠相待的義氣，欣然歸順，並舉薦獸醫皇甫端入夥。然後宋江率大小頭領，馬步軍兵，搬運糧食、金銀等戰利品，回師梁山。綜觀全書，東昌府之戰是「大聚義」以前梁山調動軍將人數最多的一次對官府用兵，參與戰事以及因此入夥梁山的好漢總計六十八員，依後來座次有天罡星二十八人：

　　　　宋江，盧俊義，吳用，公孫勝，關勝，林沖，呼延灼，花榮，
　　　　朱仝，魯智深，武松，董平，張清，楊志，徐寧，索超，劉唐，史
　　　　進，雷橫〔註7〕，李俊，阮小二，張橫，阮小五，張順，阮小七，
　　　　解珍，解寶，燕青。

地煞星四十人：

　　　　黃信，孫立，宣贊，郝思文，韓滔，彭玘，單廷珪，魏定國，
　　　　歐鵬，鄧飛，燕順，楊林，凌振，呂方，郭盛，皇甫端，王英，扈
　　　　三娘，樊瑞，孔明，孔亮，項充，李袞，馬麟，童威，童猛，龔旺，
　　　　丁得孫，施恩，李立，石勇，孫新，顧大嫂，張青，孫二娘，王定
　　　　六，郁保四，白勝，時遷，段景住。

二、張清、龔旺、丁得孫的三人組合

　　東昌府守將張清「原是彰德府人，虎騎出身，善會飛石打人，百發百中，人呼爲沒羽箭」（第七十回）。東昌府之戰，梁山方面先後有十三位好漢被他飛石打中。大聚義後以武藝稱強而位列梁山馬軍五虎將的關勝、呼延灼和董平，就都挨過張清的飛石。張清的兩員副將也身手不凡：花項虎龔旺「渾身上刺著虎斑，脖項上吞著虎頭，馬上會使飛槍」；中箭虎丁得孫「面頰連項都

〔註6〕 第五十四回寫宋江圍攻高唐州甚急，知府高廉派人去東昌、寇州求救，說：
　　　　「這兩個知府都是我哥哥抬舉的人，教星夜起兵來接應。」
〔註7〕 雷橫是兩到東昌府的梁山泊好漢。第一次是作爲鄆城縣都頭到此公幹（第五
　　　　十一回），第二次是入夥梁山後攻打東昌府。

有疤痕，馬上會使飛叉」（第七十回）。梁山方面的項充出戰時，就是「被丁得孫從肋窩裏飛出標叉」（第七十回），標個正中，敗下陣來。

《水滸傳》寫作為東昌府守將的張清、龔旺和丁得孫，是書中少見官軍中極具戰鬥力的三人組合。除了共同出戰時張清作為主將居中迎敵廝殺，龔旺和丁得孫兩員副將作為羽翼，分列門旗左右，護衛和接應張清等常規的配合之外，就是三人分懷飛石、飛槍、飛叉的絕技，協同作戰中各見其妙，從而有了戰陣描寫上的生動性。即使在梁山泊好漢排座次中，張清也能居天罡星第十六名的高位，為馬軍八驃騎兼先鋒使之一。龔旺、丁得孫的本領雖然展示不多，但在地煞星中也得列於第七十八、七十九位，並不十分靠後。這大概得力於他二人畢竟是官軍將領的緣故。招安以後，張清等三人均於征方臘中陣亡。

張清、龔旺和丁得孫的三人組合反映出中國古代小說敘事傳統的一個方面，即人物配置設計往往遵從「三極」建構的框架原則。這一原則的具體表現形式之一，就是人物配置以「三」為度，一主二從，三位一體，形成一種具有較強穩定性的人物關係模式。〔註8〕張清、龔旺和丁得孫的三人組合中，小說重點描寫了張清（一主），對龔旺、丁得孫（二從）則略作描寫。這樣固然可見張清的神勇與絕技，但龔旺、丁得孫的形象就顯得比較模糊，這似乎是小說的一個不足。

不過，就《水滸傳》的構思來看，作者卻有其不得不然的難處。前七十回所寫是眾好漢從四面八方奔向梁山聚義的過程，也是滿足一百○八員好漢之「天數」的「湊數」過程。作者不可能在有限的七十回書中對每一條好漢都給予更為細緻深入的刻畫，只好將一些次要人物（主要是地煞組成員）依附於某一主要人物（大部分為天罡組成員），僅突出其某一特徵，並勾畫出其大概輪廓。這樣，三人組合作為一種合宜的形式就受到作者重視，較多出現在小說的人物配置設計中。

在這一方面，最明顯的是山寨義軍領袖的三人組合，如：少華山的朱武、陳達、楊春；梁山早期階段的王倫、杜遷、宋萬；清風山的燕順、王英、鄭天壽；飲馬川的鄧飛、孟康、裴宣；二龍山的魯智深、楊志、武松（三

<hr>

〔註 8〕關於《水滸傳》敘事的三極建構與人物設置三位一體的特徵，請參閱杜貴晨：《論〈水滸傳〉「三而一成」的敘事藝術》，《傳統文化與古典小說》，河北大學出版社，2001 年版，第 253～277 頁。

名大頭領）；芒碭山的樊瑞、項充、李袞；等等。先爲官軍將領而後落草梁山的好漢也多有三人組合。如：守備青州府的秦明、黃信和花榮；朝廷第一次征剿梁山，呼延灼爲主將，韓滔、彭玘爲副將；第二次征剿梁山，關勝爲主將，宣贊、郝思文爲副將。三人組合形式擴而大之，就是三個武裝集團的聯合，典型的是第四十七回所說獨龍岡前「三個村坊：中間是祝家莊，西邊是扈家莊，東邊是李家莊。……這三村結下生死誓願，同心共意，但有吉凶，遞相救應」。第五十八回二龍山、桃花山和白虎山「三山聚義打青州」也是這一形式。

馬幼垣曾說：「《水滸》的編寫人對『三』之數特別有興趣。……其太喜用三人組合的方式去處理歸併梁山前的小單位。」〔註9〕雖似不以爲然，但其指出《水滸傳》在人物配置方面以「三」爲斷、三位一體的藝術特徵，還是很準確的。

第二節　壽張縣故事

壽張設縣始於西漢，原名壽良，因避光武帝劉秀叔父劉良之諱，改稱壽張。壽張於北宋時屬鄆州，宣和元年（1119）改鄆州爲東平府，壽張屬之。元時壽張屬東平路總管府。明洪武十八年（1385）前屬東平州，後改屬兗州府。清沿明制。中華人民共和國建國之初仍設壽張縣；1964 年撤銷壽張縣建置，原轄地分別劃歸入山東省陽谷縣和河南省范縣。

《水滸傳》第七十四回寫「壽張縣貼著梁山泊最近」，此說在宋元間大體屬實。《明史·地理二·山東》云：「壽張……南有梁山濼，即故大野澤下流。」〔註10〕清顧祖禹《讀史方輿紀要》卷三十三《東平州》載：「梁山，州西南五十里，接壽張縣界。……山周二十餘里，上有虎頭崖，下有黑風洞。山南即古大野澤。……宋政和中，盜宋江保據於此，其下即梁山泊也。」〔註11〕康熙《壽張縣志》卷一《方輿志》載：「梁山在縣治東南七十里，上有虎頭崖、宋江寨、蓮花臺、石穿洞、黑風洞等跡。」乾隆《大清一統志》卷一百二十九《兗州府山川》也有相關記載：「梁山在壽張縣東南七十里。……上有

〔註 9〕 馬幼垣：《水滸人物之最》，三聯書店，2006 年版，第 147～148 頁。
〔註10〕 〔清〕張廷玉等撰：《明史》，中華書局，1974 年版，第 944 頁。
〔註11〕 〔清〕顧祖禹撰，賀次君、施和金點校：《讀史方輿紀要》第三冊，中華書局，2005 年版，第 1554 頁。

虎頭崖、宋江寨，其下舊有梁山濼。」〔註12〕這些記載共同表明，歷代壽張縣治雖屢有遷徙，但其轄境一直包括梁山，或離梁山泊不遠。

　　《水滸傳》中提到「壽張」只有六次，眞正寫發生於壽張的故事：一是宋江計捉董平，二是李逵喬坐衙與鬧學堂。這兩個故事中的梁山泊好漢有王英、扈三娘、張青、孫二娘、宋江、董平、孔明、孔亮、李逵、穆弘等，均非壽張人，而是偶至壽張縣，卻演出了動人的故事。

一、宋江計捉雙槍將

　　《水滸傳》第六十九回所寫東平府守將董平「善使雙槍，人皆稱爲雙槍將。有萬夫不當之勇」，又「心靈機巧，三敎九流，無所不通，品竹調弦，無有不會。山東、河北，皆號他爲風流雙槍將。宋江在陣前看了董平這表人品，一見便喜。又見他箭壺中插了面小旗，上寫一聯道：『英雄雙槍將，風流萬戶侯』」。所以攻打東平府，與董平交戰，宋江對董平不忍傷害。而是假裝敗退，將董平引到離壽張縣城十數里，宋江跑馬在前，董平只顧縱馬追趕，至「一處村莊，兩邊都是草屋，中間一條驛道」，「恰好到草屋前，一聲鑼響，兩邊門扇齊開，拽起繩索。那馬卻待回頭，背後絆馬索齊起，將馬絆倒，董平落馬。左邊撞出一丈靑、王矮虎，右邊走出張靑、孫二娘，一齊都上，把董平捉了。頭盔、衣甲、雙槍、隻馬，盡數奪了」（第六十九回）。可笑的是這拿麻繩背剪捆綁了董平，手執鋼刀，押著他來見宋江的是扈三娘和孫二娘兩員梁山女將，見得董平臨陣被擒，也不失其「風流」之態。其實董平拒梁山攻打東平府城，固然是守將的責任，但其中也包含了他爲娶太守程萬里之女爲妻的私心。所以，他在被宋江一番做作的誠懇感動歸降梁山之後，請纓去「去賺開城門，殺入城中，共取錢糧，以爲報效」，眞實的目的還是恨程太守不許他親事，去「殺了程太守一家人口，奪了這女兒」爲妻。由此可見，董平固然也是條「好漢」，但更是「好色」。唯其雖然「好色」，卻武藝高強，多才多藝，所以宋江不像對待王英那樣，爲「但凡好漢犯了溜骨髓三個字的，好生惹人恥笑」（第三十二回），反而「看了董平這表人品，一見便喜」，「石碣天文」中也排在張淸的前面居天罡星第十五位。董平於招安後戰死於「征方臘」之役（第九十五回）。

〔註12〕朱一玄、劉毓忱編：《水滸傳資料彙編》，南開大學出版社，2002年版，第83～86頁。

二、李逵「喬坐衙」、「鬧學堂」

　　《水滸傳》第七十四回寫李逵隨燕青打擂，大鬧了泰安州以後，回梁山的途中獨自來到壽張縣，有「喬坐衙」和「鬧學堂」兩段故事，別有風趣。

　　按《水滸傳》敘事編年，這兩段故事應發生在宣和三年（1121）三月二十八日〔註13〕，上距宋江計捉董平之事正好一年。其時盧俊義帶領史進、穆弘、魯智深等一干人馬，前來接應在泰安州打擂的燕青和李逵返回梁山寨，「行了半日，路上又不見了李逵」。原來「李逵手持雙斧，直到壽張縣。當日午衙方散，李逵來到縣衙門口，大叫入來：『梁山泊黑旋風爹爹在此！』嚇得縣中人手腳都麻木了，動憚不得」。而知縣大人早在後堂房嚇得撤了官服，開了後門，逃得不知去向。李逵遂穿了縣令的公服，陞堂排衙，由公吏安排兩個牢子裝作打架的來告狀，縣門外的百姓也都放進來觀看。這是李逵要過一把官癮了！而他的斷案更為奇特：「這個打了人的是好漢。先放了他去。這個不長進的，怎地吃人打了？與我枷號在衙門前示眾。」然後「把綠袍抓紮起，槐簡揣在腰裏，掣出大斧，直看著枷了那個原告人，號令在縣門前，方才大踏步去了，也不脫那衣靴」（第七十四回）。這雖然是寫李逵即興上演的一齣鬧劇，但客觀上撕開了官府莊嚴的假象，一定程度上是對封建統治力的消解。

　　上接離開縣衙之後，又寫李逵「正在壽張縣前，走過東，走過西，忽聽得一處學堂讀書之聲。李逵揭起簾子，走將入去。嚇得那先生跳窗走了。眾學生們哭的哭，叫的叫，跑的跑，躲的躲。李逵大笑，出門來」（第七十四回）。正遇上前來尋他的穆弘，把他拖住，由他穿著那身縣官衣服離了壽張縣，回

〔註13〕「宣和三年」的年份是從第七十一回到第七十四回情節進展推斷得出。第七十一回，梁山泊好漢分派職務是在「宣和二年孟夏四月吉旦」；歲終時，宋江決定去東京看燈火。第七十二回，次年正月十四、十五日，宋江一行進入東京城內看燈火，李逵元宵之夜鬧東京。第七十三回，李逵「喬捉鬼」和「雙獻頭」，是他大鬧東京不久發生的事情；三月時節，得知任原在泰安州擺擂臺，燕青決定打擂。第七十四回，李逵跟隨燕青來泰安州。以上情節進展時序分明，可知李逵到壽張的年份為宣和三年。關於打擂的具體日子，第七十四回燕青講打擂的日程安排：「今日是三月二十四日了，來日拜辭哥哥下山，路上略宿一宵，二十六日趕到廟會上，二十七日在那裏打探一日，二十八日卻好和那廝放對。」三月二十八日旭日初升，燕青打擂，不多時就將任原摔下擂臺。由於李逵身份暴露，他和燕青被官軍包圍。幸得盧俊義及時救應，得以返歸山寨。李逵跟隨「行了半日」，溜到了壽張縣。這都說明燕青打擂和李逵坐衙是同一天先後發生的事情。

到梁山寨上。

　　李逵「喬坐衙」和「鬧學堂」故事詼諧有趣，令人捧腹，這在充滿刀光劍影和血雨腥風的《水滸傳》中是絕無僅有的。這兩則故事的藍本可能是楊顯之《黑旋風喬斷案》和高文秀《黑旋風喬教學》。這兩部劇目見於元人鍾嗣成《錄鬼簿》著錄，可惜早已失傳，而僅由此可以略見端倪。

　　明代沙彌懷林《批評水滸傳述語》云：「和尚讀《水滸傳》，第一當意黑旋風李逵，謂為梁山泊第一尊活佛，特為手訂《壽張縣令黑旋風集》。此則令人絕倒者也，不讓《世說》諸書矣。藝林中亦似少此一段公案不得。」〔註14〕金聖歎《讀第五才子書法》則對此大為反感，曰：「近世不知何人，不曉此意，卻節出李逵事來，另作一冊，題目《壽張文集》。可謂咬人屎橛，不是好狗。」〔註15〕且不問懷林所訂文集從何而來，也不管金聖歎所論是否正確，單這一段公案就足以說明，壽張縣因《水滸傳》而與李逵這位水滸戲曲小說的熱門人物有了密不可分的聯繫。

〔註14〕〔明〕懷林：《批評水滸傳述語》，朱一玄、劉毓忱編：《水滸傳資料彙編》，南開大學出版社，2002年版，第184頁。

〔註15〕〔清〕金聖歎：《讀第五才子書法》，朱一玄、劉毓忱編：《水滸傳資料彙編》，南開大學出版社，2002年版，第221頁。

第十四章 《水滸傳》中的淩州及其它

第一節 《水滸傳》中的淩州城鄉

一、「淩州」即陵州

《水滸傳》有三十一次寫到「淩州」。它是「一府城池」（第六十七回），應是與濟寧府、青州府級別相同的行政建置。但「淩州」不見於史志，故古今讀者頗有疑議。

《水滸傳》第七十三回寫李逵、燕青爲搜尋假宋江，「直到淩州高唐界內」。近人陸澹安考證：「北宋時無淩州。……按高唐縣屬河北東路博州，則淩州或是博州之誤。」〔註1〕不過，「淩」、「博」二字音形相差都很大，由此致誤的可能性較小。

清人程穆衡《水滸傳注略》第五十九卷認爲，「淩州」乃《水滸傳》俗本之誤，應作「陵州」；並引葉沄《歷代郡國考略》云：「元陵州，今爲縣，隸濟南府。」〔註2〕「淩」、「陵」音同而且字形相似，因此程說近是。今人劉華亭先生也認爲「淩州」應是「陵州」之誤。〔註3〕

其實，《水滸傳》中的「淩州」實即陵州，也有文本敘事上的根據。如第

〔註1〕 陸澹安：《說部卮言》，上海錦繡文章出版社，2009年版，第164頁。
〔註2〕 朱一玄、劉毓忱編：《水滸傳資料彙編》，南開大學出版社，2002年版，第423頁。
〔註3〕 劉華亭：《水滸新證》，中國文聯出版社，2007年版，第75頁。

七十三回描寫李逵、燕青搜尋假宋江的路線，是先到梁山泊北面七八十里處的劉太公莊，離莊後「先去正北上尋」，後轉往「正東上，……直到淩州高唐界內」。可知「淩州」在梁山的東北方。而這一方位與陵州的實際正相一致。宋、元以至明清，高唐從未屬過陵州，那麼，將「淩州高唐界內」理解爲「淩（陵）州的高唐界內」自然不能成立。因此，李逵、燕青兩人的尋人路線，應該是先後到了「淩州」、「高唐」兩地，所謂「淩州高唐界內」應該理解爲「淩州、高唐界內」。

陵州始置於元代，原爲北宋時期隸屬景州的將陵縣。陵州在元代曾有數次廢置與變更，見於《元史・地理一》記載：「陵州，本將陵縣，宋、金皆隸景州。憲宗三年（1253）割隸河間府。是年升陵州，隸濟南路。至元二年（1265）復爲縣。三年，復爲州，仍隸河間路。」〔註4〕明洪武元年（1368），降陵州爲陵縣。七年，廢陵縣，移德州州治於此，屬濟南府。清代德州屬濟南府。〔註5〕今之德州爲山東省的一個地級市。

本章主要討論小說中的「淩州」亦即陵州故事與人物。爲與小說文本地名一致，以下行文均仍稱「淩州」。

二、曾頭市

《水滸傳》第六十回寫曾頭市在「淩州西南上」，三面環山，一面爲「平川曠野之地」，「是個險隘去處」。本回有一段文字專寫曾頭市云：

> 周回一遭野水，四圍三面高崗。塹邊河港似蛇盤，濠下柳林如雨密。憑高遠望綠蔭濃，不見人家；附近潛窺青影亂，深藏寨柵。村中壯漢，出來的勇似金剛；田野小兒，生下的便如鬼子。僧道能輪棍棒，婦人慣使刀槍。果然是鐵壁銅牆，端的盡人強馬壯。交鋒盡是哥兒將，上陣皆爲父子兵。

這段文字寫出了曾頭市地勢的險峻複雜，防務的周到嚴密，眞是易守難攻；兼且村中男女少壯，乃至僧道方外之人，皆武勇剽悍，都能齊心上陣，以及接下寫曾頭市是有三千餘人家的超大村莊等，共同構築了曾頭市敢於與梁山爲敵的自然與社會背景。

〔註4〕〔明〕宋濂等撰：《元史》，中華書局，1976 年版，第 1365 頁。
〔註5〕山東省德州市德城區地方史志編纂委員會編：《德州市志》，齊魯書社，1997 年版，第 26 頁。

　　但是，曾頭市必與梁山爲敵的根本原因，卻是「內有一家，喚做曾家府。這老子原是大金國人，名爲曾長者」，生有曾塗、曾參、曾索、曾魁和曾升五子，號爲「曾家五虎」。曾家聘請了教師史文恭與副教師蘇定，兩人武功很好，與曾家五虎一起防衛曾頭市。由此可以推測，曾長者父子發願「掃蕩梁山清水泊，剿除晁蓋上東京。生擒及時雨，活捉智多星」，既是自以爲有這個能力，也可能出於他「原是大金國人」與宋國「忠義」人的嫌隙。又偏是段景柱盜得一匹照夜玉獅子馬欲獻給宋江，過路時卻被曾頭市奪了，晁蓋、宋江等才知道有這麼一個敵對並藐視梁山的村莊，進而引出晁蓋、宋江先後攻打曾頭市的惡戰。雖然一打曾頭市晁蓋不幸中箭，回山後不治而死，但是畢竟宋江率軍打破曾頭市，盡殺曾家一門老小，取其所有搬運上梁山，也算爲晁蓋報了大仇。

三、法華寺

　　《水滸傳》第六十回寫及法華寺是曾頭市東邊的一處古寺。晁蓋攻打曾頭市時，在兩個自稱爲該寺監寺的僧人帶領下，到此暫駐人馬，等待夜間偷襲曾頭市的寨柵。隨後在離法華寺五里地處，晁蓋被曾頭市伏兵襲擊，身中史文恭所射的藥箭並因此中毒身亡。

　　後來，青州的郁保四劫了梁山所買的二百匹駿馬，送往曾頭市，便餵養在法華寺中。宋江攻打曾頭市時，法華寺成了曾頭市的中軍帳。曾頭市與梁山議和，互換人質，時遷、李逵、樊瑞、項充、李袞等五名梁山人質，就都被監押於寺中。郁保四被宋江、吳用策反以後，潛入法華寺給梁山的五名人質通風報信。當天夜間，時遷潛入法華寺鐘樓之上，撞鐘爲號，梁山人馬裏應外合，發起對曾頭市的總攻並大獲全勝。

　　另外，第六十七回寫關勝、李逵等人攻破凌州後，守將魏定國退守中陵縣。據此可知，中陵縣隸屬於凌州。但歷史上沒有中陵縣這一行政建置，而小說也沒有關於其在凌州所處方位的敘寫，故難以作具體的考察。

第二節　《水滸傳》中的凌州故事

　　《水滸傳》中的凌州故事見於第六十、六十七和六十八回，主要有梁山兩打曾頭市和關勝、李逵打凌州兩大關目。

一、兩打曾頭市

《水滸傳》寫梁山攻打曾頭市之戰，先是第六十回寫晁蓋率軍出戰以兵敗身亡告終，後是第六十八回寫宋江爲晁蓋報仇再打曾頭市大獲全勝。這兩回書雖然相隔八回之多，但一脈相承，前後照應，實寫一事，而可以合稱之爲「兩打曾頭市」。

（一）一打曾頭市

《水滸傳》第六十回寫曾頭市雖然敵視梁山，但梁山上晁蓋、宋江等實不知天地間尚有此潛在的對手。而使曾頭市與梁山刀兵相見並終於爲梁山剿滅的原因，卻是綽號金毛犬的段景住盜了原金國王子所騎的照夜玉獅子馬欲獻給宋江，卻被「曾家五虎」奪了；段景住赴梁山告訴此事，並說曾頭市欲掃平梁山等等，惹起晁蓋一怒興師，親率大軍討伐曾頭市。這個起因與「三打祝家莊」肇自時遷偷雞幾乎同一機杼，是《水滸傳》敘事飄風起於青萍之末一再應用的技巧。但是，從水滸故事的發展來看，這一次由「盜馬」引出的「兩打曾頭市」卻比因「偷雞」引出的「三打祝家莊」更爲關鍵，即一是晁蓋死於此役，二是因爲晁蓋的遺言而引出上梁山的最後幾位好漢之一盧俊義，三是進而引出了打東平、東昌二府之役，並促成了宋江得爲梁山之第三位也就是最終領袖地位的確立。

《水滸傳》寫由晁蓋率軍的梁山好漢一打曾頭市，宋江先是以其慣常所說「哥哥是山寨之主，不可輕動，小弟願往」勸阻不聽，接下晁蓋兵馬甫動即「忽起一陣狂風，正把晁蓋新制的認軍旗，半腰吹折」。宋江等人皆以爲不祥之兆，再次勸阻晁蓋暫緩出兵又不從。然後晁蓋率軍進攻，前三天無果。第四天爲兩個自稱爲曾頭市法華寺監寺僧人的和尚所騙，晁蓋親自帶兵劫曾頭市之寨，結果中了伏兵。晁蓋面門正中史文恭一箭，隨後因此身死。劫寨的人馬也損失過半。第五天夜間二更時分，曾頭市乘勝攻打梁山營寨，林沖等寡不敵眾，且戰且退，又損失了五七百人，只得帶領人馬返回梁山山寨。第六天夜間三更時分，晁蓋遺言宋江：「賢弟保重，若那個捉得射死我的，便叫他做梁山泊主。」言罷身亡。如此前後六天，由晁蓋組織率領的梁山人馬第一次攻打曾頭市以失敗告終。這個過程似與《三國演義》寫諸葛亮「六出祁山」而「出師未捷身先死」一樣，都有以「六」爲敘事過程之數度的特徵。易數中「六」爲「老陰」（《周易正義・上經乾傳卷一》）即「陰極」。宋朱熹《周易本義》卷之一《周易上經・坤》「上六，龍戰於野，其血玄黃」注曰：

「陰盛之極，至與陽爭，兩敗俱傷，其象如此。占者如是，其凶可知。」而「上六」之「《象》曰：『龍戰於野』，其道窮也。」〔註6〕就都說明了以「六」爲度數之象必「凶」與「窮」的道理。〔註7〕

（二）二打曾頭市

爲了給晁蓋報仇，由宋江組織率領的梁山二打曾頭市，雖然必不可免，但其終於發生的具體原因居然還是因爲段景住和馬。即第六十七回寫當晁蓋亡故後的次年初春，「宋江賞馬步三軍，關勝降水火二將」之後，大軍「回到金沙灘邊。水軍頭領棹船接濟軍馬，陸續過渡。只見一個人氣急敗壞跑將來。眾人看時，卻是金毛犬段景住。林沖便問道：『你和楊林、石勇去北地裏買馬，如何這等慌速跑來？』」段景住便備說與楊林、石勇前往北地爲梁山買了二百餘匹駿馬，返程在青州地面上被綽號險道神的郁保四劫掠，送給了曾頭市。宋江聽了，大怒道：「前者奪我馬匹，今又如此無禮！晁天王的冤仇，未曾報得，且夕不樂。若不去報此仇，惹人恥笑。」又知曾頭市設下了五處寨柵，於是梁山兵分五路下山，殺奔曾頭市附近安營下寨。

此時曾頭市方面在史文恭指揮下，已在村南村北大路上掘好二三十處陷坑，布下伏兵，「一住三日，不出交戰」，只等梁山人馬打村中計。孰不知吳用於第四日「使時遷，扮作伏路小軍，去曾頭市寨中，探聽他不出何意。所有陷坑，暗暗地記著有幾處，離寨多少路遠，總有幾處。去了一日，都知備細，暗地使了記號」，「次日」即第五天準備，「來日巳牌」即「次日巳牌」，也就是此次打曾頭市第六天的巳時（上午九點至十一點），吳用指揮梁山人馬從東、北、西三面佯攻，而以馬軍突襲曾頭市南寨的伏兵，首戰得勝。

第七天戰事繼續深入，曾頭市有曾塗出兵交戰，被花榮射中左臂，死於呂方、郭盛的戟下。曾升出馬一箭射倒了李逵，但見宋江陣上人多，不敢戀戰，只得領兵還寨。第八天，曾升又催促史文恭出戰小勝，但當天夜裏史文恭等乘勝劫寨，卻中了伏兵，折了曾索。第九天，曾長者因見連失曾塗、曾

〔註6〕 〔宋〕朱熹：《周易本義》，廖名春點校，中華書局，2009年版，第46頁。

〔註7〕 其實，以《易》數「六」爲度之象必「凶」與「窮」，只在「其象如此。占者如是」，無可逃避。但是，「陰極而陽生」，「六」作爲趨於「陰極」的過程中實又蘊含未來「一陽復生」之機，故《周易・坤卦》云：「坤：元亨，利牝馬之貞。君子有攸往，先迷，後得，主利。西南得朋，東北喪朋。安貞吉。」朱熹注有曰「坤，順也，陰之性也」云云，而《周易・復卦》則曰「七日來復」，故俗又有「六六大順」之說。

索兩子，無心再戰，便叫史文恭寫了降書議和。吳用定下計策，回書同意講和。至第十天和議將成，不料有青州、淩州兩處官軍前來支援曾頭市，雙方遂重新開戰。由於曾頭市方面的郁保四被梁山策反，得與宋江人馬裏應外合，內外夾攻，打破曾頭市，剿滅曾氏一門。曾長者自縊身死，曾密、曾魁、蘇定俱皆戰死，作為人質的曾升被就地處斬。青州、淩州的兩路救援官軍則分別被關勝、花榮殺退。出乎意料的是吳用為了不使盧俊義捉了史文恭而為梁山之主，自己輔佐宋江率主力攻打「曾頭市正中總寨」，而分派盧俊義、燕青帶五百步軍到平川小路作為伏兵。可是偏偏史文恭落荒而逃就從那小路經過，被盧俊義活捉，此後剖腹剜心，祭祀了晁蓋亡靈。雖然按照晁蓋的遺言，盧俊義捉了史文恭，當為梁山之主，但是盧俊義本人不敢居，也大違眾好漢之意，遂又有宋江與盧俊義拈鬮分打東平、東昌二府之役。見本書前述，不提。

二、關勝、李逵打淩州

《水滸傳》第六十、第六十一回寫宋江等在為晁蓋居喪期間，得知有「河北三絕」的盧俊義，便由吳用親自出馬，費盡心機，並大動干戈賺盧俊義上了梁山入夥。因此之事，梁山曾兩打大名府，先後收降官軍將領大刀關勝、急先鋒索超等，朝廷震驚。於是蔡太師又舉薦淩州團練使單廷珪和魏定國領兵出征梁山。單廷珪綽號聖水將軍，魏定國綽號神火將軍，人稱「水火二將」，都頗有武藝。此時新入夥梁山的關勝急欲建功，主動請戰，乃奉命帶了宣贊、郝斯文並五千人馬，先去淩州截住水火二將。但是首戰即失利，宣贊、郝斯文被俘，幸而在押赴東京的途中，被李逵偕同好漢焦挺、鮑旭救了。

當時李逵因為未能隨關勝一起出戰，一個人偷下梁山，要獨自去打淩州。路上結識了焦挺，二人同來枯樹山鮑旭的山寨，正在商議攻打淩州之際，不期救下了宣贊、郝斯文，於是「帶領五七百小嘍囉，五籌好漢，一齊來打淩州」（第六十七回）。其時關勝雖已施拖刀計打敗並收降了單廷珪，次日卻在淩州城下不敵魏定國「五百火兵」的進攻，敗退四十餘里。而魏定國方得勝回城，卻「看見本州烘烘火起，烈烈煙生。原來卻是黑旋風李逵與同焦挺、鮑旭，帶領枯樹山人馬，都去淩州背後，打破北門，殺入城中，放起火來，劫擄倉庫錢糧。魏定國知了，不敢入城，慌速回軍。被關勝隨後趕上追殺，

首尾不能相顧。淩州已失，魏定國只得退走，奔中陵縣屯駐」，後來關勝親入圍城，說服魏定國出降，也入夥梁山。淩州之戰，關勝初上梁山即建大功，但是乘機打破淩州放火，一舉端了魏定國老巢的，卻是私自下山欲單身打城的李逵。以李逵一人獨走江湖，而能先後拉焦挺、鮑旭結夥，救了宣贊、郝斯文後，新組一支軍馬打破淩州城，其難能更在關勝之上。但他畢竟是不遵將令，擅自行動，所以書中僅寫「收軍回梁山泊來。宋江早使戴宗接著，對李逵說道：『只為你偷走下山，空教眾兄弟趕了許多路。如今時遷、樂和、李雲、王定六四個，先回山去了。我如今先去報知哥哥，免至懸望。』」並不提到李逵打城等諸般的功勞，也是可以理解的。但讀者豈可以忽略！

第三節　《水滸傳》中的淩州人

一、史文恭

《水滸傳》第六十、六十八、六十九回都提及史文恭，而集中描寫在第六十、六十八回。書中寫史文恭是曾頭市曾長者府上的教師，不但武藝高強，而且很有軍事指揮才能，是曾頭市防務上的核心人物，曾氏父子都仰仗於他。「曾家五虎」奪了段景住打算獻給宋江的千里照夜玉獅子寶馬，自己不用，就給了史文恭為坐騎，可見曾家對他的尊重。事實上這個人也確有本事，不僅設伏兵大敗梁山的進攻，還親用藥箭射死了晁蓋，給梁山造成空前絕後的重大損失。當然，這也使他自己成為梁山泊好漢必欲擒殺的死敵，導致了他最後慘死的悲劇命運。

晁蓋死後，宋江、吳用等欲血洗曾頭市，擒殺史文恭，為晁蓋報仇。曾頭市則由史文恭布下五處寨柵迎敵，親掌總寨，坐鎮南門指揮，挖掘陷坑，布下伏兵，以逸待勞。儘管此計被吳用識破，曾頭市首戰失利，但在淩州新陷，孤立無援的情況下，面對曾升要求冒險出擊，史文恭仍能頭腦清醒，主張「只宜堅守五寨……飛奏朝廷，調兵選將，多撥官軍，分作兩處征剿：一打梁山泊，一保曾頭市」。後乃不得已出戰，便刺傷秦明，把梁山人馬逼退了十里地，導致宋江只好派人回山搬取關勝等好漢增援。其武藝高強，由此可見一斑。

但是，一方面史文恭畢竟以武功為長，計謀則遠遜於梁山軍師吳用。加以他僅是曾府的教師，於事沒有決定之權，所以後來與梁山的鬥勇鬥智都不

可能不拜下風。遂在幾番失利之後，史文恭只能獨身落荒而逃，被伏路的盧俊義、燕青活捉，押上梁山後，「將史文恭剖腹剜心，享祭晁蓋」，結束了他一世豪傑，卻做了他人鷹犬的一生。

二、曾氏父子

《水滸傳》第六十回寫戴宗奉命探得曾頭市虛實說：

> 「這個曾頭市上，共有三千餘家。內有一家，喚做曾家府。這老子原是大金國人，名為曾長者。生下五個孩兒，號為曾家五虎：大的兒子喚做曾塗，第二個喚做曾密，第三個喚做曾索，第四個喚做曾魁，第五個喚做曾昇。又有一個教師史文恭，一個副教師蘇定。去那曾頭市上，聚集著五七千人馬，紮下寨柵，造下五十餘輛陷車。發願說他與我們勢不兩立，定要捉盡俺山寨中頭領，做個對頭。那疋千里玉獅子馬，見今與教師史文恭騎坐。更有一般堪恨那廝之處，杜撰幾句言語，教市上小兒們都唱，道：
>
> > 搖動鐵環鈴，神鬼盡皆驚。鐵車並鐵鎖，上下有尖釘。掃蕩梁山清水泊，剿除晁蓋上東京。生擒及時雨，活捉智多星。曾家生五虎，天下盡聞名。」

以上引文說曾頭市是古代一個超大村莊，作為這個村莊之命運的掌控者，曾氏父子的「曾家府」實為金國餘孽。因此，儘管書中沒有進一步強調這一點，甚至還寫曾氏父子「掃蕩梁山清水泊，剿除晁蓋上東京」，乃盡忠宋朝，但是「這老子原是大金國人」一語的設定，仍使梁山與曾頭市的對立帶有了民族鬥爭的色彩。另外，曾氏父子對曾頭市的武裝一開始就不是為了自保，而是專門或主要是針對梁山，與梁山「做個對頭」，有強烈的攻擊性。這些就都與前此祝太公與「祝氏三傑」父子祝家莊的情況有根本的不同。而且，如果說由時遷偷雞引起的「三打祝家莊」結果使梁山增加了若干好漢，壯大了力量，那麼由段景住盜馬引起的「兩打曾頭市」，卻導致了梁山寨主的更替和以「聚義廳」改為「忠義堂」為標誌的從「在晁蓋恐託膽稱王」到宋江「休言嘯聚山林，早願瞻依廊廟」〔註8〕之發展方向的轉變，還包括著盧俊義等一干好漢上梁山隊伍的壯大。從而一部《水滸傳》寫一百零八人之外地方勢力對山寨的影響，都無如曾頭市曾氏父子和史文恭的作用更大，是書中

〔註8〕施耐庵、羅貫中著：《水滸全傳》，嶽麓書社，1988年版，第575頁。

除寫「招安」之外堪稱旋轉乾坤的重大關鍵之筆。曾頭市在屢敗於梁山之後
曾經遣人講和，但「聽得青州、淩州兩路救兵到了」，便又食言再戰。終至於
莊破人亡：曾長者自殺身死，他的五個兒子以及史文恭、蘇定等也先後被殺
或被剮。孔子曰：「人而無信，不知其可也。」（《論語・為政》），於曾氏父子
可以見之。

三、單廷珪、魏定國

《水滸傳》第六十七回寫單廷珪、魏定國皆淩州團練副使。單廷珪「善
能用水浸兵之法，人皆稱為聖水將軍」；魏定國「熟精火攻兵法，上陣專能用
火器取人，因此呼為神火將軍」。二人合稱「水火二將」。梁山泊好漢收降關
勝、打破大名府救出盧俊義、石秀之後，朝廷震驚，蔡太師乃舉薦淩州團練
使單廷珪、魏定國二將率軍征剿。宋江聞訊籌劃破敵，關勝欲為梁山建功，
又自恃與單、魏二將舊好，自請率五千兵去淩州來路上勸降或截擊。雙方對
陣，單廷珪與魏定國首戰得勝，俘獲關勝的副將宣贊、郝斯文。再次交戰時，
關勝施拖刀計生擒並勸降單廷珪，後又說服魏定國歸順梁山。梁山泊英雄排
座次，單廷珪、魏定國分別列第四十四、四十五位。招安以後，二將先後從
征遼國和平定方臘之役，最後戰死於歙州。

四、其他淩州人物

《水滸傳》第六十七回寫淩州張太守，無名字，基本上只是一個過場人
物，但有一定描寫，即「淩州太守接得東京調兵的敕旨，並蔡太師箚付，便
請兵馬團練單廷珪、魏定國商議」，安排「水火二將」出征；關勝率兵打城，
「水火二將捉得宣贊、郝思文，得勝回到城中。張太守接著，置酒作賀。一
面教人做造陷車，裝了二人，差一員偏將，帶領三百步軍，連夜解上東京，
申達朝廷」。淩州失陷以後，這位在守衛淩州中盡職盡責的張太守便不知所
蹤了。

蘇定。蘇定是曾頭市曾家府的副教師，協助史文恭並參與曾頭市的安全
防務。他參加了抗擊梁山攻打曾頭市的戰鬥，與曾塗把守北寨。他參與禦敵
之策的討論，支持史文恭堅守寨柵、等待官軍援兵的良策，作戰中多隨史文
恭左右，後在曾頭市北門被亂箭射死。

兩個和尚。第六十回寫晁蓋率部攻打曾頭市，「第四日，忽有兩個和尚，
直到晁蓋寨裏來投拜。軍人引到中軍帳前。兩個和尚跪下告道：『小僧是曾頭

市上東邊法華寺裏監寺僧人，今被曾家五虎不時常來本寺作踐羅唣，索要金銀財帛，無所不為。小僧已知他的備細出沒去處，特地前來拜請頭領，入去劫寨，剿除了他時，當坊有幸。』」兩個和尚並以「出家人」的信譽作保，晁蓋乃深信不疑，當天夜裏便領兵隨兩個和尚先到法華寺暫駐。三更時分再次出發，「行不到五里多路，黑影處不見了兩個僧人」，而曾頭市伏兵四起。梁山人馬大敗，晁蓋為史文恭毒箭所中並不治而死。由此可知，這兩個和尚實是史文恭射殺晁蓋的共犯，卻後來不再提及，似為《水滸傳》敘事的一個疏漏。

第四節　《水滸傳》中的「山神廟」與「寇州」

一、林沖殺仇的「山神廟」

　　《水滸傳》中有四回書寫有山神廟（第十、十七、二十三、四十三回）。這裏說的是第十回寫「林教頭風雪山神廟」雖在滄州（今屬河北省），但據劉玉文《〈水滸傳〉「山神廟」尋蹤》一文考證，該「山神廟」的原型應該是今山東省無棣縣境內碣石山半腰的「鹽神廟」。他說：「北宋年間，無棣縣隸屬滄州，滄州七縣惟有無棣濱海處有一座山名曰碣石山，又名鹽山，山上有座『鹽山神祠』，也叫『鹽神廟』。如果林沖發配滄州確有此事並與『山神廟』有緣的話，那麼，這座『山神廟』必定是無棣縣碣石山上的『鹽神廟』。」〔註9〕

　　這裏只論小說本回描寫，林沖被發配看守大軍草料場，「正是嚴冬天氣，彤雲密佈，朔風漸起，卻早紛紛揚揚卷下一天大雪來」。為了禦寒，林沖去五里路外市上沽酒，「行不上半裏多路，看見一所古廟」，林沖頂禮道：「神明庇祐，改日來燒錢紙。」但是待沽酒回來，他在草料場居住的兩間草廳早被大雪壓倒無法居住：

> 想起：「離了這半里路上，有個古廟，可以安身。我且去那裏宿
> 一夜。等到天明，卻做理會。」把被卷了，花槍挑著酒葫蘆，依舊
> 把門拽上鎖了，望那廟裏來。入的廟門，再把門掩上，傍邊止有一
> 塊大石頭，撥將過來靠了門。入的裏面看時，殿上做著一尊金甲山

〔註9〕劉玉文：《〈水滸傳〉「山神廟」尋蹤》，郭雲鷹主編：《禹貢碣石山》，濟南出版社，2005年版。

神。兩邊一個判官，一個小鬼。側邊堆著一堆紙。團團看來，又沒
鄰舍，又無廟主。林沖把槍和酒葫蘆放在紙堆上，將那條絮被放開，
先取下氈笠子，把身上雪都抖了，把上蓋白布衫脫將下來，早有五
分濕了，和氈笠放在供桌上，把被扯來蓋了半截下身。卻把葫蘆冷
酒提來便吃，就將懷中牛肉下酒。正吃時，只聽得外面必必剝剝地
爆響。林沖跳起身來，就壁縫裏看時，只見草料場裏火起，刮刮雜
雜燒著。

　　林沖「卻待開門來救火，只聽得前面有人說將話來」。原來陸虞候、富安
受高太尉指派，夥同滄州牢城營的差撥三人秘謀策劃，火燒草料場，正「在
廟簷下立地看火」，慶幸林沖必被燒死，準備「拾得他一兩塊骨頭回京府裏見
太尉和衙內時，也道我們也能會幹事」。林沖怒不可遏，衝出廟門，殺死三人，
雪夜上梁山。林沖是《水滸傳》濃墨重彩描繪的第一個「逼上梁山」的好漢，
為後來晁蓋等八人能在梁山立足和晁蓋得為梁山寨主的關鍵人物。但林沖上
梁山的實際起點就是這座山神廟。故此山神廟雖小，卻在《水滸傳》中有特
殊地位，乃至可與鄆城縣還道村的九天玄女廟相媲美。

二、寇州

　　《水滸傳》中共四次提到「寇州」，分別見於第五十四回和第六十七回。
清人程穆衡《水滸傳注略》第六十六卷認為：「霸州，後周縣，元初為寇州，
取境內滱水為名，尋復舊。」〔註10〕但查閱《元史》，其中並無「寇州」建置
的記載，故此說可疑。

　　劉華亭據《水滸傳》第五十四回、第六十七回有關「寇州」的描寫，認
為：「寇州離高唐不遠，位於高唐正西，是淩州去東京必經的地方。從敘述的
方位、距離看，寇州應是冠州之誤。冠州即漢代冠氏縣，元代曾改冠州，
即今山東省冠縣。……冠縣位於高唐西南 110 公里，是陵州去東京的必經之
地。」〔註11〕所論可信。另外，「寇」在歷史上還有另一寫法為「冦」，與「冠」
字形相近，故《水滸傳》俗本誤「冠」為「寇」也是很有可能的。

　　冠州這一行政建置始於元初。《元史》卷五八《地理一》載：「冠州，本
冠氏縣，唐因隋舊，置毛州，後州廢，縣屬魏州。宋、金並屬大名府。元初

〔註10〕 朱一玄、劉毓忱編：《水滸傳資料彙編》，南開大學出版社，2002 年版，第 428
　　　　頁。

〔註11〕 劉華亭：《水滸新證》，中國文聯出版社，2007 年版，第 76 頁。

屬東平路。至元六年（1269），升冠州，直隸省。」〔註12〕明初，降冠州爲冠縣。《明史》卷四十一《地理二‧東昌府》載：「冠，府西南。元冠州，直隸中書省。洪武三年（1370）降爲縣，來屬。」〔註13〕

　　《水滸傳》中發生在「寇州」的故事主要是李逵引薦焦挺、鮑旭入夥梁山以及三人同救宣贊、郝斯文。第六十七回寫李逵偷下梁山，要獨自去打凌州。路上，李逵遇到了沒面目焦挺。因喪門神鮑旭在寇州枯樹山占山爲王，焦挺要去投奔他。李逵便建議焦挺入夥梁山，並提議：「你和我去枯樹山，說了鮑旭，同去凌州，殺得單、魏二將，便好回山。」兩人隨即同來枯樹山，拉鮑旭入夥梁山，並計議打凌州之事。一天，三人正在枯樹山山寨議事，聽嘍羅報說山下有一夥人馬監押陷車經過，遂同下山來劫奪，救下了被凌州官軍俘虜而押往東京的宣贊、郝斯文。隨後，李逵、鮑旭、焦挺、宣贊和郝斯文帶了枯樹山人馬，一起前去攻打凌州。凌州之戰後，他們同歸梁山。

　　此外，還需一說的是，《水滸傳》中有些故事的發生地並沒有寫出其所在的州、府、縣、村等地名，但我們可以確定它是山東地方。如第六十七回李逵殺死韓伯龍的鄉村酒店與李逵、焦挺相識之處就是顯例。本回寫李逵偷下梁山，抄小路去往凌州。走了半天，腹中飢餓，便到路邊一家村酒店吃「霸王餐」。店主韓伯龍以自己是「梁山泊好漢」的名義斥責李逵。李逵耍了一個小花招，一斧頭把他給劈死了。這個鄉村酒店既在梁山去往凌州的小路上，且只有半天的路程，那麼，它屬於山東的地方，而且離梁山不遠，應是毫無疑問的。

　　李逵殺死韓伯龍後，繼續往凌州方向行進，走了不到一日，在一條官道上遇到焦挺。李逵怪焦挺上下打量自己，就和他廝打起來。豈知焦挺擅長相撲術，三兩下便把李逵按倒在地，兩人因此相識。這處地方在梁山與凌州之間的官道上，顯然也屬於山東。只是既無名號，也無法確定其描寫可能的具體方位。

〔註12〕〔明〕宋濂等撰：《元史》，中華書局，1976 年版，第 1370 頁。
〔註13〕〔清〕張廷玉等撰：《明史》，中華書局，1974 年版，第 945 頁。

主要參考文獻

專　著

1. 〔漢〕孔安國傳，〔唐〕孔穎達等正義：《尚書正義》，上海古籍出版社，1990 年版。

2. 楊伯峻編著：《春秋左傳注》（修訂本），中華書局，1990 年第 2 版。

3. 〔漢〕司馬遷：《史記》，中華書局，1982 年第 2 版。

4. 〔漢〕班固：《漢書》，中華書局，1962 年版。

5. 〔北魏〕酈道元注，〔清〕楊守敬疏：《水經注疏》，江蘇古籍出版社，1986 年版。

6. 〔唐〕段成式著，方南生點校：《酉陽雜俎》，中華書局，1981 年版。

7. 〔宋〕洪邁撰，何卓點校：《夷堅志》，中華書局，1981 年版。

8. 〔宋〕李昉等編：《太平廣記》，中華書局，1961 年版。

9. 〔宋〕歐陽永叔：《歐陽修全集》，北京市中國書店，1986 年版。

10. 〔宋〕竇儀等撰，吳翊如點校：《宋刑統》，中華書局，1984 年版。

11. 〔宋〕王栐：《燕翼詒謀錄》，中華書局，1981 年版。

12. 〔宋〕黃朝英：《靖康緗素雜記》，上海古籍出版社，1986 年版。

13. 〔宋〕孟元老：《東京夢華錄》，上海古典文學出版社，1956 年版。

14. 〔宋〕張君房：《雲笈七籤》，中華書局，2003 年版。

15. 〔宋〕吳自牧：《夢梁錄》，《東京夢華錄》（外四種本），中華書局，1962 年版。

16. 〔宋〕朱熹撰，廖名春點校：《周易本義》，中華書局，2009 年版

17. 〔宋〕薛居正等撰：《舊五代史》，中華書局，1976 年版。

18. 〔宋〕歐陽修撰，徐無黨注：《新五代史》，中華書局，1974 年版。

19. 〔元〕脫脫等撰：《宋史》，中華書局，1977 年版。

20. 〔元〕脫脫等撰：《金史》，中華書局，1975 年版。

21. 〔元〕鍾嗣成，賈仲明撰，馬廉校注：《錄鬼簿新校注》，文學古籍刊行社，1957 年版。

22. 〔元〕無名氏：《新刊大宋宣和遺事》，中國古典文學出版社，1954 年版。

23. 〔元〕無名氏：《居家必用事類全集》，中國商業出版社，1986 年版。

24. 〔元〕施耐庵、羅貫中著，李永祜點校：《水滸傳》，中華書局，1997 年版。

25. 〔元〕施耐庵著，〔清〕金聖歎批評：《第五才子書施耐庵水滸傳》，中華書局，1975 年版。

26. 〔元〕施耐庵、羅貫中著：《水滸全傳》，嶽麓書社，1988 年版。

27. 〔元〕施耐庵著：《水滸傳》，山東文藝出版社，1995 年版。

28. 〔元〕施耐庵原著，〔清〕金聖歎批評：《第五才子書水滸傳》，天津古籍出版社，2006 年版。

29. 〔元〕羅貫中：《三國志通俗演義》，上海古籍出版社，1980 年版。

30. 陳曦鍾、侯忠義、魯玉川輯校：《水滸傳會評本》，北京大學出版社，1981 年版。

31. 程毅中輯注：《宋元小說家話本集》，齊魯書社，2000 年版。

32. 〔明〕蘭陵笑笑生：《金瓶梅詞話》，人民文學出版社，2000 年版。

33. 〔明〕宋濂等撰：《元史》，中華書局，1976 年版。

34. 〔明〕朱國禎：《湧幢小品》，中華書局，1959 年版。

35. 〔明〕于慎行：《谷山筆塵》，中華書局，1984 年版。

36. 〔明〕郎瑛：《七修類稿》，上海書店出版社，2009 年版。

37. 〔明〕沈德符撰，楊萬里校點：《萬曆野獲編》，上海古籍出版社，2012 年版。

38. 〔明〕王圻：《稗史彙編》，《四庫全書存目叢書》子部第 139 冊，齊魯書社影印遼寧省圖書館藏明萬曆刻本，1995 年版。

39. 〔清〕錢泳撰，孟斐校點：《履園叢話》，上海古籍出版社，2012 年版。

40. 〔清〕顧炎武著，陳垣校註：《日知錄校注》，安徽大學出版社，2007 年版。

41. 〔清〕桂馥：《箚樸》，中華書局，1992 年版。

42. 〔清〕張廷玉等撰：《明史》，中華書局，1974 年版。

43. 〔清〕顧祖禹撰，賀次君、施和金點校：《讀史方輿紀要》，中華書局，

2005 年版。

44. 馬蹄疾編：《水滸資料彙編》，中華書局，1980 年版。

45. 朱一玄、劉毓忱編：《水滸傳資料彙編》，南開大學出版社，2002 年版。

46. 魯迅：《魯迅全集》，人民文學出版社，2005 年版。

47. 魯迅：《中國小説史略》，人民文學出版社，1973 年版。

48. 何心：《水滸研究》，上海古籍出版社，1985 年版。

49. 陸澹安編著：《小説詞語彙釋》，中華書局，1964 年新 1 版。

50. 陸澹安：《説部卮言》，錦繡文章出版社，2009 年版。

51. 張恨水：《水滸人物論贊》，遼寧教育出版社，1998 年版。

52. 余嘉錫：《余嘉錫論學雜著》，中華書局，2007 年第 2 版。

53. 錢鍾書：《人生邊上的邊上》，三聯書店，2002 年版。

54. 孫楷第：《滄州後集》，中華書局，2009 年版。

55. 嚴敦易：《水滸傳的演變》，作家出版社，1957 年版。

56. 董康輯：《曲海總目提要》，人民文學出版社，1959 年版。

57. 莊一拂：《古典戲曲存目彙考》，上海古籍出版社，1982 年版。

58. 鄭公盾：《水滸傳論文集》，寧夏人民出版社，1983 年版。

59. 傅惜華等編：《水滸戲曲集》，上海古籍出版社，1985 年版。

60. 王利器：《耐雪堂集》，中國社會科學出版社，1986 年版。

61. 牟潤孫：《注史齋叢稿》，中華書局，1987 年版。

62. 丁錫根點校：《宋元平話集》，上海古籍出版社，1990 年版。

63. 汪曾祺：《汪曾祺文集·散文卷》，江蘇文藝出版社，1993 年版。

64. 沈伯俊編：《水滸研究論文集》，中華書局，1994 年版。

65. 曲家源：《水滸傳新論》，中國和平出版社，1995 年版。

66. 袁行霈主編，莫礪鋒、黃天驥卷主編：《中國文學史》（第三卷），高等教育出版社，1999 年版。

67. 黃霖、韓同文選注：《中國歷代小説論著選》（修訂本），江西人民出版社，2000 年第 3 版。

68. 張錦池：《中國古典小説心解》，黑龍江人民出版社，2000 年版。

69. 杜貴晨：《傳統文化與古典小説》，河北大學出版社，2001 年版。

70. 王同舟：《〈水滸傳〉與民俗文化》，黑龍江人民出版社，2003 年版。

71. 〔日本〕佐竹靖彥著，韓玉萍譯：《梁山泊〈水滸傳〉一〇八名豪傑》，中華書局，2005 年版。

72. 郭雲鷹主編：《禹貢碣石山》，濟南出版社，2005 年版。

73. 李殿元、王珏：《〈水滸傳〉之謎》，中國廣播電視出版社，2006 年版。

74. 陳松柏：《水滸傳源流考》，人民文學出版社，2006 年版。

75. 馬幼垣：《水滸人物之最》，三聯書店，2006 年版。

76. 馬幼垣：《水滸論衡》，三聯書店，2007 年版。

77. 王立：《佛經文學與古代小說母題比較研究》，崑崙出版社，2006 年版。

78. 劉華亭：《水滸新證》，中國文聯出版社，2007 年版。

79. 石繼航：《江湖夜雨品水滸》，中國人民大學出版社，2007 年版。

80. 寧稼雨：《水滸別裁》，中國人民大學出版社，2007 年版。

81. 杜貴晨：《齊魯文化與明清小說》，齊魯書社，2008 年版。

82. 吳越：《吳越品水滸（品事篇）》，東方出版社，2008 年版。

83. 寧稼雨：《水滸閒譚》，中國文史出版社，2009 年版。

84. 金陵客：《直道鑄史——金陵客歷史隨筆》，福建人民出版社，2005 年版。

85. 朱健：《野坡散記》，南京師範大學出版社，2009 年版。

86. 黃天驥，康保成主編：《中國古代戲劇形態研究》，河南人民出版社，2009 年版。

87. 譚其驤主編：《清人文集地理類彙編》第六冊，浙江人民出版社，1990 年版。

88. 本社編選：《中國地方志集成‧山東府縣志輯》，鳳凰出版社，2004 年版。

89. 臨朐縣史志編纂委員會編：《臨朐縣志》，山東人民出版社，1991 年版。

90. 青州市地名委員會辦公室編纂：《青州市地名志》，天津人民出版社，1992 年版。

91. 山東省德州市德城區地方史志編纂委員會編：《德州市志》，齊魯書社，1997 年版。

92. 郭雲策搜集、整理：《歷代東平州志集校》，中國文史出版社，2008 年版。

93. 齊保柱編著：《東昌古今備覽》，山東友誼出版社，1990 年版。

94. 田川流：《齊魯特色文化叢書‧名勝》，山東友誼出版社，2004 年版。

95. 華梅：《服飾與中國文化》，人民出版社，2001 年版。

96. 陳平：《居所的匠心：中國居住文化》，濟南出版社，2004 年版。

97. 黃君：《山谷書法鈎沉錄》，江西教育出版社，2005 年版。

98. 〔德〕馬克思，恩格斯：《馬克思恩格斯論文學與藝術》，人民文學出版社，1982 年版。

99. 胡竹安：《水滸詞典》，漢語大詞典出版社，1989 年版。

100. 沙先貴：《水滸辭典》，崇文書局，2009 年版。

101. 魏崇山：《中國歷史地名大辭典》，廣東教育出版社，1995 年版。

102. 史爲樂：《中國歷史地名大辭典》，中國社會科學出版社，2005 年版。

103. 安作璋主編：《簡明中國歷代官製詞典》，齊魯書社，1990 年版。

104. 黃海德、李剛：《簡明道教辭典》，四川大學出版社，1991 年版。

論　文

1. 馬泰來：《從李若水的《捕盜偶成》詩論歷史上的宋江》，《中華文史論叢》，上海古籍出版社，1981 年第 1 輯。

2. 劉靖安：《試論金本〈水滸〉中的宋江形象》，《水滸爭鳴》（第 2 輯），長江文藝出版社，1983 年版。

3. 杜貴晨：《《水滸傳》名義考辨——兼與王利器、羅爾綱先生商榷》，《明清小説研究》，1990 年第 2 期。

4. 張克復：《古代的符契檔案——丹書鐵券》，《檔案學通訊》，1990 年第 2 期。

5. 李葆嘉：《水滸一百零八將綽號繹釋》，《明清小説研究》，1991 年第 3 期。

6. 曲家源：《《水滸傳》中的宋元戲曲形制考》，《晉陽學刊》，1992 年第 4 期。

7. 杜貴晨：《古代數字「三」的觀念與小説的「三復」情節》，《文學遺產》，1997 年第 1 期。

8. 竺洪波：《「宋排晁」：並非虛妄的話題》，《明清小説研究》，2000 年第 4 期。

9. 史瑞玲：《《水滸傳》宋江「神道設教」故事嬗變考論》，《濟南教育學院學報》，2000 年第 3 期。

10. 錢文忠，王海燕：《「三寸丁谷樹皮」臆解》，《史林》，2001 年第 4 期。

11. 〔日本〕大塚秀高：《天書與泰山——從〈宣和遺事〉看〈水滸傳〉成書之謎》，《保定師範專科學校學報》，2003 年第 1 期。

12. 杜貴晨：《〈西遊記〉的「七復」模式》，《河南教育學院學報》，2005 年第 5 期。

13. 周郢：《〈水滸傳〉與泰山文化》，《泰山學院學報》，2007 年第 1 期。

14. 陽建雄：《〈水滸傳〉中晁蓋之死因探析》，《東嶽論叢》，2007 年第 3 期。

15. 王亞軍：《「武松鬥殺西門慶」故事的法學解讀》，《宿州學院學報》，2007 年第 2 期。

16. 黃文超：《吳用者，無用也——吳用形象塑造意蘊探析》，《南寧師範高等專科學校學報》，2008 年第 4 期。

17. 杜貴晨：《試說泰山別稱「太行山」——兼及若干小說戲曲之讀誤》，《文學遺產》，2010 年第 6 期。

18. 杜貴晨：《〈紅樓夢〉的「新神話」觀照》，《廣東技術師範學院學報》，2011 年第 2 期。

19. 柳雯：《中國文廟文化遺產價值及利用研究》，山東大學博士學位論文，2008 年，未刊。

後　記

　　本書由杜貴晨教授發起編著，列出大綱，對初稿及初稿的修改稿做了全面改定。王守亮副教授負責撰稿的具體組織工作和部份初稿的整理修改。初稿各章節撰寫情況如下：

　　杜貴晨：前言，第一章、第二章部分

　　王守亮：第六章，第十二章，第十三章，第十四章，主要參考文獻

　　郭延雲：第一章、第二章部分，第三章，第四章

　　劉洪強：第五章，第十一章

　　吳　　雙：第七章

　　褚　　超：第八章

　　王清雲：第九章

　　孫文敏：第十章

　　儘管我們對本書編寫與修訂付出了較大努力，以求更好，但因編著者學識水平所限等故，疏誤不周之處仍在所難免。對此，懇請讀者諸君諒解的同時，也希望給予批評指正。

著者

二○一六年七月五日